**행복한 수필 쓰기**
현대수필 창작의 이론과 실제

**행복한 수필 쓰기**
현대수필 창작의 이론과 실제

2016년 3월 15일  제1판 1쇄 발행
2016년 6월 30일  제1판 2쇄 발행
2022년 1월 10일  제2판 발행
2024년 3월 3일  제3판 발행

지은이    정목일·조영갑
펴낸이    이찬규
펴낸곳    북코리아
등록번호  제03-01240호
주소      13209 경기도 성남시 중원구 사기막골로 45번길 14
          우림라이온스밸리2차 A동 1007호
전화      02-704-7840
팩스      02-704-7848
이메일    ibookorea@naver.com
홈페이지  www.북코리아.kr
ISBN      978-89-6324-744-1 (03800)

값 17,000원

제3판

현대수필 창작의
이론과 실제

# 행복한
# 수필
# 쓰기

정목일·조영갑 지음

 북코
리아

# 프롤로그 : 수필을 찾아서

　문학은 정화된 기쁨의 모든 근원 중에 가장 뛰어난 것으로서, 학문의 대상이기보다는 인간 생활의 기록이라 할 수 있다. 인간 생활에서 삶과 죽음의 모든 요소가 문학 속에 내포되어 있기 때문이다. 특히 수필은 '나의 삶', '나의 인생'을 담는 그릇이다.

　인간은 한시적인 삶을 살아가는 존재이다. 누구나 사라지는 운명을 지녔다. 그럼에도 삶의 의미와 인생의 가치를 수필로 남겨 놓은 사람들이 있다. 우리는 일상에서 평범한 사람일지라도 진실한 삶의 표정을 감동으로 보여 주는 경우를 종종 본다.

　유한의 운명을 타고난 인간의 유일한 '영원 장치'가 있다면, 자신의 삶과 인생을 기록하는 일이다. 물론 자신이 겪은 체험들을 그대로 쓴다면 인생기록이라고 할 수 있다. 그러나 수필은 체험만의 기록이 아니라, 체험을 통한 인생의 발견과 느낌, 깨달음과 의미부여를 꽃피워 낸 글이다. 수필 쓰기는 한정적인 삶을 영원으로 확대시키는 유일한 방법이 아닐 수 없다.

　일상의 생활인으로 보통의 삶을 살아왔더라도, 자신이 겪은 체험으로 인생에 대해 무엇을 느끼고 얻었으며, 어떤 의미를 부여할 수 있는가를 '수필'이란 영원 장치로 남긴다는 것은 그 어떤 일보다 소중한 일이다.

　오늘날 다른 문학 장르에 비해 수필가의 인구가 급증하고 있는 것은 많은 이들에게 '나의 삶, 나의 인생'에 대한 자각과 깨달음이 있었다는 것을 보여 준다. 삶과 인생을 기억 속에서 사라지지 않게 할 수 있는 일이 바로 수필 쓰기임을 깨달았기 때문일 것이다.

첫째, 수필 쓰기엔 연령의 제한이 없다. 누구나 그때의 삶과 인생을 담으면 된다. 체험하고 느낀 것들의 의미부여가 소중할 뿐, 연령은 전혀 문제되지 않는다. 인생의 행복과 가치는 시간의 양에 비례하지 않고 삶의 질에 달려 있기 때문이다.

둘째, 수필을 쓰면서 인생을 들여다보는 순간임을 느낀다. 젊었을 때의 꿈은 위대하고 성대한 것만 바라보려 했다. 특별하고 찬란한 인생, 무지개 같은 삶을 살길 바랐다. 행복이란 먼 곳에 있는 게 아니다. 한심스럽다고 생각하는 그 순간, 변화가 없어서 답답하게 여겨지던 순간이 가장 소중한 때였음을 모른 채 지나버리고 말았다. 눈앞에 닥친 바로 이 순간의 발견과 가치를 꽃피워내지 못했다. 수필 쓰기는 지금 이 순간의 의미와 삶의 가치를 일깨워준다.

셋째, 수필을 쓰면 마음의 정화, 평온, 치유, 깨달음을 얻게 된다. 내 인생의 시계 초침 소리를 들으며, 과연 지금 어디에서 무엇을 하고 있는가를 생각하게 만든다. 인간은 타고날 적부터 어디론가 숙명의 길을 가는 여행자임을 느낀다. 과연 내 소임은 무엇이며 제대로 길을 가고 있는 것일까, 게으르고 어리석은 시간 낭비자가 아니었던가, 스스로 되돌아보게 만든다. 인생을 성찰하게 되며 인생을 보는 안목을 넓히는 계기도 마련해 준다. 수필을 쓰는 목적은 인생의 기록과 함께 인생의 의미와 가치를 발견하고 부여하는 일이다.

넷째, 수필은 보다 가치 있고 보다 의미 있고 보다 아름다운 인생을 추구하도록 이끈다. 좋은 수필은 곧 좋은 인생이 바탕이 된 것이므로, 아름다운 공동체를 건설하는 일과 닿아 있기 때문이다.

다섯째, 수필을 쓰면서 행복해짐을 느낀다. 꽃향기 실어 오는 산들바람을 맞으며 숲길로 산보 나선 사람처럼 걷고 싶어진다. 편안하게 들길 산길을 걸어 들꽃과 숲과 만나고 싶다. 누구나 자연에서 왔다가 자연 품으로 돌아가지 않는가. 자연의 정서와 아름다움을 가슴에 안고 싶다.

여섯째, 수필 쓰기는 삶과 인생에 대한 발견이자 창조이다. 인생이라는 그릇에 얼마나 아름답고 감동적인 꽃을 피워 놓느냐 하는 것이 수필의 얼굴이 된다.

『행복한 수필 쓰기』는 마음가짐과 이론 및 실제를 체계화시켜 수필 창작의 길잡이가 되도록 했다. 체계적인 이론과 함께 실제 수필을 예시로 들어 구성하였으므로, 수필 문학을 공부하는 많은 사람들에게 수필 창작의 좋은 지침서가 될 것이다.

이 책은 수필 쓰기의 지식과 방법의 전수뿐만 아니라, 삶의 기록을 통한 인생의 발견과 창작적인 의미를 깨닫는 한 계기가 될 것이다. 누구나 자신의 인생에서 겪은 소중한 체험을 문학으로 승화시키고 남겨 영원한 삶이 계속되길 바란다.

저자 정목일·조영갑

# 목차

# 제 1 장
# 수 필 의
# 기 본 이 론

# 1. 수필의 개념

## 1) 수필의 기원

"우리를 흔들고 동요시키는 것이 인생이요, 우리를 안정시키며 확립해 주는 것이 문학이다."라는 명언이 있다.

문학이란 언어를 통해 인간의 삶, 사상, 감정을 의도적으로 표현하는 예술이라고 정의할 수 있다. 인간은 언어를 도구로 하여 자신의 체험과 감정을 예술적으로 승화시켜 표현하려는 문학적 기질을 갖고 있다. 그 문학의 유형 중에서 삶과 죽음에 가장 근접해 있는 문학이 수필이다.

그러면 수필의 기원으로 명칭은 어디에서 왔는가?

먼저 동양에서 맨 처음 수필이란 용어를 사용한 것은 중국 남송(南宋) 시대의 홍매(洪邁, 1123-1202)가 쓴 『용재수필』(容齋隨筆)이란 문헌에서이다.

나는 게으른 버릇으로 책을 많이 읽지 못하였다. 그때마다 뜻하는 바가 있으면 붓 가는 대로 기록을 했는데, 앞뒤 차례를 다시 정돈하지 아니하였다. 그러므로 명목을 달아 이르기를 수필(隨筆)이라고 하였다.

홍매의 『용재수필』은 중국 각 지역을 돌아다니며 자신이 체험한 것과 독서하며 얻은 정치, 경제, 사회, 역사, 문학, 철학, 일상사 및 풍속, 자연 등 여러 분야를 고증과 평론으로 짧게 쓴 단문을 집대성한 책이다. 『용재수필』은 내용 면에서 주제나 소재에 어떠한 제한도 받지 않고 자유스럽게 쓰인 글이다. 또한 형식 면에서도 글자의 수나 형태, 구성 등에 아무런 제약도 없이 보고 느낀 대상들을 자유로운 방식으로 표현했다.[1]

수필이란 말은 한자의 '따를 수(隨)'와 '붓 필(筆)' 자가 합쳐진 것으로서, '붓 가는 대로 쓰는 글'이란 뜻이다. 이 말은 "자신의 체험을 앞뒤 차례를 가리지 않고 그대로 진솔하게 기록하는 글"을 의미한다.

다른 한편으로 서양의 프랑스 철학자 몽테뉴(Montaigne, 1533-1592)는 자신의 인생과 자연을 관조하며, 삶의 체험에서 얻어진 사색의 조각들을 솔직하게 고백한 *Las Essais*(레제세)를 1580년에 발표했다. 수필을 뜻하는 영어 에세이(Essay)는 시험(Testing) 혹은 계획(Attempt)이라는 의미가 포함된 프랑스어 레제세(Las Essais)에서 유래된 말로, 이는 라틴어 엑시게레(Exigere)에서 발전되었다. 몽테뉴의 *Las Essais*는 수필이라는 말로, '에세이'라는 말을 처음 쓴 수필집으로서 개인의 사소한 일상의 체험을 쓰는 글이라 했기에 수필의 원조가 된다.

영국의 철학자 프랜시스 베이컨(Francis Bacon, 1561-1626)도 1597년 펴낸 *The Essays*에서 수필은 "개인의 사사로운 일부터 국가의 문제까지 광범위하게 다루는 글"이라고 정의했다. 베이컨의 *The Essays*는 현대수필의 작법으로서 붓 가는 대로 쓰는 것이 아니고 논리적인 구성과 체계적인 전개의 이론적 기초를 정립하였다.

---

1    장사현, 『수필문학 총서』(서울: 북랜드, 2013), 68-72쪽.

그렇다면 한국 수필의 기원은 무엇인가?

한국에서 수필이란 명칭이 처음 나타난 것은 조선시대 영·정조 때의 실학자 연암(燕巖) 박지원(朴趾源, 1737-1805)이 쓴 『열하일기』(熱河日記)였다. 이 책은 1780년 6월 24일부터 8월  20일까지 두 달간 보고 듣고 겪고 느낀 청나라 여행을 기록한 내용으로서, 전 26권의 방대한 분량으로 기행문, 일기, 사상적 단상, 일신수필, 소설 등 다양한 형식의 글이 실려 있다.

박지원은 청나라 황제의 칠순을 축하하기 위해 사절단의 군관의 자격으로 가서 열하와 북중국, 남만주 일대를 돌아보며 체험하고 관찰했던 일들을 기록했다.

… 우리나라 성상 4년(청나라 건륭 45년, 정조 4년, 1780년) 6월 24일 신미일, 아침에 비가 내렸다. 온종일 비는 오락가락… 반 밤도 못 되어 폭우가 쏟아져 위로는 장막이 새고, 아래로는 풀 섶이 축축하여 어데고 피할 곳이 없었다. … 이윽고 하늘이 활짝 개 뭇별들은 총총 나지막하게 드리워 손을 내밀면 금방이라도 만져질 것만 같았다. …

도강록 편의 압록강 건너서는 말몰이꾼과 하인들의 농 섞인 대화가 이어진다. 경호요원인 군졸들에 대한 이야기도 나온다. … 각 방에서 무슨 호령이 내리면 만만한 것이 군졸들이다. 그들은 듣고도 일부러 못 들은 척하고 있다가 연달아 십여 차례나 부르면, 그제야 입속으로 무어라고 중얼대면서 부르는 소리를 처음 들은 듯이 목청을 길게 빼서 대답한다. …

한번 말에서 뛰어내리면 허둥지둥 돼지 식식거리는 소리, 소 헐떡이는 시늉을 하면서 나팔이며 군령판이며 필연 등속은 어깨에 둘러메고 방망이 한 자루는 질질 끌면서 대령한다. …

벼슬이 없었던 박지원은 사절단장 정사 박명원 형님의 개인 수행원 자격으로 합류하여, 조선과 청나라의 정치, 사회, 문화, 문물의 격차와 이념을 냉정한 지식인의 관점으로 살폈고, 서민들과의 어울림을 얽매임 없이 자유로운 문체로 기술했다.

즉 박지원의 『열하일기』는 청나라의 신문물에 대한 정보와 열린 학자로서의 사유, 여행의 흥미와 벅찬 감흥을 치우치지 않게 담아 낸 일기였다.

특히 『열하일기』에는 「일신수필」이란 글이 나오는데, 여기에서 수필이란 말이 처음 나왔으며, 그 내용은 1780년 7월 15일부터 7월 23일까지 9일간에 중국의 신광녕을 떠나 산해관에 이르기까지 연도에서 본 이국의 풍물과 체험의 견문과 수상을 기록한 일기형의 기행문이다.

이같이 한국수필은 중국 남송시대의 학자 홍매의 『용제수필』 서문에서 말한 대로 "생각하는 내용이 있으면 붓 가는 대로 쓰는 글이 수필"이라는 경향이 컸으며 내용도 신변잡기 및 기행 내용이 많았다.

그 경향에 따라 조선시대 박지원의 『열하일기』 중에 「일신수필」에서 시작되어 수필은 붓 가는 대로 쓴 글, 무형식의 글로 여유가 있으면 쓰는 글로 인식되었다. 따라서 수필이란 말과 함께 수상, 감상, 잡문, 단상, 수감, 산필, 산문, 소품, 연구 등으로 다양한 명칭이 사용되어 왔다. 1919년 『창조』와 1921년 『폐허』에서는 수필이라는 말 대신에 기행, 감상, 수상이라는 명칭 등으로 수필은 전문적이 아니고 취미로 쓰는 주변 문학 혹은 비전문 문학으로 경시되어왔다.

그 후에 서양의 몽테뉴와 베이컨의 논리적인 구성과 체계적인 전개로 정립된 수필(Essay)이 1940년대 및 1950년대에 해외문학파인 피천득, 이양하, 민태원, 김진섭 등에 의해 현대수필 작품들이 나왔다.

그리고 1955년 창간된 종합문예지『현대문학』과 1968년 창간된 『월간문학』등의 신춘문예, 종합문예지들이 1970년대에 수필문학을 문단 등단에 포함시키면서 문학장르로서 위상을 굳혔다.

2000년대 현재는 시 부문 다음으로 많은 인구를 가진 장르가 되어 수필문학의 위상을 높이는 지름길이 되었다.

그러나 수필의 양적 팽창에 비해 질적 향상이 따르지 못한다는 말도 있다. 수필을 '붓 가는 대로 쓰는 글'이라는 통념을 넘어서 현대수필 작법에 따라 논리적인 구상과 체계적인 전개로 새로운 수필 시대를 열어가야 한다.

이와 같이 수필의 유래와 명칭은 동양에서는 중국 남송시대의 홍매가 붓 가는 대로 쓴『용재수필』에서 찾아볼 수 있다. 서양에서 수필, 즉 '에세이'란 말을 처음 쓴 사람은 프랑스 몽테뉴의 *Las Essais*와 베이컨의 *The Essays*에서 '논리적인 구성과 체계적인 전개'의 현대수필 작법이 정립되어, 오늘날 현대수필(Essay)로 발전하였다.


## 2) 수필의 정의

수필(Essay)이란 무엇인가?

중국 남송시대에 홍매는『용재수필』의 서문에서 "나는 버릇이 게을러 책을 많이 읽지 못하였으나, 뜻하는 바를 따라 앞뒤를 가리지 않고 써두었기 때문에 수필"이라고 말했다.

몽테뉴는 *Las Essais*에서 "수필은 인생의 내부적인 문제, 명상적이고 주관적이며 설화적인 내용을 자유로운 마음으로 고백한 글"이라고 했으며, 베이컨 역시 자신의 *The Essays*에서 "수필은 신중하고 호기심 있게 논리적이고 체계적으로 쓴 비망록"이라고 규정하고 있다.

몽테뉴는 자신의 수필이 인생의 내부적인 문제로서 내 자신의 일이나 사사로운 사건을 쓰는 글, 명상적이고 주관적이며 설화적인 내용을 자유로운 마음으로 고백한 글이며, …
그리고 영국 베이컨은 수필집에서 수필은 개인의 일에서부터 국가의 문제까지 광범위하고, 자유롭게 쓴 글이지만 신중하고 호기심 있게 논리적이고 체계적으로 쓴 비망록이라고 말하고 있다. … 즉 "역사가 기억에, 철학이 이성에 의지할 때, 문학은 상상을 바탕으로 전개된다."고 했다.
여기에서 상상이란 무엇인가. 베이컨은 "상상은 사실의 세계에 매이지 않고 사실들을 마음대로 느끼고, 의미를 부여하며 사실보다 더 아름답게, 좋게, 다양하게 만들어 즐기는 것"이라고 하였다.

그런가 하면 프랑스 문학비평가 알베레스(Albérès)는 "수필은 지성을 바탕으로 한 정서적·신비적 이미지의 문학"이라고 했다.
한국은 서양의 현대수필을 접할 수 있었던 피천득의 「수필」, 「인연」, 이양하의 「나무」, 민태원의 「청춘예찬」, 김진섭의 「백설부」 등에서 논리적이고 체계적인 수필 작법을 볼 수 있다.
피천득은 「수필」이라는 글에서 "수필은 청자연적이다. 난이고 학이며 청초하고 몸맵시 날렵한 여인이다. 수필은 그 여인이 걸어가는 숲속으로 난 평탄하고 좋은 길이다."라고 수필 작가의 견해를 비유적으로 표현하였다.
즉 수필은 붓 가는 대로만 써서 될 일이 아니다. 수필은 자기를 솔직히 나타내는 형식의 글이긴 하지만, 논리적인 구성과 체계적인 전개로 주제의식과 소재에 따른 느낌, 그리고 의미부여가 있어야 수필 문학이 될 수 있음을 이해해야 한다.[2]

한국수필가협회 초대 이사장 조경희는 수필이란 "생각하면서 일하고 일하면서 생각하는 사색과 생활을 표현한 글"이라고 말했다.

즉 수필이란 붓 가는 대로 쓰는 글이란 관념을 넘어서, "일(체험)을 통해 발견한 생각(느낌)에 사색과 생활(탐색과 상상력)을 담아 표현(새로운 의미를 부여)한 글"이라고 한 것이다.

그러면 수필이란 무엇인가?

수필이란 어떤 주제(제목)에 대한 삶과 체험을 통해 얻은 인생의 발견과 느낌에 새롭게 가치와 의미를 부여한 비교적 짧게 쓴 산문 형식의 글이라고 정의할 수 있다.

수필이라는 단어에는 이미 '계획' 혹은 '시험'이란 의미가 포함되어 있다. 수필은 붓 가는 대로 마구 쓰는 체험의 기록이 아니라, 논리적인 구성(서두 – 본문 – 결미)과 체계적인 전개(주제에 따른 소재와 느낌, 의미부여)를 통한 형식과 분량으로 절제된 창작적인 산문이란 뜻이다.

수필은 소설이나 시처럼 픽션(Fiction)으로서 상상을 통하여 없는 것을 새롭게 창조하는 허구적 창작이 아니다. 즉 수필은 논픽션(Non Fiction)으로서 직접적 체험(작가의 실제 경험)이나 간접적 체험(독서, 드라마, 타인의 이야기, 다양한 정보매체 등을 통한 간접 경험)을 통해 작가의 눈으로 새롭게 선택되는 주제를 소재로 전개해 느끼고 의미를 부여해서 자신의 삶과 인생을 담아내는 창작이다.

왜냐하면 느끼고 의미화한 것은 사실이나 실재의 부족한 것을 더

---

2 　정동환, 『수필창작론』(서울: 역락), 18~20쪽.

아름답고 완전하게 꾸며 감동·감명을 줄 수 있는 능력이기 때문이다.

이와 같이 수필은 직접적·간접적 체험 속에서 어느 사람이 여태 껏 발견하지 못한 느낌을 발견해 새로운 의미로서, 주제가 의미하는 의의, 가치, 본질, 보람, 바람직한 방향 등을 제시했을 때, 그것은 하나의 체험 문학으로서 감동·감명을 줄 수 있는 창작이 되는 것이다.


### 3) 수필의 특성

#### (1) 산문의 문학

수필은 형식이나 내용에 있어서 운문으로 표현된 글이 아니라 산문으로 나타내는 글이다.

산문 정신이 강한 소설이나 희곡이 잘 짜인 글이라는 인상이 짙고 의도적이고 조직적인 구성을 나타내지만, 수필은 주제를 자기 생각에 나타나는 대로 표현한 글로서, 자기가 발견한 깨달음에 새로운 의미를 부여하는 창작적인 산문이다.

#### (2) 고백적인 자조문학

소설과 희곡에서는 표현 뒤에 주제를 숨기지만 수필은 겉으로 그 것을 드러낸다. 허구가 아니라, 사실적으로 적나라하게 마음을 드러내는 것이다. 자기의 취미, 지식, 이상, 정서, 사랑, 인생관, 세계관, 가치관 등과 습관까지도 솔직하게 노출시킨다.

수필 쓰기는 자신의 삶과 인생을 진실의 거울 앞에 비춰 보이는 행위이다. 그러므로 진실이 바탕이 된다. 수필을 '고해성사'라고 하는 것도 진실에 입각한 고백적 자조문학임을 말한다. 수필은 미셸 몽테뉴의 말처럼 터놓고 보여 주는 한도 내에서 그대로의 나를 보여 주는 진실인 것이다.

### (3) 무형식의 형식문학

수필은 어떤 형식에 구애받지 않고 비교적 자유롭게 쓰는 글을 말한다. 시, 소설, 희곡에 비하여 형식에 구애됨이 없이 자신의 생각을 자유자재로 표현할 수 있지만, 그렇다고 형식이 없는 것은 아니다. 형식은 내용이나 정서, 상상, 사상을 예술화하는 그릇이므로 어떤 장르이든 문학 형식의 제약을 받는다.

즉 수필은 보이게 혹은 보이지 않게 주제(제목)에 따른 서두 - 본문(소재와 느낌) - 결미(의미부여)의 형식을 갖추었을 때 좋은 글이 된다.

### (4) 다양한 제재의 문학

수필은 무엇이든지 담을 수 있는 그릇이다. 어떤 주제나 소재를 담아내든 작가의 자유로운 선택에 맡길 수밖에 없다. 자연풍물, 신변잡사와 보고 느낀 것 등 모두가 수필의 소재가 된다.

다만 이를 가지고 어떻게 수필로 빚어낼 것인가 하는 것은 필자의 솜씨의 경지에 따라 달라진다. 산문시적 수필이 될 수도 있고, 유머가 흐르는 경쾌한 산문이 될 수도 있고, 운치가 그윽한 서정수필이나 논리 정연한 논리수필, 예리한 비판정신이 번쩍이는 비평수필이 될 수도 있다.

### (5) 양성의 문학

수필은 운문과 산문의 중간지대에 자리한다. 수필은 논리적인 구성(서두 - 본문 - 결미)에서는 소설을 닮고, 체계적인 전개(주제에 따른 소재와 느낌)에서는 시의 함축성에 가까운 중간지대에 있기 때문에 양성문학의 특성을 지니고 있다. 즉 수필을 압축하면 운문이 되고 구체화해 풀어쓰면 소설이 된다.

### (6) 해학·비평정신의 문학

문학의 기능은 즐거움과 교훈을 주는 것이다. 수필도 삶의 기쁨과 슬픔을 보다 깊고 보다 넓은 감동으로 전달해야 한다.

그러므로 수필은 단순한 지식의 나열이 아니라 지성을 기반으로 정서적·신비적 이미지로 내일을 제시해 주는 창작적 지표가 깃들어야 한다. 따라서 유머, 지혜와 위트, 비평정신은 수필을 수필답게 만드는 양념으로서, 사람이 느끼는 미적 즐거움과 따스한 인간애를 보여 주는 요소가 된다.

### (7) 개성의 문학

수필은 자신의 개성을 가장 잘 드러내는 문학이다. 자신의 주장, 주의, 세계, 발견, 명상, 습관, 체취 등을 유감없이 드러내는 데 수필의 묘미가 있다. 따라서 자신만의 체험의 세계, 정서의 세계에 독창적인 탐색과 상상력을 통해 의미를 부여할 수 있는 것이야말로 수필의 개성을 꽃피우는 일이다.

# 2. 수필의 분류

    수필을 쓴다는 것은 작가의 내면의 이끼를 걷어 내고 새로운 인연을 만나는 것이다. 수필의 작법을 익히고 습작하여 하나의 작품을 완성해나가면서, 왜 이제야 수필을 알게 되었는지 행복한 아쉬움을 가질 수도 있다. 지금이 가장 빠른 시간이다. 수필은 붓 가는 대로 쓰는 것이 아니다. 글을 쓴다는 것의 참다운 의미를 알아가는 과정에서, 어떠한 유형의 수필을 쓰든 구성은 논리적(서두-본문-결미)이고 체계적(주제에 대한 소재와 느낌, 결미에서 의미부여)으로 쓰면 좋은 수필작품이 된다.

    수필은 내용과 형식에 따라 여러 가지 유형으로 분류할 수 있다.

## 1) 형태적 유형

    수필은 주관적·감성적인 경수필(輕隨筆)과 객관적·이성적인 전개가 요구되는 중수필(重隨筆)로 구분한다.

● 경수필과 중수필의 구분

| 경수필 | 중수필 |
|---|---|
| 가벼운 수필 | 무거운 수필 |
| - 개인적인 수필<br>- 신변에서 일어나는 일을 바탕으로 쓴 논리적·체계적 구성<br>- 주관적·감성적 느낌을 자유롭게 쓴 수필<br>- 내용 면에서 가벼운 마음으로 대할 수 있는 서정수필 | - 사회적인 수필<br>- 사회에서 발생하는 문제를 바탕으로 쓴 논리적·체계적 구성<br>- 객관적·이성적 가치를 세워서 쓴 수필<br>- 내용 면에서 무게와 깊이를 지닌 논리수필 |
| - 정서감, 위로, 휴식을 제공한다.<br>- 외로움과 마음의 상처를 달래 준다.<br>- 섬세하고 부드러운 손길로 마음을 어루만진다.<br>- 수식어 남발, 감정의 심한 노출은 천박한 느낌과 감정의 유희에 빠질 수 있다. | - 지적 즐거움, 문제 해결의 능력 및 지혜를 제공한다.<br>- 인생과 사회 제반 문제(세상의 이치, 논쟁, 철학, 학문, 종교, 사회문제 등)의 핵심을 명쾌하게 분석하고 진단하는 힘을 준다.<br>- 너무 딱딱하거나 주제를 노출해 흥미를 잃게 하기 쉽다. |
| 몽테뉴 수필:<br>- 개인적 삶과 일반적·자연적인 주제와 소재<br>- 주관적<br>- 일반적인 수필 | 베이컨 수필:<br>- 국가적·사회적 삶과 죽음 등 전문적·철학적 사유의 주제와 소재<br>- 객관적<br>- 전문적인 수필 |

### (1) 경수필

경수필은 개인 주변의 사소한 대상을 주제로 하기 때문에 서정적·감성적이며 주관적이고 부드럽게 다가오는 글이 된다.

이 같은 경수필의 특성은 ① 논리적·체계적인 구성의 자기 고백적이지만, ② 문장의 흐름이 가벼운 느낌, ③ 작가의 모습이 겉으로 드러나고, ④ 표현이 주관적·개성적이며, ⑤ 예술적 가치를 지니며, ⑥ 정서적이고 신변적인 것이다.

● 경수필의 감상

## 녹차의 참맛

정목일

녹차의 맛은 우려서 낸 맛이다.

산의 만년 침묵을 우려내면 무슨 맛일까. 파르르 새로 솟아난 신록의 빛깔을 우려내면 무슨 맛일까. 산의 명상을 어떻게 맛볼 텐가. 바위의 그리움을 우려내면 그대의 얼굴이 떠오를까.

달빛처럼 투명한 맛을 어떻게 머금을 수 있을까. 맑아서 깊어진 마음을 어찌 알 수 있을까. 내 인생을 머금으면 이런 맛을 낼 수 있을까.

녹차의 맛은 활활 타는 쇠솥에서 덖어서 낸 맛이다.

오장육부를 불에 볶아서, 순하고 천진하게 만들었다. 샘물과 바람과도 마음을 통하는 벗이 되었다.

녹차의 맛은 손으로 비벼서 낸 맛이다.

햇살, 달빛, 바람, 이슬, 세월을 잘 비벼내서 한 잔의 차를 마셔볼 텐가. 누구와 어디서 마신들 상관할 바 없이.

녹차는 물맛이다.

산이 높을수록 계곡은 깊고, 땅속에 스민 물은 담담해진다. 새벽 종소리가 온몸의 신경을 깨우듯 한 잔의 물이 미세혈관까지 와 닿는다.

어찌 잎의 맛뿐이랴. 물의 맛뿐이랴. 바람의 맛뿐이랴. 달빛의 맛뿐이랴. 녹차엔 우리 자연의 성품과 눈매와 생각이 쌓여, 맛을 오래오래 음미하게 만든다.

녹차의 맛은 하늘 속으로 첩첩하여 뻗은 산 능선과 만년을 유유히 흘러내린 강물의 유선이 만나서 다정히 손잡고 있다.

녹차는 맛을 탐하지 않는다.

무심의 바닥이다. 풀벌레가 밤새도록 별들을 바라보며 발신음을 내고 있다.

녹차의 맛엔 그리움의 피리 소리가 젖어 있다. 흰옷을 입고, 한지 방문을 바라보고, 백자를 빚어내던 우리 민족이 지닌 심성의 맛이다.

차는 무엇이며, 인생은 무엇인가. 눈을 감으면 영원한 명상이 아닌가. 인생과 자연과 여백의 맛이 아닐까. 시공간을 초월한 영원과의 눈맞춤….

## (2) 중수필

중수필은 사회적인 문제를 다루고 있기 때문에 논리적이고 이성적이며 객관적인 냉철한 글이 된다.

이 같은 중수필의 특성은 ① 논리적·체계적인 구성이지만, ② 문장의 흐름이 무거운 느낌이며, ③ 작가의 모습이 겉으로 드러나지 않고, ④ 표현이 객관적·일반적이며, ⑤ 실용적 가치를 지니며, ⑥ 지적이고 사회적이다.

# 조국은 그대를 잊지 않는다

조영갑

사람은 세상에 태어나 단 한 번 살 뿐이다. 그러기에 사람이 온 천하를 얻고도 목숨을 잃어버리면 무슨 소용이 있겠는가란 말이 있듯이 생명의 존귀함을 알 수 있다.

사람에게 죽음은 두려운 일이다. 세상에 어떤 권력과 부도 결코 이겨낼 수 없는 한계를 가지고 있기에 행복한 사람은 가장 알맞은 때에 죽어 영원히 기억되는 사람이 아닌가 생각한다.

프랑스 극작가 코르네이유는 "국가를 위해 희생한다는 것은 결코 비운이 아니다. 그것은 하나의 아름다운 희생으로서, 스스로 불멸의 것으로 만드는 것"이라고 「르 시드」(Le Cid)란 전쟁극에서 말했다.

국가란 무엇이기에 국가를 위해 희생한다는 것이 충성스러운 행동으로 찬미되고, 특히 군인은 그러한 숭고한 희생을 열망하는 것인가.

오늘날 강대국가인 미국이 최고 강한 군대를 보유할 수 있었던 것은 최첨단 과학무기 영향도 있지만, 가장 근본적인 것은 미군이 갖고 있는 국가에 대한 믿음과 충성심에서 나온 것이다.

미국은 합동 전쟁포로·실종자 확인사령부(JPAC)의 많은 전문 인력과 예산으로 전 세계에 발굴단을 보내 납치포로 및 실종자를 찾아 반드시 조국의 품 안으로, 가족의 품 안으로 돌아오게 하고 있다. 합동 전쟁포로·실종자 확인사령부는 "조국은 당신을 잊지 않는다, 당신이 집으로 돌아올 때까지 찾는다"라는 사명감을 갖고 임무를 수행하고 있다. 미국은 6·25전쟁의 북한지역 장진호 전투에서 실종 및 전사한 미군을 찾기 위해 북한에 유해 한 구당 많은 돈을 지불하면서 발굴작업을 계속해왔다. …

… 미국 합동 전쟁포로·실종자 확인사령부는 북한 장진호 전투지역의 미군 유해발굴 과정에서 한국군 유해로 확인된 147구를 2020년 6·25전쟁 기념일에 한국에 인도하였다. 우리 영웅들은 70년 동안 포탄처럼 날아드는 번뇌와 서글픔으로 갈 길을 잃은 채 …

내 조국 내 부모형제를 얼마나 많이 찾으셨을까. 부디 조국의 품에서 평안히 잠드소서. …

남한지역에서도 전투를 치른 곳은 물론 한강에서 미군 조종사 2명의 유해를 찾기 위한 작업도 했다.

미군은 국가를 위해 충성하다가 언제 어디에서 내가 희생된다고 해도 국가는 지구 끝까지 나를 찾아 조국의 품에 안기게 한 것이다. 또한 자신을 대신해 가족을 보호하고 명예를 갖게 한다는 국가에 대한 믿음과 확신이 있기 때문에 희생하고 봉사하는 것을 명예스럽게 여기고 있다.

한국은 2007년에 국방부 유해발굴감식단이 창설되어 운영되고 있지만, 전사자의 관련자료 부족으로 매장 위치 식별 제한, 유가족 노령화 및 사망에 따른 참여도 저조, 국토개발에 따른 지형 변화로 전투 현장 훼손, 발굴작업에서 신원확인 과정이 어렵고 유해발굴감식단의 기구 및 예산 등 어려움 속에서도 사명감을 갖고 최선을 다하고 있다. 6·25전쟁에서 남한지역 및 북한지역, 비무장지대를 비롯한 베트남전쟁과 유엔 평화유지군의 분쟁지역 지원에서 한국 군인 및 민간인의 납치포로·실종자·전사자들이 이름 모를 어느 산하에서 비목이 되어 조국의 손길을 기다리고 있다. 조국의 대답이 들리지 않았을 때에 누가 국가를 위해 희생하고 봉사할 수 있겠는가.

국가안전보장은 국가의 어떤 분야보다 더욱 중요하다.

사람은 태어나서 어떤 국가에 귀속되어 내 조국이라 부르며, 국가
는 영원한 마음의 고향으로서, 사랑과 충성의 대상으로서 존재하고
있다.

지금 한반도는 완전한 통일도 평화도 없는 쉼표시대에 서성거리
고 있다. 각 개인은 국가를 위해 살아서 부끄러운 생물학적 순간의 삶
이 아니라 영원히 살기 위해 순간의 죽음을 결단할 줄 아는 진정한 용
기를 가져야 한다.

국가는 국민들이 "조국은 그대를 잊지 않는다"란 믿음과 희망을
갖도록 해야 하고, 선진국민은 의식 가치를 일깨워 봉사와 희생에 대
한 명예심을 가져야 한다.

이와 같이 현대 사회에서 많은 사람들에게 감동을 주는 생활 주변
의 경수필과 국가적·사회적 문제를 다루는 중수필들이 발표되고 있다.

## 2) 내용적 유형

### (1) 자전수필

자전수필은 한 사람에 대한 삶의 한 부분을 소재로 하여 느낌을 쓰
고, 의미를 부여해야 한다. 그러나 한 사람에 대한 일생을 사실 그대로
만 기록한다면 자전수필이 아니라 자서전이 된다. 자전수필은 진실성
과 객관성을 바탕으로 쓰면서, 한 사람의 성품을 나타내는 일화를 소

개하거나 결점을 재미있는 이야기로 소개하여 인간적인 삶의 특성과
의미를 부여해야 한다.

자전수필은 사실에 바탕하여 객관성이 있어야 하며, 문학적 향취
나 철학적 깊이, 해학과 풍자적인 내용이 담겨 있어야 한다. 그러나
자전수필에서 어떤 사실을 미화하거나 거짓으로 꾸며서는 안 된다.

● 자전수필의 감상 1

## 어머니의 숨소리

김기담[3]

어머니의 정과 사랑은 한이 없다.

황혼이 짙게 깔린 후에야 내 곁에는 고향의 향기 속에 어머니의
은혜가 숨 쉬고 있다는 것을 알았다.

햇빛과 바람 속에서 바다가 부른 자장가에 졸며 떠 있는 작은 섬
이 내 고향이다. 전남 신안군 지도와 임자도 사이에 있는 수도라는 아
주 작은 섬에서 태어났다.

밀물과 썰물에 따라 하늬바람과 마파람을 이용하여 하루에 한 번
씩 왕래하는 나룻뱃길이 유일한 육지로의 교통수단이었다. 태풍이 불
거나 나룻배 운행시간을 놓치면, 꼼짝없이 집에 가는 일은 다음 날이
될 수밖에 없는 오지 섬 마을에서 어린 시절을 보냈다. 그때마다 "넓

---

3   김기담
    월간 국보문학 수필 신인상, 연세대학교 미래교육원 수필창작 수학, 연세대학교 미래교
    육원 수필창작 표창 수상, 연세에세이클럽 정회원, 한국국보문인협회 정회원

고 큰 육지도 많은데 하필이면 섬 아이로 태어났나" 하며 부모님을 원망하기도 했지만, 나에게 고향은 많은 추억을 품게 했다.

하얀 돛에 실린 바람에 나룻배가 떠갈 때면 한 마리의 갈매기가 되어 푸른 창공에 많은 꿈들을 그리며 자랐다. 바다 중간쯤 떠갈 때는 까르록 까르록 수민어들이 암민어 짝을 찾는 사랑의 세레나데도 가득했다. 그뿐이겠는가. 어머니는 아들 손주들에게 주고 싶은 '사랑'이란 표현은 턱없이 부족하다면서 '짜랑, 짜랑, 내 짜랑' 덩실덩실 춤을 추며 행복해하셨다. 그날부터 손주들의 애칭도 '짜리'가 되어, 지금도 어머니의 숨소리로 불러지고 있다. 삶의 언저리에서 어머니는 자신의 고달픈 삶에 후회도 없이 자식 사랑과 가정 지키기가 전부이셨다.

나는 어머니가 바다에 갇힌 섬에 살면서도 해보고 싶은 일도 자신을 위한 꿈도 없이, 오직 자식 하나 잘되기만 욕심 부린다고 생각했다.

작은 섬에는 마르지 않는 어머니의 향기로 가득하다.

어머니는 삼십대 초반에 홀로 되시었다. 글방 훈도이셨던 아버지가 세상을 떠난 후에 형과 누나마저 가슴에 묻고, 나머지 아들 사형제를 책임지시는 가장이 되었다.

세상은 모두가 보릿고개 가난에 시달려 배불리 밥을 먹고 사는 것이 우선이었다. 오죽하면 산과 들에 풀 나물들이나 바다의 조개 및 생선이 주식이 되었겠는가.

나는 대나무 낚싯대에 수수깡으로 찌를 만들어 갯벌에 나가 망둥이를 잡곤 했다.

어머니는 기뻐하며 부뚜막에서 막걸리와 누룩으로 발효시킨 식초에 풋고추를 넣고 참깨 소금을 뿌려 망둥이 회를 만들어 주셨다. 그 달콤 새큼 씹히는 맛은 평생 잊을 수 없는 어머니의 최고 손맛으로 남아 있다.

어느 날 아침밥을 풀 나물에다가 보릿가루를 넣고 죽을 끓여 때우는 날이었다. 그날따라 너무나 풀 나물죽이 먹기 싫어서, "배가 고프지 않다"면서 수저를 놓고 일어났다. 어머니는 걱정스러운 표정으로 나를 바라보셨다. 잠시 후에 어머니는 비상식량으로 아껴놓았던 보리쌀로 밥을 짓고 부엌문 옆쪽에 걸려 있는 보리굴비 한 마리를 화롯불에 구워 살코기를 발라 주셨다. "아이구! 내 새끼 어서 먹어라. 그렇게 풀 나물죽이 먹기 싫었어? 엄마가 가난해서 미안하다." 하면서, 어머니는 굴비 머리 부분만을 드셨다. 몸통 부분을 드시도록 했지만 듣지 않으셨다. "아니다, 어두일미란 말이 있듯이 나는 몸통보다 머리 부분이 더 맛있다"라고 하셨다.

어머니는 아픔도 슬픔도 없이 먹고 싶은 음식도, 맛있는 고기도 모르고 아무거나 잘 드시는 줄 알았다.


새끼 새는 어미 새의 둥우리 안에서는 죽지 않는다는 말이 있다.

어머니는 글을 읽고 쓸 줄도 몰랐지만, 품 안에 있는 자식들을 위해 정과 사랑을 다하서 곱게 성장토록 했다. 나에게 송아지를 길러 상급학교 갈 수 있는 종잣돈을 마련케 해서 미래를 꿈꾸게 해주셨다.

겨울밤이면 등잔불 속에 "물레야 돌아라, 물레야 돌아라" 고달픈 삶을 노래로 풀며 실을 뽑아서 낮에는 베틀 위에 올라 무명 베를 짰다. 그 무명 베는 검은색으로 염색해서 바지저고리를 만들어 입게 해주셨다. 그뿐만 아니다. 자식들을 공부시키기 위해 삶의 냄새가 밴 몸뻬 옷을 입고, 광주리에 생선을 이고 다니면서 행상도 하셨다.

생선이 다 팔리지 않는 날에는 서글프게 누워 있는 생선 눈을 보고 무슨 사연을 이야기하셨을까? 보릿고개 가난을 넘기 위해 어머니는 얼마나 많은 한숨으로 아파하셨을런지…. 나는 어머니가 좋은 옷 입을 줄도, 고운 화장품 사용하실 줄도 모르고, 갖고 싶은 것도 없는 줄 알았다.


어머니의 따스한 숨소리가 가슴속 촉촉이 들려온다.

어머니는 83세에 하늘나라로 여행을 떠나셨지만, 자식들에게 주는 사랑은 삶의 고비마다 자양분이 되었고, 희망과 용기를 갖게 했다. 그렇지만 나는 어머니가 "먹고 싶은 음식도, 갖고 싶은 물건도, 해보고 싶은 꿈도 없는 사람, 아픔과 슬픔도 모른 사람"인 줄 알았다. 어머니의 마음도 헤아리지 못한 불효한 자식이었다.

철 늦은 후회로 어머니를 다시 뵙고 어리광을 부려보고 싶지만, 어머니는 소리 없이 다가와 미소만 짓고 계신다.

「어머니의 숨소리」수필의 주제는 '어머니의 사랑'이다. 서두는 어머니의 정과 사랑, 본문에서 1소재는 섬마을 속의 어머니와 느낌, 2소재는 가난과 느낌, 3소재는 자식을 위한 생선 행상과 느낌, 결미는 어머니의 사랑에 철 늦은 후회를 하며 불효자식이라고 탄식하는 의미 부여의 자전수필이다.

● **자전수필의 감상 2**

# 암, 암, 너를 이겼다[4]

김순일[5]

대장암 극복으로 인생을 새롭게 살고 있다. 암(癌)은 메마르고 뒤

---

4    김순일 외, 『사랑이 흐르는 삶』 2집(서울: 도서출판국보, 2020), 237-240쪽.

5    **김순일**
     월간 국보문학 수필·시 신인상, 서울 대교구 가영시아 행복한 수필창작 수학, 명동에세
     이클럽 정회원, 한국국보문인협회 감사, 수필집 『사랑이 흐르는 삶』(공저)

돌아보지 않고 앞만 보고 달리던 삶, 암(暗)에서 나를 뒤돌아보고 천천히 가는 것의 중요함을 알게 해주었다.

암과 싸움에서 이겨야 했다.

암을 극복하기 위해서 제일 중요한 것이 긍정적인 마음가짐이다. 암 환자들의 4명 중 1명이 심각한 우울증을 앓고 있는 것으로 알려져 있다. 암 진단 받았을 때 대부분의 암 환자들이 그렇듯 나도 '나에게 왜 하필이면 암이야!' 원망하며 받아들이지 못했다. 정년퇴임 3년을 남겨 놓고 암 발병은 나를 낭떠러지에 서게 했다. 암을 이기기 힘들 것 같아 친구로 받아들였다. 항암이 너무 힘들어 죽고 싶었다. 가족이 없었다면 목숨을 놓았을 것 같다. 특히 하나밖에 없는 딸을 생각하면서 용기를 냈다. '암아! 절대로 지지 않고 이기겠다.'라고 외치며 하루에 수십 번 넘게 자기 최면을 걸었다. '나는 너를 이길 수 있다. 암아! 물러가라.'라는 주문을 외웠다. 주위에서 암에 아무리 좋은 것이라고 하여도 주치의 선생님 말씀만을 믿고 성실히 치료를 받았다. 선생님 말씀대로 하면 암을 극복할 수 있다는 믿음과 긍정적인 마음가짐이 힘들어도 암을 잊게 만들었다. 마음의 평화를 주면서 암을 이길 수 있다는 자신감이 나도 모르게 생겼다. 힘든 암 투병을 하면서 내면의 진정한 가치를 찾고 명품 인생으로 인생의 흔적을 남기고 싶었다. 수필과 사진은 흔적을 남기기 위해 선택한 취미이다. 두 취미는 인생의 고독과 외로움, 암의 아픔을 느낄 시간이 없도록 바쁘게 만들어 주었다. 시간 날 때마다 저명한 수필가들의 수필을 읽고 필사하고 수필을 썼다. 아름다운 풍경 사진을 찍기 위해 수시로 출사를 갔다.

암을 극복하기 위해서 중요한 것이 운동이다.

운동은 몸의 모든 세포를 잠에서 깨워 활성화해준다고 한다. 아침에 일어나면 아침 기도 하고, 스트레칭을 누워서 15분, 일어나서 15분을 매일 하였고 지금도 하고 있다. 항암치료 12회를 입원하는 동안 병원 복도를 5,000보씩 걸었다. 퇴원 후 공기 좋은 강원도 횡성에서 요양하였다. 횡성댐 둘레길, 청태산 자연휴양림을 최소한 10,000보 이상 걸었다. 항암 이후 4년 6개월은 집 앞에 있는 2.56km 되는 석촌호수를 매일 3~4바퀴를 걸었다. 비가 오면 우산을 쓰고 걷기도 하였지만, 송파구청에서 잠실역까지 연결된 지하를 10바퀴 이상 걸었다. 걷기가 내 몸 안에서 암세포가 살아나지 못하게 한 것 같다. 운동하는 것, 구경하는 것, TV 중계 시청을 좋아한다. 힘들 때 프로 야구와 프로 골프 중계 시청은 아픔을 잊을 수 있었다. 특히 미국 LPGA는 시차가 12시간 정도 차이가 나는 중계라 잠이 안 올 때 시청하며 아픔을 잊었다. 걷기와 실내 자전거 돌리기, 사진 찍기로 운동을 즐긴 것이다. 요즘은 운동이 뇌세포를 재생한다는 연구논문도 나오고 있다. 건강 유지의 비법인 운동을 매일 하여 건강을 유지해야 할 것 같다. 마음의 어두움, 암(暗)을 이기는 것이 중요한 것 같다.

  암 극복은 균형 잡힌 식사로 잘 먹는 것이다.

  음식으로 못 고치는 병이 없다는 말을 믿었다. 균형 잡힌 식사를 위하여 먹은 음식 일기를 썼다. 영양사 선생님이 식사 전체를 1로 보고 1/3은 과일과 야채, 1/3은 단백질, 1/3은 탄수화물을 먹으라고 하였다. 식사는 세 칸으로 나누어진 큰 접시에 첫 번째 칸은 단백질을 섭취할 수 있는 육류, 생선류, 계란을 담았다. 두 번째 칸은 탄수화물을 섭취할 수 있는 밥, 국수류를, 세 번째 칸은 비타민, 칼슘 등을 섭취할 수 있는 반찬류, 과일, 채소를 담았다. 과일과 채소를 먼저 먹고 단백질, 탄수화물 순서로 식사를 하였다. 입이 쓰고 입맛이 없어도 약이라 생각하고 접시를 다 비웠다. 먹고 토하더라도 20번 이상 씹어서 먹었다. 채소나 과일은 베이킹파우더와 식초로 씻어서 껍질째 먹었다. 음식은 씹으면 씹을수록 고소하다는 침의 위대함을 알게 되었다. 나에게는 식탐이 있어 잘 먹을 수 있었고 암을 견디고 극복할 수 있었다. 암 환자들은 입맛이 없어서 먹지를 못해 이겨내기가 어려운 것 같다. 먹지 않으면 죽을 것 같고 살기 위해 억지로 먹는 비참함을 표현하기가 어렵다. 차라리 죽는 게 나은 것 같았다. 아무리 써도 골고루 잘 먹어야 어려운 항암을 견디어낼 수 있다.

하루하루를 마지막 날처럼 살았다. 음식이나 운동의 철저한 계획을 실천하여 암 투쟁 결전의 날까지 잘 극복해서 2019년 8월 완치 판정을 받았다. 환희, 기쁨, 감사를 뭐라 표현할 수 없었다. 정년퇴직 후사는 제2의 인생, 암 극복으로 새로 사는 덤 인생이다. 오늘도 마지막 날처럼 열심히 즐겁고 행복하게 살고 있다. 암을 가장 소중하고 잊지 못할 친구로 동행하면서 살고 있다. 행복을 마음에 품고 나누며 감사하면서 살 것이다. 암 환자들에게 이 글로 희망을 주고 싶다.

「암, 암, 너를 이겼다」수필은 서두에서 작가 자신의 암 투병기를 꺼내며, 본문에서 1소재는 항암 투병에서 반드시 이길 수 있다는 긍정적인 마음과 느낌, 2소재는 꾸준한 운동과 느낌, 3소재는 균형 잡힌 식사와 느낌, 결미는 암 치유 극복으로 새로운 삶의 고마움과 희망이라는 의미부여를 담았다.

## (2) 생활수필

인간은 자연 속에서 혹은 일상생활에서 펼쳐진 사건들에 대한 대상물이 있고, 상황과 배경이 있으며, 연대별 혹은 시간대에 따른 흔적들이 있다. 이 같은 생명력을 가지고 활동하는 삶의 흔적들에 대한 진지한 탐색과 상상으로 새로운 의미를 부여한 생활수필을 남기게 된다. 생활수필은 주제의식을 갖고 체험과 사색을 통해 마음에서 일어나는 그대로의 생각, 그때그때 떠오르는 느낌과 삶을 재발견하고 의미를 부여해 일정한 구성으로 표현하는 것이다.

생활수필을 잘 쓰기 위해서는 ① 대상에 대한 객관성 유지, ② 지나치게 평이하고 일상적인 소재는 피하고, ③ 자기 자랑이나 선전을 절제하고, ④ 그 소재가 지닌 의미를 찾아내고, ⑤ 그 의미로 느끼고 변화하는 내용을 나타내도록 해야 한다.[6]

● 생활수필의 감상 1

## 두 어머니[7]

조남대[8]

오월의 햇볕이 따스한 날이다. 저 멀리 용문산 백운봉이 환하게 보이는 파란 잔디밭에 두 어머니가 나란히 앉아 계신다. 귀가 어두워 잘 들리지 않을 텐데도 다정히 이야기하는 모습이 오랜 친구처럼 정겨웠다.

어머니는 88세이고 장모님은 98세다. 어른을 모시고 사는 형수님과 처남 내외분께 조금이라도 쉴 수 있는 시간을 드리고, 어릴 때 추억을 일깨워 보고 싶어 보름 동안 경기도 양평 집에 모시게 되었다. 시골

---

6   박양근, 『좋은 수필 창작론』(서울: 수필과 비평사, 2005), 304-323쪽.

7   조남대 외, 『사랑이 흐르는 삶』 1집(서울: 도서출판국보, 2019), 142-145쪽.

8   **조남대**
    월간 국보문학 수필·시 신인상, 서울 대교구 가영시아 행복한 수필창작 수학, 한국국보문학 동인지 작가상, 명동에세이클럽 사무국장, 한국국보문인협회 서울지회장, 수필집 『사랑이 흐르는 삶』(공저)

출신인 두 어머니는 푸른 잔디밭이 있는 농원을 보시고 오랜만에 고향에 온 것처럼 평온한 얼굴에 미소가 가득했다. 농원에서 기른 채소 겉절이와 고등어조림 같은 소박한 반찬에도 조금 부족한 것이 아닌가 할 정도로 밥을 한 그릇씩 드셨다. 따뜻한 햇볕을 받으며 지팡이를 짚거나 보행기를 밀면서 한가한 농촌 길을 산책할 때는 어린아이처럼 좋아하셨다. 하루 이틀 지나 서로 간의 서먹한 마음도 사라지고 주변 환경에 적응이 되자 노인 특유의 잔소리를 하신다. "군불을 땔 때는 꼭 붙어 있어야지 왔다 갔다 하느냐", "비가 올 때는 모자를 쓰고 다녀야지 왜 그냥 다니느냐" 등의 말씀을 하신다. 가만 듣고 있으면 끝이 없어 보인다. "어머니, 저도 이제 환갑이 넘은 자식인데 잔소리 그만하세요. 다 알아서 합니다"라고 언성을 높였더니 조금 주춤하셨다. 두 어머니를 모신 지 이틀밖에 지나지 않았는데, 형님도 없이 십여 년 이상 모시고 사는 형수님은 그동안 어떻게 지냈을까 하는 생각이 든다. 가끔 명절 때 형수님 댁과 처가에 들르면 어머니와 장모님께 싫은 소리를 하는 것을 보고는 '좀 참으면 될 텐데 왜 저러실까?' 하는 생각도 했었는데…. 형수님과 처남 내외분이 이해가 될 뿐만 아니라 참 대단하다는 생각이 들었다. 나이 들어 아무 힘도 없는데 불쌍한 어머니께 내가 왜 이러지 하는 생각이 스치면서 내일부터는 좀 더 참으면서 정성껏 모시자고 다짐했다.

며칠을 잘 지내시던 장모님이 갑자기 숨 쉬는 것을 너무 힘들어하셔서 구급차로 병원에 모셨다. 구급차 안에서 혈압이 200까지 올라갈 때는 돌아가시는 것이 아닌가 할 정도였다. 의사 선생님은 폐에 물이 차서 이뇨제를 투여하고 있지만, 연세가 워낙 많아서 갑자기 변고가 생길 수도 있다는 것을 고려해야 한단다. 잘 계시던 장모님을 모셔와서 이런 어려움을 겪다니. '이러다가 혹시 돌아가시면 처남한테 어떤 책망을 들을지, 돌아가신 다음 대구로 운구하는 것보다 차라리 지금

구급차로 모시고 가는 것이 좋지 않을까' 하는 온갖 상념이 스쳐 간다. 아내는 산소호흡기를 끼고 누워계시는 장모님 옆에서 '엄마'라고 부르는 것이 마지막이 아니기를 간절히 기도했다. 보행기를 밀고 병원에 온 어머니가 구부러진 허리를 숙여 침대에 누워 있는 장모님을 애처롭게 내려다보신다. 한참을 계시다가 병실을 떠날 때는 장모님의 손을 꼭 잡고서 "잘 계시다가 얼른 오세요"라고 인사를 하신다. 이런 이야기 하시는 두 어머니를 보니 눈물이 글썽인다. 장모님은 연세가 많으신 데다 너무 쇠약하셔서 뼈대에 핏줄과 가죽만 붙어 있는 형상이다. 이뇨제를 지속해서 투여하면서 빨리 퇴원하고자 하는 의지를 갖고 복도를 오가는 운동으로 조금씩 호전되어 4박 5일 만에 간신히 퇴원했다. 얼마나 다행스러운지 감사기도가 절로 나왔다.

퇴원 후에는 십여 미터를 걸으시고는 쉬어야 할 정도로 더 쇠약해졌다. 지팡이를 짚거나 보행기를 밀고 다니는 두 어머니의 모습을 보면 세 살 먹은 손녀보다 별로 나아 보이지 않는다. 젊었을 때는 시누이에게 시샘을 받을 정도로 예뻤고 활발했던 어머니였지만 이젠 혼자 할 수 있는 것이 별로 없는 어린아이가 되셨다. 측은하고 불쌍하다. '나도 언젠가는 저렇게 되겠지'라는 생각을 하면서도 아직은 요원한 것처럼 여겨진다. 두 어머니를 모시면서 오순도순 옛 추억을 이야기하기에는 귀가 너무 어두워졌고, 걷는 것이 어려워 더 좋은 구경은 시도조차 하지 못했다. 너무 늦게 모셔서 아쉬웠고 또 후회되었다. 언제까지나 곁에 계실 것 같았는데, 이별의 날이 가까이 와 있다는 생각에 짠한 마음이 가득했다. 보름 동안 지내시다가 두 어머니가 서로 헤어지면서 다시 만나자는 기약도 없이 건강하게 잘 지내시라는 말씀만 하고는 더 이상 잇지 못한다. 이제는 살아생전에 다시 만나지 못할 것을 예측이라도 하고 계시는 듯하다. 측은하고 안타까워 마음이 짠하다.

보름 동안 두 어머니와 함께 지내면서 그동안 어머니를 모시고 수십 년을 사는 형수님과 처남 내외분이 존경스러워졌다.

인생의 황혼길을 달리면서 어머니와 같은 모습이 되리라고는 상상이 안 되는 나를 보면 아직 철이 덜 든 모양이다. 두 어머니를 모실 수 있었던 시간은 나에게는 큰 축복이었고, 내 인생의 길을 다시 생각해 볼 수 있는 좋은 시간이었다. 인생은 짧고 곧 지나간다. 할 수 있는 한 가장 좋은 내 인생을 만들어 가야겠다고 다짐을 한 행복한 날들이었다.

「두 어머니」 수필은 서두에서 어머니와 장모님을 보름 동안 모시고 생활하며 보고 느꼈던 내용이다. 본문에서 1소재는 작가가 두 어머니를 모시는 과정과 느낌, 2소재는 장모님의 갑작스러운 병원 입원과 느낌, 3소재는 보름 동안 지내시다가 서로 헤어짐과 느낌, 결미는 두 어머니를 모시는 기회는 행복한 시간이었다고 의미를 부여했다.

# 새벽 시장길[9]

이명자[10]

새벽 시장길은 어슴푸레한 어둠과 함께 걷힌다. 멀리서 들리는 자동차, 자전거, 오토바이, 리어카 등의 운송 수단이 지나다니는 삶의 역동성과 치열함까지 엿볼 수 있는 길이다. 오늘도 알람 벨소리에 아침 기상을 했다.

도시 도로명 주소 시장 주변으로 이사 온 뒤로 나는 아침부터 시장 길에서 일어나는 모든 일에 청각을 곤두세우며 작은 소리도 신경을 쓰게 된다. 날이 새기 시작하면 시장 길은 차츰 시끄러워진다. 셔터 올리는 소리부터 온갖 물건 반입을 알리는 운반 차량의 클랙슨 소리, 배달원의 쉰 목소리는 하루를 시작하는 데 원동력이 되었다. 다른 사람들은 꺼려할지 모르지만 나는 오히려 삶의 활력을 얻을 수 있고, 나태함에서 벗어날 수 있는 고마운 길이다. 모든 필요한 생필품을 가까이에서 쉽게 구할 수 있는 편리함도 주고 있다. 상인들과도 자주 얼굴을 대하다 보니 가까운 이웃이 되었고, 스스럼없이 내가 만든 별식도 나눠 먹곤 하는 친근한 사이가 되었다. 가끔 삶이 무의미하고 지루할 때면 시장에 가보란 말이 있다. 그곳에서는 조화처럼 건조한 삶에 생

---

9    이명자 외, 『사랑이 흐르는 삶』 2집(서울: 도서출판국보, 2020), 48-51쪽.

10   **이명자**
      월간 국보문학 수필 신인상, 연세대학교 미래교육원 수필창작 수학, 한국국보문학 동인지 작가상, 명동에세이클럽 정회원, 한국국보문인협회 정회원, 수필집 『사랑이 흐르는 삶』(공저)

기와 인간미 나는 향기를 불어 넣어 시들지 않는 생화 같은 삶을 꿈꾸게 한다.

시장 길의 풍경은 다양한 종류의 물건만큼이나 구경거리도 쏠쏠하다. 오른쪽 모퉁이에 키가 작은 생선가게 아주머니는 손님을 부르는 호객 행위가 열성파로 그냥 지나칠 수가 없다. 오늘 들어온 생선 이름부터 그 생선의 조리법, 조리한 뒤의 맛에 대해서도 모두 열거하다 보니 요리사가 따로 없다. 가게 앞을 지나던 손님들은 그 생선의 조리법을 다시 물으며 저녁 찬거리를 장만한다. 오히려 조리법까지 알려준 것을 덤으로 생각하며 고마워하는 손님들도 있다. 이런 것이 다 노련한 상술이 아닐까 싶다. 시장 길에는 정해진 상점이 없이 집안 대소사로 가게 문을 닫는 상점 앞에서 노점 좌판을 펼치는 청각 장애 아주머니 한 분이 계셨다. 물건도 보잘것없고 가짓수도 다양하지 않아 꼭 필요하진 않지만 항상 이곳저곳 옮겨 다니며 좌판을 펼치시는 모습이 안쓰러워서 가끔 필요 없는 식재료도 구입하곤 했다.

간식도 사 가지고 오다가 함께 나눠 먹으며, 기억이 가물거리는 어설픈 수화로 대화를 나누기도 하였다. 예전에 수화 주일학교 교사를 한 것이 계기가 된 것이다.

시장 상인들은 저녁 파장이 가까워지면 단골이라고 덤도 듬뿍 얹어 주는 인정도 있었다. 이 길은 누군가에게는 부모와 자녀를 책임진 벌이 장소이고, 또 누구에게는 부부의 안정된 노년을 위하는 등 다양한 삶의 길이 된 것이다.

시장 길에는 상부상조하는 흐뭇한 풍경을 많이 볼 수 있었다. 상점 앞을 정리하고 쓰레기를 치워 주는 대신 상점에서 나온 파지며 상자를 모았다가 주기도 했다. 먹는 데는 아무 일이 없지만 상품 가치가 떨어진 과일이며 야채들도 함께 나눴다.

행복 정육점 사장님은 가게 앞에서 매일 고기를 구워 지나가는 단골들에게 풍성한 안줏거리로 하루를 즐겁게 마무리하게 한다. 상인과 고객 사이를 떠나 다정한 이웃이 되어 가는 것 같다. 함께 살아간다는 것, 함께 인생의 길을 걸어간다는 것은 같은 보폭으로 이어가는 의미가 아니다. 상대방과 함께 삶의 무게를 나누며 살아가는 삶을 말한다. 시장 상인들은 같은 길을 가는 동지로서, 같은 상품을 파는 선의의 경쟁자들이다. 더 좋은 질의 물건을 공급하기 위한 조언과 의견을 교환하기도 한다. 새벽에 상점 문을 열면 하루 종일 함께 지내는 제2의 가족이 된 것이다. 그러기에 주변의 애경사에는 내 집안일인 것처럼 열일을 제쳐놓고 앞장서 서로 돕고 나누는 정감이 넘치는 삶의 터전이다.

삶은 길이다. 혼자서는 갈 수 없는 먼 여정의 인생길이다.

시장 길에는 이렇듯 여러 부류의 사람들이 여명에서부터 땅거미가 내려앉을 때까지 생활 전선인 삶의 현장에서 열심히 꿈을 키워 간다. 상인들은 어두움 속에서도 삶의 길을 잃지 않는다. 비 온 뒤 굳어지는 땅처럼 성실과 근면이라는 땀의 결실을 잘 알기 때문이다. 그 모습을 보며 지나온 나의 삶을 다시 한번 돌이켜 본다. 인생길에 최선을 다했다고 후회 없이 말할 수 있을까? 순례 길을 걷듯 겸허한 마음으로 남은 삶을 시장 길에서 만난 사람들처럼 활기 넘치며 식지 않는 열정으로 인생길을 함께하고 싶다.

「새벽 시장길」 수필은 서두에서 일상생활에서 시장은 필수적인 삶의 터전이라고 말하고 있다. 본문에서 1소재는 시장 주변의 풍경과 느낌, 2소재는 상인과 고객 간의 정겨운 관계와 느낌, 3소재는 선한 판매경쟁 속에서도 제2 가족이란 느낌의 정감을 잘 묘사했다. 결미는 새벽 시장처럼 일상생활에서 활기찬 삶을 살아야겠다는 열정을 의미부여로 잘 담아냈다.

### (3) 서간수필

서간수필은 편지수필이라고도 말한다. 서간수필은 부모와 자식 간에 쓰는 글, 사랑하는 사람에게 쓰는 글, 아파 누워 있는 친구에게 보내는 글, 다른 세상으로 떠난 사람에게 보내는 영혼의 글 등이다.

서간수필은 ① 주고받는 두 사람의 인사말, ② 전하고자 하는 본 내용, ③ 독자들도 공감할 수 있는 실제적이며 감동적인 내용을 지녀야 한다. 따라서 진실을 부드럽고 호소력 있게 친밀감 있게 전달할 수 있는 장점은 있으나 의미 없는 독백이나 넋두리가 되지 않도록 주의해야 한다.

● 서간수필의 감상 1

### 안중근 의사님께 삼가 글월 올립니다

조영갑

안중근 의사님.

빼앗긴 조국에 자유와 희망의 노래가 가득하기를 소망하며, 1909년 10월 26일 중국 하얼빈에서 한국 침략을 획책했던 이토 히로부미 (伊藤博文)를 세 발의 탄환으로 쓰러뜨렸습니다. 그리고 11월 3일 뤼순감옥으로 이감되어 1910년 3월 26일 불꽃 같은 31세의 젊은 나이로 대한독립과 동양평화를 염원하시며 순국하셨습니다.

안 의사님께서는 마지막 재판정에서 사형선고를 받고도 조금도 흔들림 없이 말하지 않았습니까?

"나는 사천 년 우리 조국을 위해, 이천만 우리 동포를 위해, 동양대국의 평화를 교란하는 간악한 자를 죽였으니, 나의 목적은 이와 같이 바르고 크다. 나는 국민의 의무로, 내 몸을 죽여 어진 일을 이루고자 할 뿐이다. 나는 대한의군 참모중장 자격으로 결행한 바이니, 아무 한 됨이 없다. 나의 염원은 오직 조국의 독립뿐이다. …"

또한 나라를 위해 몸을 바치는 것이 군인의 본분(爲國獻身 軍人本分)이란 말도 남겼습니다.

사람이 온 천하를 얻고도 목숨을 잃어버리면 무슨 소용이 있겠느냐는 말이 있습니다만, 안 의사님께서는 민족과 국가를 위해 한 번 살뿐인 생명을 바친 진정한 용기를 보여 주셨습니다. 그리고 동양평화론 완성을 조건으로 상고도 포기하고, 구차스럽게 목숨을 구걸하지 않았습니다. 일본의 형식적인 재판을 보았던 영국 기자 찰스 모리머는 "그는 순교자가 될 준비가 돼 있었다. 기꺼이 아니 열렬히 자신의 귀중한 삶을 포기하고 싶어 했다. 영웅의 왕관을 손에 들고는 늠름하게 법정을 떠났다"라고 썼습니다. 다만 안 의사님의 말씀대로 "나는 과연 큰 죄인이다. 다른 죄가 아니라, 내가 어질고 약한 한국 국민이 된 죄로다"뿐이었는데 말입니다.

내가 태어난 것은 자신을 위함이 아니라 조국을 위해서란 충정을 실천해 오늘을 살아가고 있는 우리들에게 무한한 존경심과 책임감을 갖게 합니다.


안 의사님.

동북아시아의 평화에 대한 염원을 담은 동양평화론도 주창하지 않았습니까?

동양평화론에서 한국·중국·일본이 독립을 유지하고, 서로 협력하여 근대문명국가를 건설하자고 말씀도 하셨지요.

일본은 이웃 나라를 유린하지 말고 우정 있는 좋은 나라가 되어 함께 발전하면 동양평화와 일본의 이익이 된다고 설파하셨습니다. 오늘날 세 국가의 이해관계가 첨예하게 대립 중인 현재도 유효한 외침으로서, 안 의사님의 선각자적인 혜안을 그리워하고 있습니다. 왜냐하면 일본은 평화헌법을 다시 수정하고 군국주의 향수를 자극하며, 지난 역사적 과오를 반성하거나 사죄하지 않고 있고, 그 반면에 한국은 국가이익을 위한 진정한 안보외교정책의 갈 길에서 서성거리고 있기 때문입니다.

안 의사님.
인간의 또 하나의 근본은 부모와 자식 간의 사랑입니다.
안 의사님은 마지막 가는 처형 직전에 어머니 조마리가 보내 주신 한복 차림으로 교수대 올가미에 매달렸습니다. 그리고 어머니에게 보낸 마지막 편지에서 자식으로 다하지 못한 효도와 어머니도 자식 사랑에 대한 도리를 말씀하셨지요.
"엎드려 바라옵건대 자식의 막심한 불효와 아침저녁 문안인사를 드리지 못함을 용서하여 주시옵소서. …"
아들의 사형 선고 소식을 전해 듣고 "우리 모자의 상면은 이승에서 없기로 하자, 살아서 나라와 민족의 욕이 될 때는 오히려 죽음을 택하라" 했던 어머님이셨습니다.
지금 안 의사님은 어디에 계십니까?
안 의사님이 그토록 희망했던 조국은 독립국가가 되어 잘 먹고 잘 사는 국가의 길목에 있습니다. 그렇지만 안 의사님이 죽음을 앞두고 감옥에서 집필하고 그렸던 유묵 200여 점 중에 일부만 전해지고, 그 흔적들도 대부분이 중국 뤼순 감옥 박물관에 있습니다. 그뿐 아닙니다. 안 의사님은 조국의 품에 묻혀 바람소리 새 노래 들으며, 평화스러운 영혼으로 숨 쉴 수 있기를 소망하셨습니다. 그러나 조국은 이런 이유 저런 어려움을 들어 안 의사님의 유해를 조국에 이장하지 못하고, 서울 효창공원에 가묘로 모셔서 슬픈 영혼으로 떠돌게 하고 있어 부끄럽습니다. 조국의 품 안에 안겨 숨 쉬고 싶다는 유언이 들립니다.

존경하는 안 의사님.
오늘을 살고 있는 후손들에게 충효의 거울이 되셨습니다.
하루빨리 발전된 조국으로 유해를 이장하고, 많은 유품을 찾아 국민 모두가 볼 수 있게 해 평안한 영혼이 되도록 하겠습니다. 조국을 위해 죽는다는 것은 영원히 사는 것이고, 영광스러운 명예란 진실도 알려야겠습니다. 충효사상은 시대를 초월한 정신이고 실천의 덕목이 되기 때문입니다.

● 서간수필의 감상 2

## 사랑한 당신![11]

유치환

사랑한 당신!
제야를 당신과 함께 보내고 싶습니다. 이 해로 탕자의 허랑에서 벗어나 정결한 당신의 영혼에 씻기움을 받고 싶습니다. 허락해 주시겠지요?

---

11  조태일 외, 『문학의 이해』(한울아카데미, 1999), 291-292쪽.

사랑한 나의 芸!

이렇게 불러 봄이 참으로 오랜만입니다. 오랜 세월을 당신에게서 떠나 있었던 것 같습니다. 그러나 실상은 떠나 있었음으로 하여 한결 한시 반시도 떠나지 않았던 나의 당신에게의 향수는 골수까지 사무쳐 있는 것입니다. 내 인생에 있어 가장 값진 시절을 갈구에 사무치던 영혼의 반려! 오직 당신에게의 이 사모만은 어떠한 경우 어떠한 고비를 겪을 때마다 새 옷을 갈아입고 가슴을 다가들기만 했습니다.

사랑한 나의 芸!

내 영혼의 고향이 오늘 따라 이렇게 마음 저리게 그립습니다. 먼 세월 속 당신의 모습 앞에 얼마나 목놓아 흐느껴 울어 온 馬의 목숨이기에 말입니다. 여기는 학교입니다. 한참 바다 빛이 슬프게 물들어 있습니다. 이제는 눈을 감아도 푸르게 떠오를 그 빛을 앞에 두고 죽음을 생각하고 있습니다.

진정 우리의 앞날이 얼마나 하겠기에 오늘날 서로의 가슴에 어색한 베일을 쳐 옳겠습니까? 올해는 정녕 악몽 속의 한 해만 같았습니다. 뉘우칩니다. 못나게도 눈물이 나는구먼요. 이렇게도 못난 馬임을 알고 당신은 용납한 것 아닙니까?


나의 슬픈 芸!

오늘 제야를 당신과 같이 지내며 당신의 높은 영혼의 자락에 묻히고 싶습니다. 이 글이 당신의 손에 닿을 때는 새해 첫날이 되겠지요. 그러니 나중에 우선 전화로 뜻을 물을 마음하고 글을 쓰고 있습니다.

사랑한 나의 芸!

목마르게 부르던 이름이었습니다. 당신이 무어라 한들 馬는 당신의 馬요, 당신은 馬의 당신인 것입니다. 그렇죠? 대답해 보십시오. 새해에는 둘이서 어디나 가서 우리의 편지들을 정리합시다. 긴 세월 얼마나 아프고 서럽던 사연들을 다시 펼쳐 읽음으로 우리는 서로가 깊은은 애정을 돌릴 수 있고 더욱더욱 사랑하게 되리라 믿어집니다.

우리의 편지를 정리해 곱게 책을 냅시다요. 진정 우리가 얼마나 사랑하고 목숨해 왔음을 세상에 증명할 때가 왔습니다.

아아, 세상이, 세속들이 얼마나 우리의 애정을 부러워하겠습니까?

사랑이라는 것을 부끄러운 죄나 되는 것처럼 가슴속에만 숨기려 하는 당신이 요즘 들어 「애정서한집」을 내는 데 동의하는 것을 보아 한편 어쩌면 당신이 죽으려는 것이나 아닌지 생각이 미치니 모골이 송연해집니다.

그럴 리 없어야지요. 우리가 진정 어느 하나를 잃고 당신이나 내가 살 수 있겠습니까?

사랑하는 나의 芸!

새해엔 올해 한 해의 손해를 때로 보충하는 사랑을 우리는 가져야 할 것이며 나는 더욱 다짐하는 바입니다.

새해엔 모든 것을 정리하고 해인사로 들어가겠습니다.

거기 가서 불도에 귀의하여 더욱 슬프게 당신 그리움을 밝히며 여명하기로 이미 내 안에 작정된 것입니다. 당신도 먼 뒷날 해인사로 오십시오. 작은 암자를 짓고 우리는 어린애같이 여생합시다.

芸! 바다가 곱습니다. 못나게도 눈물이 납니다. 당신 부여잡고 흐느껴 울던 그 눈물이 잠시 나들일 갔다가 또 이렇게 오는가 봅니다.

사랑한 내 芸!

그럼 전화하리다. 오라 하여 주십시오. 馬와 같이 제야를 보내며 종소리를 들읍시다요.

나의 芸! 그럼 안녕.

1966년 12월 31일

당신의 馬

시인 유치환이 평생을 두고 사랑했던 연인 이영도 시인에게 보낸 편지 중 한 편이다. 두 사람은 이룰 수 없는 사랑으로 괴로워하는 가운데 사랑의 마음을 편지로 주고받았으며 그 편지들은 유치환의 사후에 『사랑했으므로 행복하였네』라는 서간집으로 출간되었다. 서간문은 수필의 형식 중의 한 형태로서 자신의 마음을 솔직하게 드러내는 가장 인간적인 향기를 전하는 글이다.

한 시대를 대표하는 시인이었던 유치환은 진솔한 사랑의 마음을 숨김없이 전하는 이 편지들에서 인간적인 따뜻함과 고통과 외로움을 절절하게 쓰고 있고 그것은 고스란히 독자에게 감동으로 전해진다. 39세부터 60세까지의 20년간 계속된 편지는 단순한 개인적 애정 서신에 그치는 것이 아니라 한 인간의 한 인간에 대한 지고지순한 사랑의 깊이와 진실을 느끼게 함으로써 절실한 감동을 준다.

### (4) 기행수필

기행수필은 여행에서 보고 듣고 행동한 것에 대한 느낌과 생각을 쓴 글이다. 따라서 기행수필은 단지 전개된 상황이나 보이는 대상을 열거해 기록한 기행문, 여행기, 견문록이 되어서는 안 되며, 여행을 하면서 느낀 주요 주제에 대한 소재들의 생각이나 충격, 감흥을 문학적 표현으로 적어 나가는 글이어야 한다.

좋은 기행수필은 ① 보고 듣고 겪은 일 중에 특이한 사건이나 감동을 받은 주제에 대한 소재를 선택하여 의미를 부여하고, ② 새로운 역사, 유물, 풍습, 특산물, 문화재, 주민 생활 등 견문이나 체험에서 얻은 실제적·정서적 변화를 탐구하며, ③ 여정과 생각이나 느낌, 여행을 마친 소회를 의미부여로 잘 나타내야 한다.

즉 여행자에게는 신선한 충격이 되고 독자에게는 미지의 세계를 펼쳐 주어야 한다. 신라 혜초의 당나라와 인도기행 「왕오천축국전」,

최남선의 「백두산 근참기」, 정비석의 「산정무한」 등이 있다.

● 기행수필의 감상 1

## 바다를 품고 있는 홍도[12]

하택례[13]

뜨거운 태양이 이글거리는 여름 휴가철이다.

삶의 연결 고리에 엉켜 고달파하는 나를 생각한 대로 느끼고, 하고 싶은 대로 행하는 자유인이 되어 어디론가 떠나고 싶어 목포-홍도-비금도 여행을 했다.

하늘이 어둠을 내린 8월 첫날 야간열차를 탔다.

서울 용산역은 만남과 떠남이 공존하는 많은 사람이 붐비고 있다. 살아온 환경과 삶의 방식이 다른 문우들이다. 수필이란 공통된 취미 하나로 모여 글감을 찾고 삶의 에너지 충전을 위해 떠났다.

문인으로 정이 든 사람들과 인생을 노래하고 예쁜 추억을 이야기 했다. 달빛 향기로 창밖에 스치는 여름밤의 별들과 알 수 없는 수많은

---

12  하택례, 『행복한 파랑새』(한국문학신문, 2021), 85-86쪽.

13  **하택례**

「한국수필」 수필 신인상, 「착각의 시학」 시 신인상, 연세대학교 미래교육원 수필창작 수학, 한국문인협회 이사, 한국수필가협회 이사, 명동에세이클럽 회장, 한국국보문학 부이사장, 한국문학신문 문학상, 계간문예 문학상, 연세대학교 미래교육원 수필창작 공로상, 대한민국 문화예술 명인대전 수필부문 명인대상(제16회, 국회 문화체육관광위원장) 수상, 작품집으로 시집 『별빛으로 만난 행복』, 수필집 『행복한 파랑새』, 『수필의 향기』, 『사랑이 흐르는 삶』 외 다수.

밀어를 주고받을 수 있다는 것이 얼마나 행복한 일인가? 햇살이 비치는 첫새벽에 목포역에 도착했다. 우리 일행 중의 친구분이 나와 반갑게 맞이하며 관광지를 안내했다. 인간관계에서 친구 간에 깊은 우정이 새벽이슬처럼 빛나 문우들 가슴속에도 스며들었다. 이난영의 노래로 듣던 삼학도의 전설이며, 가난한 효자가 아버지의 시신을 산에 묻기 위해 가다가 실수로 바다에 수장한 불효로 삿갓 쓴 바위가 되었다는 애틋한 전설이 있는 갓바위, 이순신 장군이 왜군에게 심리적 기만전술을 보여줬다는 노적봉과 강강술래 이야기는 오늘을 살아가는 사람들에게 인간적이고 국가적인 많은 의미를 느끼게 했다.

여행을 많이 한 사람은 다양한 것을 보고 경험한다는 말이 있다.

목포 선창가에서 흑산면(흑산도 홍동 가거도)의 하나의 섬인 홍도행 여객선에는 많은 여행객들의 설레는 마음과 들뜬 모습들의 갓밝음이 아침공간을 가득 채웠다. 홍도행 여객선은 푸른 파도와 바람, 천사의 섬 사이사이 물길을 날렵하게 달려간 만큼 우리들 몸과 마음도 힘찬 희망과 행복의 나래를 폈다.

어느덧 흑산도에 다다른다. 흑산도는 조선시대에 목포에서 배를 타고 일주일 혹은 날씨가 나쁘면 보름 넘게 걸려서 닿을 수 있는 섬이다. 나라에서 큰 죄를 지은 사람을 유배를 보낸 곳이다. 이곳은 쌀과 소금이 나지 않는 척박한 섬이기 때문에 "죄인이 된 네 목숨은 네가 알아서 하라"라는 것이었다.

손암 정약진(다산 정약용의 형)이 천주교도로 몰려 귀양 와서 흑산도와 홍도에서 직접 물질까지 하며 어부들 사이에 수백 년 내려온 지식을 해양생물학적으로 정리한 "자산어보"를 완성한 곳이다.

흑산도 끄트머리에 있는 홍도 해안 길을 거닐었다.

바람결에 갯냄새가 먼 날의 추억을 불러온다. 항구에는 길목마다 관광객이 가득하고, 길 양옆에는 해삼 멍게 돌김 미역 홍어회 등 노점

상이 활기찼다. 몽돌해수욕장에서 자연산 횟밥을 맛나게 먹고, 홍도를 일주할 유람선에 오르자 해설사의 설명은 뜨거운 바다의 정적을 깨고 뱃고동 소리와 함께 출발했다. 섬이 사암과 규암층리의 홍갈색을 띠었다고 해서 홍도라고 했단다. 깎아지른 듯한 절벽과 기암괴석이 즐비한 해안의 독특한 자태에 반했다. 빽빽한 나무들 숨소리, 자연 분재형 소나무의 청초한 자태, 슬픈 여인의 미소를 머금고 핀 동백나무, 절벽 끝에서 이슬을 먹고 사는 대엽 풍란은 그 향기가 10리까지 풍겨 홍도를 정답게 했다. 그뿐인가. 크고 작은 바위섬, 두 개의 바위 문, 일곱 남매의 바위 전설 등은 푸르디푸른 파도 소리와 어우러져 만들어 낸 예술품이었다.

신의 작품인 홍도는 아름다운 섬만큼이나 가는 길도 어렵고 험하다. 바람이 불고 파도가 치면 갈 수 없는 외로는 섬이다. 바다의 사나운 큰 물결에도 결코 흔들리지 않는다. 성난 너울을 잠자도록 다독거리며 인내하는 어머니 같은 모습을 봤다. 낮에는 뜨거운 태양으로 밤에는 홀로 6남매를 키우신 어머니를 닮았다. 가슴에 맺힌 고달픔을 마음껏 통곡하는 바다를 품고, 삶의 현장에서 외롭고 고단한 가장이라는 든든한 버팀목으로 자식들을 보듬어주신 어머니이셨다. 끝없는 수평선을 타고 따뜻한 숨결이 가슴 깊이 저려온다. 어머니를 향한 그리움의 여운은 애절하게 바다를 울린다. 내가 철이 들었을 때는 이미 멀리 달아난 세월이 어머니 은혜란 섬에 감사하기를 허락하지 않았다. 홍도가 다독거리고 있는 바다에 어머니와 함께 못 한 여행이 사무치도록 아쉬운 마음을 어떻게 해야 할까? 어머니의 삶이 바닷물이 되어 깨달은 회한의 흔적이 되었다.

홍도는 삶의 언저리에서 온 고통, 슬픔에서도 흔들리지 않고 숨 쉴 수 있는 세파를 이겨내라 소리치고 있다. 삶의 길이 외롭고 버거워 애면글면할 때는 파도와 바람이 그려 놓은 쪽빛 바다 위에 떠 있는 홍도에서 용기와 희망을 보며 다시 찾아오리라.

「바다를 품고 있는 홍도」 수필은 서두에서 홍도 기행을 통해 어머니의 모습을 묘사했다. 본문에서 1소재는 문우들의 목포기행과 느낌, 2소재는 흑산도 홍도 풍경과 느낌, 3소재는 홍도의 섬과 어머니의 느낌을 잘 비유했다. 결미에서는 홍도기행은 삶의 용기와 희망을 갖게 했다는 의미부여가 있다.

● 기행수필의 감상 2

## 왕오천축국전(往五天竺國傳)

혜초

… 삼보(三寶: 부처·불법·승려)를 사랑하지 않는다. 맨발에 나체며 이교도(異敎徒)라 옷을 입지 않는다. …

음식을 보자마자 곧 먹으며 재계(齋戒)도 하는 일이 없다. 땅은 모두 넓다. …

노비(奴婢)를 소유하고 사람을 파는 죄와 사람을 죽이는 죄가 다르지 않다. …

한 달 뒤에 구시나국(拘尸那國)에 도착하다. 부처님[釋迦]이 열반(涅槃)에 드신 곳이다. 성은 황폐되어 사람이라곤 살지 않는다. 부처님이 열반에 드신 곳에 탑을 세웠는데 한 선사(禪師)가 그곳을 깨끗이 청소하고 있다. 매년 8월 8일이 되면 중과 여승·도인(道人)과 속인(俗人)들이 모두 그리로 모여 대대적으로 불공을 드린다. 그때 공중에 깃발이 휘날리는데 그 수를 헤아릴 수가 없다. 모든 사람들이 그것을 함께 보고 이날을 당하여 불교를 믿으려고 마음먹는 사람이 하나둘이 아니다.

이 탑 서쪽에 한 강이 있는데 이라바티수(伊羅鉢底水)라 한다. 남쪽으로 2천 리 밖을 흘러 항하(恒河)에 들어간다.

그 탑이 있는 사방에는 사람이 살지 않는다. 매우 거친 숲만이 우거져 있다. 그러므로 거기로 예배를 보러 가는 사람은 물소와 호랑이에게 해를 입는다. 이 탑의 동남쪽 30리에 한 절이 있다. 이름이 사반단사(娑般檀寺)다. 거기에도 30여 채의 집이 있고 그중 서너댓 집에서 항상 그 탑을 청소하는 선사(禪師)를 공양한다. 지금도 그 탑에서 공양하고 있다. …

하루는 파라나시국(波羅疙期國)에 도착하다. 이 나라도 황폐되고 왕도 없다. …

저 다섯 명이 함께 부처의 설교를 들었으므로 그들의 소상(塑像)이 탑 안에 있다. …

위에 사자상(獅子像)이 있는 저 당(幢; 石柱)은 다섯 아름이나 되며, 거기에 새긴 무늬가 매우 아름다웠다. …

그 탑을 세울 때 이 당(幢)도 만들었다. 이 절의 이름을 달마카크라(達磨斫葛羅)라 한다. …

이교도(異敎徒)라 옷을 입지 않고 온몸에 재칠을 하고 대천(大天)을 섬긴다.

이 절 안에는 하나의 금동상(金銅像; 금으로 도금한 구리로 만든 불상)과 5백의 독각상(獨覺像)이 있다. 이 마가다(摩揭陀) 나라에는 전에 왕이 한 분 있었는데 이름이 실라디댜(尸羅票底, 尸羅阿迭多)였고 그가 이 불상을 만들었다. 그리고 겸하여 하나의 금동(金銅)으로 된 법륜(法輪)을 만들었는데 그 바퀴의 원주(圓周)가 30여 보(步)나 된다. 이 성은 항하(恒河)를 굽어보는 북안(北岸)에 위치해 있다.

곧 이 녹야원(鹿野苑)·구시나(拘尸那)·사성(舍城)·마하보디(摩訶菩提)의 네 영탑(靈塔)도 마가다국(摩揭陀國) 경계 안에 있다.

이 파라나시국에는 대승불교와 소승불교가 함께 행해지고 있다. 마하보디사(摩訶菩提寺)에 도착했다고 할 수는 없으나 내 본래의 소원에 맞아 매우 기쁘므로 내 어리석은 뜻을 대략 서술하여 오언시(五言詩)를 짓는다.

보리수(菩提樹)가 멀음을 근심하지 않는데
어찌 녹야원(鹿野園)이 멀리요?
다만 매달린 것 같은 길이 험함을 걱정할 뿐
이미 바람이 휘몰아침도 생각지 않는도다.
여덟 탑(塔)은 참으로 보기 어려우니 어지러이 오랜 세월에
타 버렸도다.
어떻게 그 사람의 소원이 이루어질까?
눈으로 목도(目睹)함이 오늘 아침에 있도다.

### (5) 일기수필

일기수필은 날마다 써 나가는 개인 기록이지만, 그 내용에는 독자들이 공감할 수 있는 삶에 대한 성찰과 고뇌와 애환에 대한 객관적 내용이 담겨야 한다. 일기처럼 하루의 일을 시간대로 적거나 어떤 사건

의 단순한 사실만을 기록한다면 읽는 사람들의 공감을 얻어 낼 수 없기 때문이다. 따라서 일기수필은 어떤 사건과 행동에 대해 생각과 느낌을 갖고 새로운 의미를 부여해야 한다.

예컨대 독일 히틀러의 유태인에 대한 야만적 범죄를 고발한 안네 프랑크의 『안네의 일기』, 조선의 임진왜란 때 이순신 장군이 쓴 『난중일기』, 연암 박지원의 『열하일기』 등이 수필문학으로 남아 있다.

● **일기수필의 감상 1**

## 작은 등불

조옥순[14]

창문을 열고 문밖으로 나선다.

아침 바람을 습관처럼 맞지 않으면 하루가 싱겁다. 집 주위를 청소하며 하루를 연다.

내가 살고 있는 집은 원룸과 투룸으로 구성되어 있는 18가구의 임대주택이다.

지역에는 크고 작은 병원과 기업들이 위치하고 있어 젊은 여성들이 많이 입주해 생활하고 있다. 젊은 청춘은 꿈이 가득한 계절이고 나이 든 청춘은 덕성이 담긴 계절이란 말이 있듯이 날마다 나는 젊은 여성들의 활기찬 일상을 볼 수 있다.

---

14 **조옥순**

월간 국보문학 수필 신인상, 연세대학교 미래교육원 수필창작 수학, 연세대학교 미래교육원 수필창작 공로상 수상, 연세에세이클럽 정회원, 한국국보문인협회 정회원 미래의 꿈과 낭만을 이야기하고 웃는 예쁜 모습들을 보며 나도 저런 시절이 있었는데, 솔직히 부러운 때가 한두 번이 아니다. 그리고 생활습관에서도 갖고 싶은 물품은 구입하여 먹고 즐기다가 효용성이 떨어지거나 새로운 제품이 나오고 싫증이 나면 미련 없이 버린다. 어쩔 때는 아무리 물질만능 세대라 하지만 버리는 것이 너무 많아 보인다. 못 쓰는 것을 버린다면 당연하지만, 충분히 먹고 쓸 수 있는 음식이나 물품을 쓰레기로 쉽게 보낸다. 국가적으로나 사회적으로 보릿고개의 가난을 겪고 성장했던 나는 절약하는 정신이 아쉬웠고, 자연환경 보호를 위해서라도 작은 모범자가 되고 싶었다.

　　매주 실시한 분리수거의 날이다.

　　쓰레기 분리수거장은 시끌벅적하다. 종량제 봉투에는 티슈 몇 장을 넣거나 아주 작은 양의 쓰레기를 담아 버리는 경우가 많이 있다. 또는 쌩쌩한 신발, 새것 같은 옷들과 다양한 생활용품들이 무언의 하소연을 하는 것 같다.

　　"주인님, 왜 나를 버리려 하시나요? 아직도 주인님을 위해 함께할 수 있는 기능이 있고, 함께하고 싶은 마음이 가득한데 말입니다…. 주인님, 제가 세상에 나와 기능을 다하지 못하고 쓰레기장으로 가서 불태워지기 싫습니다. 제발 나를 버리지 말아 주세요."란 절규가 들린 것이다.

　　어려움을 모르고 자란 젊은 세대들과 나이 든 세대들의 아끼고 절약하는 정신과 습관의 차이를 어떻게 할 것인가. 절제되지 않는 소비와 쓰레기 방출로 인한 자연환경 파괴에서 코로나19 같은 전염병이 몰고 온 어둡고 긴 비대면 세상을 어떻게 치유할 것인가. 앞으로 더 오랫동안, 더 건강하게 살아야 할 젊은 세대와 후손들에 대해 걱정이 아픈 마음으로 다가왔다. 나의 생활에서 작은 실천으로 쓰레기의 피해를 일깨워 주며 살아가고 싶다.

나는 시대적·가정적으로 풍부하지 못하게 자랐다.

항상 마음속에는 절약하고 아끼며 사는 것이 몸에 배어 있다. 젊은 세대들에게 환경문제와 근검절약 정신이 걱정이 되어 실천하는 모범을 보여 주고 싶었다. 그때에 마침 환경미화원과 많은 대화를 나누면서 공감대를 갖게 되었다.

매주 쏟아져 나온 쓰레기가 많다. 넘치는 일회용품, 포장도 뜯지 않은 채 버린 물품, 몇 번 신지도 입지도 않은 신발이나 옷가지들, 아직도 사용할 만한 전기기구, 크고 작은 다양한 생활용품들을 골라 닦는다. 그 용품들을 정리해 내놓고 "필요한 사람은 가져가 사용하라"라고 했다.

젊은 사람이나 좋은 이웃들이 서로 웃으며 동참했고, 재활용의 기회는 많아졌으며 쓰레기 양은 그만큼 적어졌다. 나의 작은 실천이 여러 사람들에게 아낌과 절약정신을 일깨우고, 쓰레기로 인한 자연환경 보호기여 등에 보람을 느꼈다. 이런 나의 실천을 강서구 지역 단체장들이 어떻게 알았는지 많은 격려와 칭찬을 해주었다. 심지어 작은 실천에 대한 원고 청탁이 있었다. 내가 일찍이 글쓰기를 배웠다면 나의 체험을 발표해서 많은 사람들과 더욱 폭넓게 소통할 수 있었는데, 아쉽기까지 했다. 그렇지만 아직도 늦지 않았다고 생각했다. 연세대학교 미래교육원에서 '행복한 수필 쓰기'가 배움의 계기가 되었고, 언제인가는 글로 발표해 공동의 가치를 공유하리라….

가끔 큰며느리도 "어머니는 무슨 덕을 쌓기에 여러 분들께 칭찬을 받느냐"고 묻기도 한다. 나의 작은 모범, 작은 실천이 젊은 사람들에게 근검절약 정신과 자연환경 보호를 일깨우고, 이웃의 사랑과 공동체의식을 배려한 작은 모범이 되어 보람 있는 황혼길을 걷는 것이다.

인생은 살아 볼 만한 가치를 만들어 가는 것이다.
일상생활의 편안함을 넘어 미래를 살아갈 세대들에게 근검절약 정신과 지속 가능한 자연환경 보호를 만들어 갈 수 있게 하는 것이다.

삶에서 "검소하고 절약하면 복이 되고, 낭비하고 사치하면 재앙이 온다."라는 진리를 깨우치는 것이다.

행복은 성취가 아니라 성취해가는 과정인가. 내가 할 수 있는 일을 실천하고, 이웃들과 함께 공유할 수 있는 감사함이 있어 행복하다.

젊은 사람들에게 "너 늙어 봤냐, 난 젊어 봤다"는 큰소리침보다는 일상에서 인생경험을 나누면서 근검절약과 자연보호를 위한 작은 등불이 되기를 소망한다.

「작은 등불」 수필은 서두에서 쓰레기 분리수거 날의 일상을 그렸다. 본문에서 1소재는 임대주택의 젊은 사람들과 느낌, 2소재는 분리수거 날의 진행과 느낌, 3소재는 재활용 실천과 느낌, 결미는 자연환경 보호와 절약정신의 모범자로서 작은 등불이 되겠다는 다짐이 의미 부여로 잘 묘사되었다.

# 일신수필(馹迅隨筆)[15]

박지원

## 가을 7월 15일 신묘일
맑다. 이날도 무척 더웠다.

우리나라 인사들은 북경에 다녀온 사람들을 처음 만나면 반드시 이번에 본 것 중에서 제일 장관이 무엇이냐고 묻고는 차례대로 꼽아서 말해 보라 한다. 그러면 사람들은 제각기 자신이 본 것 중에서 가장 장관이었던 것을 주워 섬긴다.

요동 천 리의 넓디넓은 들판이 장관이라느니, 구요동 백탑이 장관이라느니, 연도의 시장과 점포들이 장관이라느니, 계문의 숲이 장관이라느니, 혹은 노구교….

… 나는 삼류 선비이다. 나는 중국의 장관을 이렇게 말하리라.

"정말 장관은 깨진 기와 조각에 있었고, 정말 장관은 냄새 나는 똥거름에 있었다고. 대저 깨진 기와 조각은 천하 사람들이 버리는 물건이다. 그러나 민간에서 담을 쌓을 때, 어깨 높이 이상은 쪼개진 기왓장을 두 장씩 마주 놓아 물결무늬를 만들고, 네 쪽을 안으로 합하여 동그라미 무늬를 만들며, 네 쪽을 밖으로 등을 대어 붙여 옛날 동전의 구멍 모양을 만든다. 기와 조각들이 서로 맞물려 만들어진 구멍들의 영롱

---

15 일신수필은 1780년 7월 15일 신광녕에서 출발하여 7월 23일 산해관에 이르기까지 9일간에 모두 562리 연도에서 본 이국의 풍물과 체험을 쓴 내용으로 구성되어 있다. 본래 일신수필이란 말은 빠르게 달리는 역말 위에서 구경을 하고 지나가듯 보고 느낀 것을 생각나는 대로 썼다는 뜻이다. 박지원, 『열하일기 I』(김혈조 옮김, 돌베개, 2015), 245-327쪽.

한 빛이 안팎으로 마주 비친다. 깨진 기와 조각을 내버리지 않아, 천하의 문채가 여기에 있게 되었다.

동리 집들의 문전 뜰은, 가난하여 벽돌을 깔 수 없으면 여러 빛깔의 유리기와 조각과 냇가의 둥글고 반들반들한 조약돌을 얼기설기 서로 맞추어 꽃, 나무, 새, 짐승 문양을 만드니, 비가 오더라도 땅이 질척거릴 걱정이 없다. 자갈과 조약돌을 내버리지 않아 천하의 훌륭한 그림이 모두 여기에 있다. …

### 7월 16일 임진일
맑다.

새벽에 출발하니 기우는 달이 땅과 몇 척 정도밖에 떨어지지 않았다. 그 모습이 어슴푸레하고 황량하며 아주 둥글다. 계수나무 그림자가 성글게 서 있으며, 옥토끼와 은두꺼비를 손으로 만질 수 있을 것 같고, 달 속에 산다는 선녀는 얼음같이 흰 명주옷으로 아른아른 살결이 비칠 것 같다. 나는 정 진사를 돌아보며, "괴상한 일이로구먼. 오늘은 해가 서쪽에서 뜨네."라고 하니 정 진사는 처음에 정말 해인 줄 알고 내 말을 따라서 답하기를, "매일 아침 숙소에서 제일 먼저 출발하니, 정말 동서남북을 분간하기 어렵습니다." 하여 모두들 크게 웃었다. 잠시 뒤에 넘어가는 달이 바로 땅 끝에 걸리고서야 정 진사도 크게 웃었다. …

### 7월 20일 병신일
아침나절 맑다가 늦게 비가 왔다.

청돈대는 새돋이를 구경하는 곳이다. 부사와 서장관이 닭이 울 무렵 먼저 출발하여 해돋이를 구경하려는데 내게 사람을 보내 같이 가자고 했으나, 나는 잠을 푹 자고 늦게 출발하겠다고 사양하였다. 무릇 해돋이를 보는 것도 운수가 따라야 한다. 예전에 동해 바닷가를 유람

하며 총석정에서 해돋이를 구경했고, 통천군의 옹천과 석문에서도 각각 해돋이를 구경했으나 모두 뜻대로 되지 않았다. 늦게 도착하면 해가 이미 바다 위로 올라가 있었고, 밤새 잠도 자지 않고 기다리다가 일찍 해돋이 장소에 가면 마침내 운무가 캄캄하게 가리기도 하였다.

대저 해가 뜰 때 하늘에 한 점의 구름 기운도 없으면 해돋이 구경을 잘할 듯하나 이것은 가장 무미건조한 해돋이다. 단지 둥그렇고 붉은 구리쟁반이 바닷속에서 나오는 것 같으니 뭐 볼 만한 게 있으랴? …

**7월 23일 기해일**
가랑비가 내리다가 곧 개었다. 오늘은 절기로 처서이다.

연도에서 본 분묘들은 반드시 담장을 둘렀으며 둘레가 수백 보쯤 되고 소나무, 측백나무, 수양버들, 버드나무를 심어서 가지런하게 배열하였다. 묘 앞에는 모두 문이나 망주석 같은 화표가 있고, 죽은 자의 형상을 세운 곳은 모두 앞 시대 왕조의 귀인들 무덤이다. 문 세 개를 만들기도 하고, 패루를 만들기도 하였다. 앞서 영원성에서 본 조가패루의 제도에 미치지는 못하지만 굉장히 사치스러웠다. 문 앞에는 돌다리를 무지개처럼 만들고 난간을 둘렀다. 영원성 서문 밖의 조대수의 선영과 사하점의 섭씨 집안의 분묘가 가장 웅장하고 사치한 것이었다.

여자 세 명이 모두 준마를 타고 말 위에서 재주를 놀았다. 그중에서 열세 살짜리 계집애가 더욱 재바르고 말을 잘 탔다. 모두 머리에는 초립을 썼는데, 좌우칠보, 도괘, 시괘 등의 말 타는 기술이, 마치 눈발이 날리듯 나비가 춤추듯 빠르고 부드러웠다. 한족 여자들이 살아갈 방법이 없어 구걸이라도 하지 않으면 대체로 이런 재주들을 부려서 살아간다고 한다. …

> ··· 들판의 못에 붉은 연꽃이 한창 피었기에 말을 세우고 한동안 구경하였다. 왕가점에 이르니 산 위에 만리장성이 아득히 눈에 들어온다. 부사와 서장관, 변 주부와 정 진사, 시중 드는 하인 이할령 등과 함께 강녀묘에 갔다가, 산해관 밖의 장대에 올라 드디어 산해관에 들어갔다. 저물어 홍화포에 도착했다. 밤에는 감기 기운이 약간 있어 잠을 설쳤다.

### (6) 관찰수필

관찰수필은 일상 주변에서 발견된 대상에 대해 관심을 갖고 바라보며 얻은 느낌과 생각을 형상화한 수필이다.

특히 관찰수필은 어떤 대상에 대한 외적 양상을 정확하게 묘사하고, 더 나아가 그 대상의 내적 본질을 탐색과 상상력으로 용해하여 관찰자와의 관계를 설정하고 재해석해 새로운 느낌과 의미부여로 감동을 주어야 한다.

# 서오릉 숲길을 걷는다[16]

하택례

주변이 온통 초록 물결이다. 소나무 사이로 투명한 햇빛이 수많은 생명을 품고 있는 듯하다. 시대가 바뀌는 소리, 끊임없이 달리고 있는 바람 사이로 산책길을 나선다. 서오릉 소나무 숲은 역사를 품고 있다. 조선왕조의 다섯 왕릉이 모여 사극의 단골 주인공이 된 왕과 왕비의 능으로 더욱 친숙하게 다가와 오래된 기억을 불러낸다.

가을빛이 가득한 하늘이다. 서오릉은 서울 서쪽과 경계를 이루는 고양시 덕양구에 경릉·창릉·흥릉·익릉·명릉의 5기 왕릉이 있는 곳이다. 집에서 서오릉까지 걸어갈 수 있어서 시간이 되면 즐겨 찾는 산책길이다. 분주한 일상 속에서 차분히 자신을 돌아보고 마음속 감정을 들여다보는 나만의 시간이다. 오늘은 친구와 산책도 하고 커피도 마신다. 또 맛집이 많아서 좋았다. 아름다운 풍경을 함께 볼 수 있는 친구가 옆에 있어서 행복하다. 서오릉 관리사무소를 지나면 두 개의 산책길이 있다. 먼저 좌측으로 가면 울창한 숲속에 시냇물이 졸졸 흐르는 경릉을 만나게 된다. 경릉은 추존왕 덕종과 소해왕후가 잠들어 있는 곳이다. 왕은 왼쪽, 왕비는 오른쪽에 눕게 되는 것이 상례지만, 경릉만은 반대로 덕종이 오른쪽 묘로 잠들어 있는 것이 특이점이다. 소해왕비는 성품이 총명하고 높은 학식으로 최고 권력을 누렸기에 지아비보다 높게 좌측에 묘가 있다. 권력은 좋은 미덕과 온순한 마음을 차

---

16  하택례, 앞의 책 참조.

츰 굴절시켜 버리는 것 같다고 친구는 말했다. 옛날에도 살아 있는 권력의 위엄은 대단하다는 것을 알았다. 역사는 시공간을 초월하여 삶의 공감을 불러일으키는 세상사를 이야기하며 한적한 마음으로 발걸음을 옮겼다.

소나무 숲길을 따라 산등성을 걸으면, 창릉과 홍릉이 있다. 벌들이 꽃을 찾아 바쁘게 옮겨 다니는 창릉은 예종과 안순왕후가 잠든 능이다. 즉위 1년 만에 세상을 떠나 국가통치의 꿈을 이루지 못한 예종과 이를 바라본 안순왕후의 절절한 아픔은 어떠했을까 가슴이 아려왔다. 햇볕이 잘 들고 전망이 좋아 친구와 의자에 앉아 결코 통치하지 못하고 떠난 왕과 왕후의 다하지 못한 사랑을 안타까워했다. 저만치 보이는 석양 노을 사이로 그리움에 회한의 미소가 보인다. 코끝을 스치는 물큰한 흙냄새로 시선을 끄는 홍릉은 영조의 정비 정성왕후 묘가 있지만, 그 왼쪽에는 판판하게 다듬어진 채 묏자리가 텅 비어 있다. 영조는 생전에 바로 그 왼쪽 자리에 누울 예정이었으나, 역사는 영조의 두 번째 정순왕후와 구리 원릉에 묻히게 했다. 오로지 잘생기진 못한 무인석만이 투구를 쓰고 땅에 칼을 짚고 지키고 있다. 지아비 영조를 그리워하며 수많은 세월에 영영 비어 있게 될 공간을 결코 메울 수 없는 정성왕후의 안타까운 마음을 헤아려 보았다. 우리는 창릉과 홍릉에서 왕후들의 특별한 사연에서 운명적인 애잔함을 느꼈다.

생명체는 긴 세월 조금씩 성장하듯 작은 일에서도 의미를 알게 한다. 초록빛 자연의 공간은 익릉과 명릉으로 가는 길이다. 익릉은 숙종의 정비 인경왕후가 홀로 외롭게 있다. 인경왕후는 짧은 생애 동안 세 딸을 낳으나 두 공주가 일찍 죽어 운명도 기구했다. 그리고 명릉은 숙종과 계비 인현왕후가 쌍릉으로 나란히 누워 있고, 두 번째 계비 인원왕후는 쌍릉 왼편에서 내려다보고 있다. 남자는 첫사랑이라고 하지만,

숙종은 "인원왕후를 깊게 사랑한 것" 같다. 인원왕후가 지아비를 바라볼 수 있는 곳, 왕의 왼쪽 조금 높은 곳에서 "평소 함께 묻히기를 소원"했던 그 한을 얼마간이라도 풀어 주고, 정자각의 제사도 지아비와 함께 받아 한을 달래고 있는 것 같다. 익릉에서 좀 떨어진 평지에 역시 숙종의 후궁인 장희빈의 대빈 묘가 있다. 장희빈은 후궁에서 일약 왕비가 되었지만, 사색당파의 권력에 눈먼 욕심으로 폐비가 되어 초라한 묘비가 되어 침묵하고 있다. 국가권력의 흔들림과 개인의 애증 관계는 사회적 공동체와 개인을 피폐하게 했다. 서오릉의 푸른 숲과 이름 모를 새들이 통곡하고 있는 것 같다. 그 울음 속에는 여기에 누워 있는 왕과 왕후들이 잘못을 반성하며 "나라를 세우는 데는 천년의 세월도 모자라지만, 허무는 데는 한순간이라며" 후손들에게 경고음을 주고, 새로운 역사를 창조하라고 주문하는 것 같다.

역사는 시대의 증인이고 진실의 등불이 되어 오늘을 사는 사람들에게 참다운 교훈과 지혜를 준다. 군건한 의지로 키워낸 고단한 역사가 있어 오늘의 내가 있고 내일의 누군가가 걸어가게 된다. 창살 없는 감옥 같은 화려한 삶보다는 눈앞에 펼쳐진 자연이 주는 서오릉 숲길을 걷고 있는 나와 친구는 "오늘을 살고 있는 우리들은 참 행복하다"라며 행복한 파랑새 노래를 불렀다.


「서오릉 숲길을 걷는다」 수필은 서두에서 조선왕조의 왕과 왕후가 남긴 서오릉의 역사를 관찰했다. 본문에서 1소재는 서오릉의 경릉과 느낌, 2소재는 서오릉의 창릉, 홍릉과 느낌, 3소재는 서오릉의 익릉, 명릉의 관찰과 느낌, 결미에서는 서오릉이 주는 역사적 교훈으로 의미부여를 잘했다.

### (7) 비평수필

비평수필은 현대 물질문명의 피해 고발, 집단적 폭력성의 저항, 인간의 허위와 위선에 대한 폭로 등을 비롯한 어떤 사회 현상에 대한 논제를 분석하여 비평하고 바람직스러운 방향을 제시한다.

가벼운 수필처럼 주관적이고 서정적으로 감성을 주는 글이 아닌 무거운 글로서, 객관적이고 논리적인 이성으로 쓴 비평, 시론, 논설, 비판적 주장 등이 비평수필에 해당한다.

비평수필은 어떤 논제에 대해 주장을 펼쳐 독자를 설득하고 계도하는 사회적 기능을 중시한다. 그러나 비평적 내용은 문학이란 범주를 벗어나지 않아야 한다.

이 같은 비평수필은 과장과 축소, 비교와 대조, 조소와 자조, 해학과 풍자로 표현하며 시사성의 사회 수필, 풍자적 수필, 해학적 수필 등이 있다.

● **비평수필의 감상**

## 국치일을 잊지 말자

이천근[17]

우리가 사용하는 달력에는 매년 각종 기념일이 표기되고 있지만, 「국권수탈의 날」은 표기도 없을 뿐만 아니라 국가 안보를 우려하는

---

17  **이천근**
   월간 국보문학 수필 신인상, 서울 송파체육문화회관 행복한 수필창작 수학, 송파에세이 클럽 회장, 한국국보문인협회 정회원

어느 단체도 기억하지 않고 있다. 일본에게 국권을 강탈당한 날은 바로 1910년 8월 29일로서, 이날보다 더 아픔을 준 날도 드물 것이다.

진정한 독립선언과 해방의 의미를 알려면, 「국권수탈의 날」의 아픈 역사를 알아야 한다.

1905년 11월 '을사조약'을 체결하여 조선을 완전한 일본의 속국으로 만들어버린다. 을사조약은 일본의 불법적인 한국지배의 시작으로서, '을사조약'이 아닌 '을사늑약'이다.

미국 컬럼비아 대학도서관에서 을사조약이 강제로 체결된 조약이라는 고종의 친서가 발견되어 을사조약이 국제법적으로 무효이며 불법임이 확인되었다.

조선 강점 시 일본 헌병대장이었던 아카시 모토지로의 "일본의 「조선병합」은 불행한 일이지만, 당시에 조선을 그냥 두었더라면 조선은 중국이나 러시아에 먹혔을 것이며, 일본은 위험한 처지에 놓였을 것이므로 「조선병합」은 불가피한 것이었다. 조선은 그 당시 반근대적이고 법, 경제 등 여러 부분에서 뒤처져 있었으며, 일본은 메이지 유신으로 인해 문명국의 면모를 갖추고 있었다. 따라서 당시의 일본은 조선에 일본의 문명화된 면모를 전해주고 싶었을 것"이라는 말은 「조선병합」을 합리화하려는 억지주장이라 아니할 수 없다.

오늘을 살고 있는 우리들은 가장 기본적인 문제인 잘못된 용어나 잘못된 일제 압제 치하의 기간에 사용했던 말을 무의식적으로 사용하고 있다. 먼저 을사조약은 을사늑약이 맞고 '한일합방'이라는 명칭 또한 살펴봐야 한다.

강압에 의한 치욕적 날인 1910년 8월 29일은 일제가 이완용으로 하여금 고종을 협박하게 하여 강제로 '한일합방' 문서에 조인하게 했던 치욕의 날이다. '한일합방'에서 '합방'의 의미가 나라가 합쳐졌다는 일제의 입장에서 불리던 명칭이기 때문에 경술년에 나라의 치욕이라는 '경술국치'로 불러야 한다. 일제치하의 강점기 기간도 해방 이후 70여 년을 36년이라고 주장해오다가 최근에 35년으로 바로잡은 것은 그나마 다행이라고 할 수 있다. 일본제국주의는 한국을 강점하여 사회적·경제적 수탈뿐만 아니라 한국 민족을 지구 위에서 소멸시키려 한 것이다. 이 점이 서구제국주의의 식민지정책과는 근본적으로 다른 점이다.

우리 민족의 암울한 치욕의 시기, 반만년 역사를 단절시킨 수치의 역사, 그러한 치욕의 굴레를 벗어나기 위해 지금도 끊임없이 노력하고 있다. 그러나 근본적으로 일제로 인해 만들어진 모든 것들 중에 잊어야 할 것과 잊지 말아야 할 것에 대한 올바른 인식과 잘못 알고 잘못 쓰고 있는 것들에 대해 바로잡는 작업이 선결되어야 한다. 진정으로 일제의 잔재가 사라지고 민족의 정의가 올바로 설 것이다. 매년 국권수탈의 날을 앞두고 8월 29일을 다시 한번 되돌아봐야 할 것이다.

역사를 잊은 민족은 미래가 없다는 말이 있다. 하루 속히 「국권수탈의 날」을 국가기념일로 제정하는 문제가 공론화되어 채택되기를 바란다.

「국치일을 잊지 말자」 수필은 일제의 국치일을 잊고 사는 사람들에게 말한다. 본문의 1소재는 국권수탈의 날 기억과 느낌, 2소재는 일본의 불법적인 을사늑약과 느낌, 3소재는 한일합방 조약 체결한 날을 경술국치 지정과 느낌, 결미는 국권수탈의 날을 국가기념일로 지정하여 치욕의 역사가 반복되지 않아야 한다는 의미부여로 비평수필이다.

### (8) 명상수필

명상수필은 주로 자연을 대상으로 깊은 사색을 통해 사람이 살아가는 도리나 우주의 섭리를 이야기하거나 진·선·미를 중심으로 인생을 논한다.[18]

명상수필은 자연의 변화와 생명의 소리 및 움직임을 포착하여 삶의 느낌과 의미를 서정적으로 감화시켜야 한다.

그 주요 사례는 정목일의 「달빛 고요(덕유산의 추억)」 수필 등이 있다.

● **명상수필의 감상**

## 달빛 고요

정목일

달밤에는 들판에 나가고 싶었다. 들판에 나가면 달빛이 거느리는 고요 속에 빠지곤 했다.

달이 부르는 고요의 피리 소리… 온 누리에 넘쳐 마음속으로 흘러드는 피리 소리. 고요도 해라. 달빛보다 더 밝고 깊은 고요가 어디 있을 수 있으랴. 누가 달빛의 끝까지 고요를 풀어 놓았을까. 고요의 끝까지 달빛에 밀려간 것일까.

달빛의 고요는 냉수 한 사발처럼 그저 담담한 고요가 아니었다. 우주의 몇 광년 쌓인 고요, 달의 영혼이 비춰진 숨결이었다.

하늘이 가장 낮아진 밤이었다. 달과 별들의 몇 광년이 빛으로 흐르

---

18  박양근, 앞의 책, 320-323쪽.

고 고요 속으로 젖어들고 있었다.

달빛에 젖어들면 꿈속 같았다. 하늘과 땅, 밤과 낮이 서로 이마를 맞대고 있었다. 그리운 이들의 눈동자가 보이고, 머리카락이 닿아 있는 듯한 느낌이 들었다.

달빛, 그리고 고요… 달빛 고요에 돌아눕는 들풀 몇… 은하가 흐르고 있었다. 달이 부르는 피리 소리… 영혼의 피리 소리. 옷을 벗는 나무들의 하얀 피부가 보이고, 풀잎 위에서 밤새도록 벌레들은 무슨 말들을 하고 있는가. 옷을 벗고 있는 나무들의 말들이 들렸다.

고요가 하나의 큰 소리일까. 세상을 가득 채우는 노래일까. 몇천 년, 아니 몇만 년의 그리움을 풀어 엮는 노래일 듯싶었다.

실개천을 따라 줄지어 선 미루나무들… 이웃한 나무들끼리 달빛 속에 내외간처럼 정다워 보였다.

달빛 속에 숨죽인 몇만 년의 고요. 고요 속에 눈을 뜬 달빛. 그 무한한 은유법을 보고 있었다. 시공을 뛰어넘는… 눈 맞춤 같은 마음의 표현을 보고 있었다.

달빛 속에, 고요 속에 바람이 어떻게 부드러워지는가 보았다. 벌레 소리가 어떻게 더 고요롭게 어우러지는가 들어보았다. 그럴 때 영각사 주지승의 목탁 소리도 생각나지 않았다.

달빛 속에 마음을 다 드러내 놓을 순 없을까. 혼탁하고 치졸스러운 내 마음을 달빛 그 고요 속에 헹구어 보고 싶었다.

내 마음속에 항상 빈 뜨락을 마련해 둘 수 없을까. 내 마음의 뜨락에 떠오르는 달빛과 고요를 생각해 보았다.

내 마음에 흘러드는 달빛, 그리고 고요…

내 마음에 오래오래 달빛 고요가 머물러 있길 원하지만 내 마음은 늘 욕심으로 가득 차 빈 뜨락을 만들 수가 없었다.

마음이 어지러우면 어머니는 눈을 감으시고 천수경을 외시지만 난 달빛 고요를 생각했다. 달빛과 고요 속에 잠기면 차라리 가난이 더 홀가분해지고 포근해졌다.

덕유산의 달빛 고요는 나를 행복하게 해주는 신비였다. 영혼을 맑게 해주는 그리움이었다.

### (9) 사진수필

현대 문명사회의 발전에 따라 수필의 유형도 다양한 방법으로 작품화되고 있다.

사진수필(포토에세이)은 글과 사진을 결합하여 쓰는 수필의 유형이다. 즉 사진 속의 글이 아니라, 글 속에 사진으로 구성하는 것이다. 그 작품에는 작가의 체험의 글과 사진이 융합된 느낌과 의미부여가 있어야 한다.

사진수필도 일반 수필 쓰기와 같이 논리적인(서두-본문-결미) 구성과 체계적인(주제에 따른 한 개 소재) 전개를 하며, 지면 1쪽의 제한에 따라 글은 2/3, 사진은 1/3 분량으로 편성한다.

# 비무장지대의 메아리

조영갑

비무장지대(DMG)는 불러도 불러 봐도 메아리가 되돌아오지 않는 곳이다.

서해안의 예성강과 한강 어귀인 교동도에서 판문점을 지나 철원과 금화를 거쳐 동해안 고성에 이르는 아픈 인계철선이다. 오늘도 남과 북을 반으로 가르고 있는 155마일 철책선이 속울음을 삼키며 길게 누워 있다. 강원도 김화군 감화읍 지역에서 포대장을 하고 있을 때였다. 허름한 전방 산골 집의 방 한 칸에서 젊음의 꿈이 가득한 시절이었다. 그런데 집주인 어르신이 술 한잔을 드시고 부른 망향의 노래를 자주 듣고 합창도 했다. "조 대위, 내 고향은 바로 여기 김화에서 걸어 반나절이면 갈 수 있는 평강이여…. 빨리 통일되게 좀 해봐." 그러니까, 6·25전쟁 직전에 여기 김화에서 살고 있는 형제 집을 다니러 왔다가 전쟁이 일어나 아내, 3남매와 생이별한 것이다. 지금은 철책선으로 가로막힌 비무장지대 너머에 남겨진 처자식을 바라볼 수 있는 산에 올라가 평강평야만을 바라본다고…. 통일이 되면 제일 먼저 달려가고파서, 차마 김화지역을 떠나지 못하고 늙어간다고 했다. 총성이 멎은 비무장지대는 기약 없는 고요가 숨 쉬고 있다. 전쟁으로 아파했던 산야는 질푸름이 가득하고 날짐승 들짐승은 평화로이 넘나드는데, 어찌 만물의 영장이라 큰소리친 사람은 오갈 수 없는 곳이 되었는가.

지금은 세상을 떠났을 망향에 어르신의 한이나마 철책선 너머에 그리움이 머문 고향, 비무장지대의 예쁜 메아리가 되어 보고 싶었던 얼굴에 입맞춤하며, 조 대위도 함께 추억해 주셨으면 좋을 텐데…. 그날이 오면 조 대위도 손뼉 치며 크게 웃으리라.

# 지혜

조영갑

인생은 끊임없는 선택의 여정이다.

삶의 고비 고비마다 현명한 선택은 행복을 가져오고, 그릇된 선택은 불행을 가져오게 된다. 그 현명한 선택에는 지혜란 양식이 필요하다. 지혜는 사물의 이치를 밝히고, 시비와 선악을 판별하는 능력을 발휘하는 것이다.

바른 인생을 위해서는 무엇보다도 밝은 지혜를 가져야 한다. 지혜는 인생의 안내자, 생활의 거울이며 행동의 길잡이다. 내가 추구해야 할 방향은 어디이고, 설정해야 할 목표는 무엇인가에 대한 총명한 방향감각이고 슬기로운 판단이 된다.

그리스 신화에서 지혜의 여신 아테나는 부엉새를 가장 사랑했다고 한다. 왜 부엉새를 사랑했을까. 부엉새는 어둠 중에도 사물을 정확히 찾고, 암흑 속에서도 앞길의 분명한 목표를 향해 날아갈 수 있는 능력을 가졌기 때문이다. 지혜는 암흑과 어려움 속에서도 절망하지 않고, 인생의 정도를 알고 올바른 가치와 중요도를 느끼며 달려가지만, 그렇지 못한 사람은 지혜가 부족한 삶을 산다.

오늘을 살고 있는 지혜인은 정확한 목표를 향하면서도 삶에서 절제할 줄 알고 교만하지 않으며, 과거를 반성하고 현재를 살피며, 미래를 바라볼 줄 아는 부엉새가 된 것이다.

## 3) 기타 유형

인간이 사는 사회는 농업사회에서 산업사회로 진화하다가 오늘날에는 지식정보화 사회로 발전하였다.

수필은 자연과학과 인문과학이 융합된 과학수필, 의학수필, 생태수필, 판타지 수필 등 다양한 유형과 내용으로 확대되어, 실험문학으로서 수필의 영역과 발전은 더욱 커져가고 있다.

# 3. 수필의 주제

## 1) 주제의 개념

주제란 어떤 일이나 작품의 중심이 되는 사상이나 내용으로서, '구성', '상상'과 함께 문학의 3요소라 불린다.

주제는 영어로 테마(Theme), 혹은 서브젝트(Subject)라고 하는데, 한마디로 말해서 글의 제목이고 중심 사상이다. 작가가 글을 통해서 말하고자 하는 요지이자 주안점으로서, 주제에는 뜻이 담겨야 한다. 독자들에게 말하고자 하는 메시지, 본질, 핵심이 주제인 것이다. 주제가 뚜렷하지 않으면 애매모호하여 무슨 목적으로 쓴 글이며, 핵심이 무엇인지를 알지 못해 혼란을 일으킨다.

글을 쓰는 데는 대개 순서와 방법이 있다. 첫째, '무엇을 쓸까?'라는 생각에서 주제를 캐낸다. 이때 주제는 쓰고 싶은 내용으로서, 중심 사상(뼈대)이 된다. 둘째, 주제에 알맞은 소재를 캐낸다. 뼈대에 살을 붙이기 위한 글감(재료)을 구하는 것이다. 셋째, 주제와 소재를 갖고 구상을 한다. 구상을 할 때는 중심 사상에 따라 엮어 짜는 순서로 진행한다. 이와 같이 주제는 문장 전체를 거느리는 등뼈나 대들보와 같기 때문에 문장 전체를 이끄는 사상적 기둥이다.

예컨대 여행을 나서서 보고 느낀 점을 썼더라도 발견을 통한 일치

된 견해, 집약된 의미부여가 있어야 창작적인 수필이 되는 것이다.

글을 쓸 때 처음부터 주제를 설정해 놓고 전개해 가지만, 글을 써 가는 과정에서 글 쓰는 목적, 이유 등을 생각하면서 주제를 정하는 경우도 있다. 무거운 수필인 경우는 보통 주제를 설정하고 쓰는 경우이고, 가벼운 수필의 경우에는 써 가는 중에 주제를 구체화할 수도 있다.

어떤 문학 장르이건 주제가 없으면 뼈대 없는 건물에 불과하며 문학으로서는 형태를 유지할 수 없다. 그러므로 주제 설정은 곧 문학의 성패와 직결된다.

## 2) 주제 설정의 형상화 과정

주제 설정의 형상화는 ① 주제의 선명성, ② 주제의 일관성, ③ 주제의 의미성을 부여하는 과정을 거친다. 주제는 애매모호해서는 안 되며, 독자들에게 명확하게 전달될 수 있어야 한다.

한 수필에 주제를 여러 개 설정하면 작가의 핵심 사상이나 메시지가 무엇인가 의아하게 되고 혼란을 일으킨다. 또한 한 주제가 설정되면 소재의 수집, 구성, 전개 등이 어디까지나 주제를 살리기 위한 장치와 방법이 되어야 한다.

주제는 모든 사람들이 공감을 하고 인생과 결부하여 창작적인 의미를 부여할 수 있는 것이 좋다. 주제의 드러냄에 있어서는 선명하고 뚜렷하지만, 독자들이 느끼고 생각하게 여운을 남기도록 더욱 인상 깊게 만들어야 한다.

주제를 살리는 방법에 있어서 직접적으로 뚜렷하게 부각시키느냐

간접적으로 은근하게 숨겨놓느냐 하는 것은 작가에게 달려 있다. 주제는 작품 전체에서 일관되게 드러나기도 하지만, 문장의 한 부분, 또는 마무리 부분에서 나타나기도 한다. 소재를 만나면서부터 주제를 생각하는 경우도 있고 주제가 떠오르면서 소재를 찾는 경우가 있다.

주제를 설정하는 일은 독자가 글을 읽고 무엇을 얻을 것인가를 생각하는 일이다. 주제가 분명하면 문장의 윤곽을 잡을 수 있고, 문장을 전개하는 데 필요한 소재를 선택하는 기준을 세울 수 있으며, 문장의 통일성과 일관성에 도움을 준다.

주제를 설정할 때 유의점은 생활 속에서 오랫동안 관심을 가지고 생각해 왔던 일을 다루어야 하며, 자신이 잘 알고 있는 분야에 관한 것일수록 좋다. 또한 주제는 누구나 공감을 느낄 수 있는 것이어야 한다. 많은 사람들이 공감을 가질 수 있게 하려면 흥미성, 참신성, 시대성, 보편성, 의미성이 있어야 한다.

이와 같이 주제를 설정한 뒤에 형상화는 3단계로 이루어진다.

제1단계는 서두로서 주제의 탐색단계, 주제의 정리단계, 주제의 확정단계로 이루어진다. 이 단계는 주제의 선명성 단계로서, 어떤 글을 쓸 것인가에 대한 독창성을 생각한다. 특정한 분야에 대해 글을 쓴다든지, 혹은 일상문제에 대해 글을 써보겠다든지 하는 계획을 세울 수 있다.

제2단계는 본문으로서 주제의 일관성을 위해 써보고자 하는 주제 내용에 적합하고 구체적인 수 개의 소재를 선정하여 표현할 수 있도록 정리하고 범위를 한정해야 한다. 자신이 주제를 충분히 다룰 수 있는 각 소재의 범위를 판단하여 정해야 한다. 주제에 벗어난 소재로 쓴다면 글을 써내려가는 과정에서 혼란성과 어려움에 부딪치고 말 것이다.

제3단계는 주제의 의미성을 부여하는 결미단계로서, 자신의 주관적인 견해와 의견을 제시해야 한다.

수필 주제의 형상화 방법은 서정적 감성의 형상화, 사색적 감성의 형상화, 서사적 감성의 형상화에 대한 사례를 알아보면 다음과 같다.

● 서정적 감성의 형상화: 정목일의 『대금산조』

한밤중 은하가 흘러간다.

이 땅에 흘러내리는 실개천아.

하얀 모래밭과 푸른 물기 도는 대밭을 곁에 두고 유유히 흐르는 강물아, 흘러가라.

끝도 한도 없이 흘러가라. 흐를수록 맑고 바닥도 모를 깊이로 시공을 적셔가거라.

그냥 대나무로 만든 악기가 아니다.

영혼의 뼈마디 한 부분을 뚝 떼어 내 만든 그리움의 악기….

가슴속에 숨겨 둔 그리움 덩이가 한이 되어 엉켜 있다가 눈 녹듯 녹아서 실개천처럼 흐르고 있다.

눈물로 한을 씻어 내는 소리, 이제 어디든 막힘없이 다가가 한마음이 되는 해후의 소리….

한 번만이라도 마음껏 불러 보고 싶은 사람아.

마음에 맺혀 지워지지 않는 그리움아. 고요로 흘러가거라. 그곳이 영원의 길목이다. 이 세상에서 가장 깊고 아득한 소리. 영원의 뼈마디가 악기가 되어 그 속에서 울려 나는 소리….

영겁의 달빛이 물드는 노래이다.

## ● 사색적 감성의 형상화: 피천득의 『수필』

수필은 청자연적이다.

수필은 난이요, 학이요, 청초하고 몸맵시 날렵한 여인이다.

수필은 그 여인이 걸어가는 숲속으로 난 평탄하고 고요한 길이다.

수필은 가로수 늘어진 페이브먼트가 될 수도 있다.

그러나 그 길은 깨끗하고 사람이 적게 다니는 주택가에 있다. …

## ● 서사적 감성의 형상화: 이태준의 『작품애』

어제 경성역으로부터 신촌 오는 기동차에서다. 책보를 메기도 하고, 끼기도 한 소녀들이 참새떼가 되어 재깔거리는 틈에서 한 아이는 얼굴을 무릎에 파묻고 흑흑 느껴 울고 있었다.

다른 아이들은 우는 동무에게 잠깐씩 눈은 던지면서도 달래려 하지 않고, 무슨 시험이 언제니, 아니니, 내기를 하자느니 하고 저희끼리만 재깔인다. 우는 아이는 기워 입은 적삼 등어리가 그저 들먹거린다. 왜 우느냐고 묻고 싶은데 마침 그 애들 뒤에 앉았던 큰 여학생 하나가 나보다 더 궁금했던지 먼저 물었다. 재재거리던 참새떼는 딱 그치더니 하나가 대답하기를, "걔 재봉한 걸 잃어버렸어요."라고 한다.

"학교에 바칠 걸 잃었니?"

"아니야요. 바쳐서 잘했다구 선생님이 칭찬해주신 걸 잃어버렸어요. 그래 울어요." 큰 여학생은 이내 우는 아이의 등을 흔들어 달랬다.

"애, 울문 뭘 하니? 운다구 찾아지니? 울어두 안 될 걸 우는 건 바보야." …

### 3) 주제의식 갖기

작가는 모름지기 주제의식이 있어야 한다. 자신이 평생을 통하여 다루고 싶은 중점 주제를 갖고, 이를 문장으로 형상화하기 위해서는 체험, 답사, 취재, 문헌을 통해 예비하는 자세가 중요하다.

또한 자신에게 맞는 자신만의 주제를 갖도록 힘쓰는 일이 중요하다. 뚜렷하고 의미 있는 주제를 한두 개만 설정하여 평생을 통해 탐구해도 좋을 것이다.

주제가 분명하면 글쓰기의 방향이 잡히기 때문에 '무엇을 쓸까?' 하는 고민에 시간을 낭비할 필요가 없다.


### 4) 주제의 전달방법

장편소설은 여러 토막의 서사로 구성되므로, 몇 갈래 주제를 종합함으로써 큰 주제를 설정할 수 있다. 이에 비해 수필은 주제가 표출되는 문학의 형식이다. 수필은 결국 나를 표현하는 것이기 때문에, 시나리오나 소설에 비해 주제가 직설적으로 나타난다.

주제를 전달함에 있어 수필은 형식상 뚜렷한 특징이 있다. 이 특징은 예시화(illustration)와 일반화(generalization)의 부분으로 나누어진다. 예시화는 각 소재의 구체적 서술이고, 일반화는 각 소재가 지니는 느낌을 묶어 의미부여로 일반화하는 과정이다. 이 과정에서 작가의 주관적 견해와 함께 주제가 담긴다. 즉 예시화나 일반화된 주제를 어떻게 소재를 배치하고 글을 엮어 나가느냐 하는 것이 수필 전개의 요체가 된다.

## 5) 주제의 실제

### 천륜[19]

공대천[20]

부모와 자식의 관계는 하늘이 맺어준 천륜이다. 부모님의 장례를 치르고 나서야 내가 천륜으로부터 자유로울 수 있는가를 생각하게 되었다.

아버지는 닷새를 누워계시다가 세상을 떠났다. 특별히 아프신 곳도 없었던 아버지가 혀가 굳어져 온다고 하면서, 하루에도 몇 번씩 칫솔로 혓바닥을 강하게 문지르셨단다.

그때마다 계모는 내가 비상용으로 드린 엄지손톱 크기의 웅담을 드시게 해 고통을 덜어드렸다고 한다. 그때에 강릉 직장에서 3일 전에 서울로 발령을 받았다. 운명하신 마지막 날에서야 아버지를 찾았다. 아버지는 아무 말도 못 하셨지만 희미하게 웃으시며 아주 잠깐 내 손을 힘없이 잡았다가 눈을 감으셨다.

빛바랜 이불 밖으로 나온 가늘고 긴 팔다리는 무관심했던 나의 그림자였고, 우중충한 방과 메마른 간호의 흔적은 계모가 준 구박의 마음이었다. 내 마음에 슬픔은 없었다. 천륜이 주는 아픔도, 마지막 모습

---

19  공대천 외, 『사랑이 흐르는 삶』 1집(서울: 도서출판국보, 2019), 180-183쪽.

20  **공대천**
　　월간 국보문학 수필·시 신인상, 서울대교구 가영시아 행복한 수필창작 수학, 한국문학신문 문학상 수상, 명동에세이클럽 정회원, 한국국보문인협회 정회원, 수필집 『사랑이 흐르는 삶』(공저), 『등뒤에서 부는 바람』 산문집 외.

에 대한 연민도 없었다.

아버지는 잘나가던 젊은 시절에 세 명의 여자에게 여섯 아이들을 낳고, 혼자만 즐겁게 산 사람이었다. 가장으로서 의무와 책임을 다하지 않고, 자식들에게 고통과 한만을 남긴 원망스러운 아버지였다. 가족사진 한 장이 없다. 보통 사람들의 삶처럼 행복이 숨 쉬는 가족은 나에게 사치였다.

나를 낳고 길러 주셨던 어머니는 8년 동안 부산에 있는 요양원에서 지내셨다. 일상이 바쁘다는 이유로 자주 찾아뵙지 못했다. 부산에 사는 이부 여동생이 어머니를 보살폈다. 어머니는 돌아가시기 5년까지는 몸을 움직이며 불편함 없이 생활하셨지만, 마지막 3년은 힘들게 사시다가 88세에 세상을 떠나셨다. 맑은 정신으로 온종일 누워 하얀 천장만 바라보시며, 지난 아픔들이 검은 거품이 되어 떠오르는 것을 힘들어하셨다.

아버지에게 버림을 받고 다시 결혼하여 자식을 낳게 된 것을 더욱 후회스러워하셨다. 어머니는 자주 나와 이부 여동생에게 "너희들에게 해준 것도 없이 고생만 시켜 미안하고 고맙다." 하시고 특히 나에게 "네 처에게 잘해주어라. 내가 제일 미안한 사람이 어미다."라 하시며 눈물을 흘리시곤 했다.

어렵고 힘들었던 삶의 언저리에 쌓였던 사연들을 흘날리며 후회하고 힘들어하시다가 외롭게 떠나셨다.

일그러진 삶의 현장을 떠난 아버지와 어머니의 빈자리를 뒤늦게 보듬어 본다. 아버지가 병원에 입원하여 치료를 받았다면, 더 오래 사실 수도 있을 텐데, 왜 나는 병원에 모실 생각을 안 했을까? 계모는 아버지에 대한 미움과 병원비 때문이었을지 모른다. 장남인 내가 책임 졌어야 했을 텐데…

어머니도 행복한 노래 한번 부르지 못하고, 가시덤불 같은 삶 속에서 허무와 메마른 파편들을 껴안고 사시게 놓아두었을까? 더 잘해드릴 수 있었을 텐데….

그동안 쌓였던 아버지와 어머니에 대한 원망이 부모자식 간의 천륜을 가로막았다. 특히 아버지는 가장으로서 주어진 책임과 의무를 다하지 않음에서 오는 고통과 한이란 먼지를 가정이란 텃밭에 뿌리려만 놓고 떠나신 것이다.

어느 날 아버지 산소를 오랜만에 찾았다. 멍한 가슴으로 술 한 잔을 뿌리면서 말씀드렸다. "아버지… 그동안 아버지를 탓하며 원망했습니다. 어머니도 떠나셨습니다. 이제라도 하늘나라에서 두 분이 화해하시고 즐겁고 정다운 세상을 살기를 빕니다."

긴 세월 동안 나를 짓눌러왔던 천륜이 남긴 어두운 그림자가 걷히고 밝은 빛의 평화가 찾아왔다. 비로소 아버지, 어머니 그리고 나는 하늘이 맺어준 천륜이란 하나의 가족으로 회복한 것이다.

아버지와 나 사이에 쌓였던 미움과 원망이라는 부정적 흔적들을 천륜이란 또 다른 사랑으로 품게 되었다. 나에게는 좋은 아버지가 없었지만, 나도 사랑받는 아버지가 못 된 것 같다. 다른 부모들보다 더 많은 의무와 책임을 다하며 살아왔다고 생각했지만, 아내는 "자기는 하고 싶은 것은 다 하고 살고 있다" 하고, 자식들은 "아버지만큼 편하게 사는 사람이 어디 있어요?"라며 불만을 토로한다.

나도 모르게 아버지를 닮아 간 모양이다. 그렇지만 아무리 천륜이라고 해도 나쁜 흔적만큼은 결코 따르지 않아야겠다. 지금부터라도 가족에게 최선을 다하면서 행복을 누릴 수 있는 남편이고 아버지로 다시 태어나 후회 없는 인생을 살아가야겠다.

「천륜」 수필은 서두에서 하늘이 맺어준 부모와 자식 간의 천륜이란 주제를 선명하게 암시하고 있다.

본문에서 1소재는 일그러진 아버지의 삶에 대한 원망과 느낌, 2소재는 한스러운 어머니의 삶에 대한 애잔함과 느낌, 3소재는 아버지와 어머니가 가정을 지켜주지 못한 천륜에 대한 미움과 단절의 느낌이었지만, 두 분이 세상을 떠난 후에는 천륜이란 더 큰 사랑으로 다시 한 가족이 된 것이다.

결미에서 작가는 한 가정의 남편이고 아버지로서 천륜을 다하는 인생을 살아가겠다면서, 천륜이란 주제를 매우 사실적이고 의미 있게 잘 묘사했다.

# 4. 수필의 소재

## 1) 소재의 개념

소재(素材)란 예술작품의 근본이 되는 재료로서, 어떤 작품을 위한 글감, 글거리이자, 주제를 살리는 데 필요한 선택적인 원료로서 재료(材料)가 된다.

수필에서 주제(혹은 제목)를 체험적으로나 문학적으로 명쾌하게 충족시키기 위해서는 적합한 소재를 찾아 쓰는 것이 매우 중요하다. 같은 소재라 하더라도 문학의 소재와 미술의 소재는 개념상의 차이가 있다. 예컨대 공예의 경우만 하더라도 소재에 따라서 목공예, 석공예, 금속공예, 칠보공예, 도자기공예 등으로 분류되는데, 이것이 곧 문학의 소재와 동일한 개념은 아닌 것이다. 즉 공예나 조각처럼 미술의 소재는 작품을 형상화시키는 데 사용하는 물질을 가리키지만, 문학의 소재(글감)인 자연물, 인간사, 느낌과 상상, 새로운 발견 등은 정신적인 대상이라고 보아야 한다.

시, 소설, 희곡, 수필 등 어느 문학 형태이든 글감인 소재가 없이는 글을 써 나갈 수 없다. 집을 지으려면 나무, 시멘트 및 철근, 돌, 기와 등이 필요하듯 글을 쓰려면 글감이 준비되어 있어야 한다.

수필은 주제에 따라 소재는 무궁무진하다. 그 이유는 다른 문학

장르와는 달리 수필의 소재는 무엇이든 다 수용할 수 있기 때문이다. 그 예로서 자신이 경험한 신변잡사, 자연에 대한 관찰, 감상, 자신의 생각, 주의, 주관, 견해, 사회생활, 제도, 풍습, 양식, 인정, 사랑 등 모든 세상사에 대한 생각이나 느낌 등이 수필의 소재로 사용된다.

그뿐만 아니라 수필은 무엇이라도 담을 수 있는 용기라고 볼 수 있다. 따라서 무엇을 그 속에 담든 그것은 오로지 작가 자신의 선택에 맡길 수밖에 없다. 왜냐하면 수필은 인간성에 관한 것이나 관습이나 역사나 예술이나 정치, 경제, 문화, 사회, 교육, 과학, 군사, 종교, 스포츠 등의 모든 방면의 것을 소재로 할 수 있기 때문이다.

수필가 윤재천은 『생각의 흐름을 따라』라는 수필에서 수필의 소재를 얻는 경우를 다음과 같이 말하고 있다.

깊은 대로의 침잠이요, 정관(靜觀)의 세계로 인도된다. 그 인도는 한 점 먼지에서 비롯된다.

이것을 때때로 글로 옮겨 본다.

이것이 수필의 세계요, 한 편의 수필이 쓰이는 착상점이 되기도 한다.

어느 피곤한 귀갓길 차 속에서 숱한 만남을 하고, 숱한 깨달음에 빠지는 것이다.

혼탁한 도회의 차 속에서 발견되는 귀한 착상이 있고, 때로는 눈 내린 겨울 들판을 달리는 야간열차 속에서의 착상도 있으며, 밥상머리 아내의 시중에서 크나큰 소재를 얻는 경우도 있다.

이처럼 이 세상의 모든 것들과 자신이 보고 느끼는 것들이 수필의 소재가 될 수는 있지만, 일단 작가의 선택에 따라 글감이 정해지면, 그 선택의 기준이 되는 것은 작가의 안목이 아닐 수 없다. 세상의 모든 것이 소재가 될 수 있어도 작가의 눈에 들어 선택되지 않으면 소재가 아닌 것이다.

이와 같이 작가의 소재 찾기 노력에 따라 소재를 많이 가진 작가가 있고, 소재 빈곤으로 글을 쓰지 못해 고민하는 사람도 있다.


## 2) 소재의 중요성

수필은 비교적 짧은 산문이기 때문에 소설이나 희곡에 비해 소재의 선택 여부에 따라 성패가 좌우된다고도 볼 수 있다.

수많은 사물과 세상사 중에서 작가는 주제를 구현할 수 있는 소재를 선택하게 될 때는 마음속에서 주제와 소재까지를 함께 떠올려야 한다. 소재 선택은 작가의 지금까지 삶을 통한 총체적인 가치 기준의 발동이며, 안목의 반영이라 할 수 있다.

소재 선택에는 자신의 취향, 관심, 개성이 작용하며, 품격, 미의식, 인생관, 가치관이 포함된다. 수필집의 목차를 훑어보는 것만으로도 작가의 삶의 모습, 의식, 정신세계를 짐작할 수 있는 것도 이 때문이다. 따라서 수필은 자신의 삶의 모습과 개성을 적나라하게 드러내는 문학이므로 소재 선택이 곧 문학의 성패와 직결된다고 할 수 있다.

문학 장르 가운데서 수필 소재의 비중은 소설이나 희곡에 비하여 현저하게 크고 무겁다. 예컨대 수필은 하나의 자연물에서, 친구의 얘기에서, 눈이나 비가 오는 모습 등에서 갖는 느낌만으로도 하나의 작품이 될 수 있지만, 소설이나 희곡은 반드시 줄거리가 있어야 한다.

오물, 변소 등 악취가 나는 소재를 다루더라도 글에서 고결한 인품의 향기를 뿜는 사람이 있고, 난이나 매화 등 고아한 향기를 내는 소재를 다루더라도 글에서 악취가 나는 사람이 있다. 소재 선택도 중요한 것이지만, 어떻게 빚어내느냐(형상화) 하는 역량과 솜씨에 따라 그 경지는 달라진다. 돌멩이, 모래알을 그냥 보잘것없는 것으로 눈여겨보지 않은 사람이 있는 반면에, 같은 소재에 천년의 세월과 삶이라는 창작적 의미를 부여하는 사람도 있을 것이다.

수많은 소재들 중에서 소재를 선택할 줄 아는 안목, 그리고 선택한 소재를 바탕으로 작품으로 빚어내는 솜씨가 있어야만 자질을 갖춘 수필가라 할 것이다.


## 3) 소재의 조건

어떤 소재가 좋은 소재인가? 이에 대한 관점은 작가에 따라서, 또는 독자에 따라 달라질 수 있다. 여기에서는 보편적으로 독자의 입장에서 좋은 소재의 요건을 생각해 본다.

### (1) 흥미성
아무리 문학성이 뛰어난 작품이라 할지라도, 흥미를 느끼지 못해 독자들에게 외면당한다면 애석한 일이 아닐 수 없다. 문학성 속에는 흥미성까지도 포용하고 있어야 한다. 따라서 소재는 독자에게 흥미를 주는 대상이어야만 친근감을 얻을 수가 있다.

### (2) 참신성
독자들은 언제나 새로움에 대해 갈증을 느끼고 있다. 예술은 기존의 틀과 질서를 깨고 새로운 질서와 세계를 구축하려는 데서 이루어진다. 소재 자체가 구태의연한 것이라든지, 일상에서 언제나 대면하는 것들이라면, 독자들에게 흥미를 주지 못할 것이다. 경험하지 못한 새로운 세계, 탐구, 발견, 생각을 펼치는 데서 독자는 흥미와 관심을 갖게 된다.

이 새로움은 독자들의 삶에 활력을 불어넣는다. 그러나 참신성은 반드시 새로운 체험에만 있는 것은 아니다. 누구나 겪는 일상생활에서, 혹은 모두가 진부하다고 느끼는 평범한 것들에서 작가가 얼마든지 새로운 시각과 해석으로 참신성을 불어넣을 수가 있는 것이다.

소재 자체가 참신하면 더욱 좋겠지만, 평범 속에서 비범을 발견할 줄 아는 새로움의 눈과, 진부한 것에서 전연 새로운 발상과 해석을 끄집어낼 수 있는 안목과 경지에서도 참신성을 느낄 수가 있다.

### (3) 특이성

소재 자체가 보통 사람들에게는 경험하기 힘든 특이성, 전문성이 있다면, 독자의 관심을 끄는 요건이 된다.

예컨대 정신과 전문의, 동물사육사, 곤충연구가, 기상관측사, 식물재배가, 탐험가, 오지여행가, 역사학자, 군사전문가 등의 글에서는 작가만의 특이한 체험 세계가 펼쳐지므로 많은 사람들이 애독하게 된다. 따라서 수필가들도 자신만의 특이한 탐구 분야를 개척하여 전문가 이상의 지식과 연구로 수필의 영역을 확대할 필요가 있다.

### (4) 개성

수필은 다른 문학 장르보다 자신의 개성을 잘 드러내는 문학이라는 점에서 자기 개성과 잘 맞는 소재를 고르는 것이 좋다. 개성에 맞는 소재이어야만 유감없이 자신의 체험 세계를 형상화할 수 있다.

얌전하고 도덕률에 길들여진 사람이 파격적인 소재나 유머, 위트 등을 다룬다면 흥미를 불러일으키겠지만, 무리 없이 소화해 내기가 쉽지는 않을 것이다.

이와 같은 소재의 조건에서 「베트남 전장에서 실타래 연인」은 좋은 소재가 된다.

## 베트남 전장에서 실타래 연인

양창선[21]

세월은 창 넘어 도망친 추억을 다시 소환하기도 한다. 시간의 흐름은 베트남전쟁 포연 속에 간직한 실타래를 어느새 마음의 연인이 되게 했다.

강원도 양구 최전방에서 보병소대장 임무를 수행하고 있었다.
초급간부 소위로서 전투경험을 쌓고 국가이익을 위해 베트남전쟁에 백마부대로 파병(1967-1968)을 했다. 화천에 있는 파병교육장에서 현지 적응훈련을 마치고 춘천역을 출발할 때는 전장에서 못 돌아올 수도 있다는 삶과 죽음의 번뇌, 고향의 부모형제에 대한 아련한 연민을 하다가 잠이 들었다. 갑자기 소란스러운 함성이 들려 눈을 떠보니 서울 청량리역이었다. 춘천역에서 환송하지 못한 가족들이 나온 듯싶었다. 나는 배웅해줄 사람이 없었기 때문에 그저 멍하니 창밖의 환송객들을 바라보고 있을 뿐이었다. 그때였다. 높은 하이힐에 짧은 치마를 입은 아가씨가 총총걸음으로 내 앞에 서더니 손에 든 실타래

21  **양창선**
경기 하남 거주, 월간 국보문학 수필부문 신인상 수상, 서울 강동문학 수필·시 문학창작 수학, 서울 강동에세이클럽 회장, (사)한국국보문인협회 정회원

를 목에 걸어주면서, "전쟁터에서 무사히 돌아오세요. 건승을 빌겠습니다." 하고 손을 내밀었다. 얼떨결에 아가씨 손을 잡자 구겨진 쪽지 한 장을 손에 꼭 쥐어 주면서, 다시 "몸조심하시고 건강히 돌아오세요."라고 말하는 순간에 기차는 출발했고, 고맙다는 인사도 제대로 하지 못했다. 나를 향해 한없이 손 흔든 연인의 모습은 점점 멀어져 갔다.

내 목에는 생명을 길게 연명해준다는 무명 실타래가 걸쳐 있었고, 쪽지에는 볼펜으로 또박또박 눌러 쓴 글씨로 "서울 동대문구 제기동 25번지 안미경"이라고 적혀 있었다. 나는 생각지 못한 값진 선물을 의미 있게 받아들이며 실타래와 쪽지를 배낭 깊숙이 넣고, 다시 예쁜 미소로 손 흔드는 실타래 연인의 모습을 그려 보았다. 옆자리에 앉았던 박 소위가 "양 소위, 참 좋은 선물을 받았네."라며 부러워했다. 전쟁은 죽음의 향연이란 말이 있다. 죽음이 있는 전쟁터에 가는 두려움과 서늘해진 마음에 길고 질긴 실타래처럼 건강한 몸과 마음으로 살아 돌아오라는 염원의 기도는 내 생애의 최고 선물이 된 것이다.

부산항을 출발하여 10여 일간의 거친 항해 끝에 베트남 나트랑항에 도착했다.

푹푹 찌는 더위와 무성한 정글 작전에서 소대장 임무를 수행했다. 나는 베트콩 소탕작전에 투입될 때마다 잊지 않고 먼저 실타래를 배낭 속에 넣으면서 나와 우리 소대원 모두의 안전무사를 지켜 달라고 빌었다.

어느 날 야간 전투에서 치열한 매복작전을 치르면서, 소대원의 위기상황이었다. 그러나 실타래의 기도가 우리를 지켜줄 거라 믿었기에 자신감이 생겼다. 나는 전투작전에서 무사히 귀대할 때마다 실타래 연인에게 감사한 마음을 담아 편지를 띄웠다. 좋은 선물 덕분에 무사히 글을 쓰고 있노라며, 작전지역의 모습과 촌락, 밀림 풍경, 물소 떼 사진 등을 수없이 보냈고 우편물이 올 때마다 답장을 기다렸으나 오지 않았다. 그래도 포기하지 않고 꼭 답장이 오도록 하겠다는 마음으로 당시 한국에서 가장 인기 있는 아리랑 월간 잡지(1967년 10월호)에 '무명 실타래에 대한 보답'이란 제목으로 투고했다. 내 사진과 함께 "건강히 돌아오세요"라는 당부에 힘을 받아 무사히 잘 지내고 있으며, 귀국해서 만나 재미있는 이야기 나누고 싶다는 내용이었다.

고국에서 많고 많은 편지들이 왔다. 그중에는 대답 없는 그 연인을 대신해서 답을 주겠다는 내용 등 중대 우편물의 절반이 내 편지였다. 그러나 정작 기다리던 답신은 끝내 받지 못한 상황에서 귀국 명령을 받고 베트남에서 마지막 편지를 썼다. "… 자기가 내 목에 걸어준 실타래 연인의 믿음과 귀국하면 만날 수 있다는 희망 덕분에 건강한 몸으로 귀국하게 되었으니 부산항에 도착하는 날 피켓을 들고 맞이해 달라"는 간곡한 청의 마지막 편지를 중대 우편함에 넣었다. 그동안 수없이 그리던 실타래 연인에게 줄 선물과 함께 실타래 및 쪽지도 챙겨 귀국 배낭 속에 담았다.

베트남전쟁의 참전은 직업군인으로서 많은 소부대 전투경험을 얻었고, 포연 속에 핀 실타래 연인의 기도가 나를 지켜주었다.


베트남전쟁에서 전투경험을 쌓고 귀국길에 올랐다.

바로 1년 전에 부산을 출발할 때는 전쟁터에서 소위 장교는 가장 위험한 총알받이 소모품이라 했는데, 살아서 귀국선을 타고 부산에 도착하는 설렘과 기대로 만감이 교차했다. 부산항에는 많은 환영 인파와 현수막이 나부끼고, 힘찬 군가가 울려 퍼져 기쁨과 환호로 가득했다. 환영객을 잘 볼 수 있는 위치에서 나를 찾는 현수막을 찾았고 환영객 사이를 돌면서 살폈으나 실타래 연인은 보이지 않았다. 재회했다면 생사의 갈림길에 설 때마다 내게 힘과 믿음을 주었던 덕분에 살아왔다고 덥석 안아주고 싶었는데…. 답신을 주지 않는 사람이 마중 나올 리 없다고 생각했지만, 왜 이렇게 서운하고 허전하고 아픈지 마음이 내려앉았다. 귀국한 지 수일이 지난 후에 고마웠다는 마음과 준비된 선물을 주기 위해 나에게 주어든 쪽지를 들고 주소지로 찾아가 주변 사람들에게 묻고 물었으나 끝내 찾지 못하고 돌아선 마음은 바로 슬픔이었다.

삶과 죽음이 교차하는 전쟁터에서 실타래의 기원과 믿음으로 살아 돌아온 내 자신의 오랜 기다림·그리움·보고픔은 무슨 마음이었는지….

나는 단 한 번의 스쳐간 만남이었지만 실타래 연인을 사랑했나 보다. 진정한 사랑은 시간을 초월하여 과거·현재·미래를 영원 속에 함께 묶는 힘을 가지고 있기 때문이다. 세월 앞에 장사가 없다는 말처럼 나도 흐르는 시간 속에 하얀 머리카락에 주름진 얼굴이 되었지만 그 길고 깊은 뜻이 담긴 실타래를 준 연인은 지금도 나에게 은인으로 남아 있다. 특히 7월이면 치열했던 험준한 밀림작전과 힘들었던 야간매복 작전이 떠오른다. 죽고 죽이는 위험의 영역이고, 육체적 피로와 고통의 영역이기도 한 공포감 속에서도 꼭 살아서 돌아가야 한다는 희망과 용기를 갖게 해준 연인이었다. 지금이라도 만날 수만 있다면 두 손 꼭 잡고 지금까지 잊지 않고 살아왔고, 또 살아갈 거라고 말할 수 있는 기회가 주어진다면 얼마나 좋을까.


## 4) 소재 찾기의 방법

수많은 소재감 가운데서 어떤 것을 글감으로 골라 잡을 것인가?
이것은 쉬운 일처럼 느껴지지만 그렇지 않다. 어느 것 하나, 마음 놓고 골라 잡을 수 있을 만큼 만만한 게 없다.

소재감을 그냥 봐 넘겨서는 안 된다. 소재감에서 나를 찾는 의식, 소재에서 인생적인 것을 찾아보는 의식이 있어야만 소재가 눈에 띈다.

백일장에서 나무라는 제목이 나왔다고 생각해 보자. 백일장에 참가한 사람들은 저마다 나무를 떠올리면서 어떻게 써 나갈 것인가를 생각하게 될 것이다. 이때 나무라는 대상만을 생각할 게 아니라, 나무와 나, 나무와 사계절, 나무와 해, 나무의 삶, 나무와 인생 등으로 연관시켜 시야를 넓혀 가는 작업이 필요하다. 그런 과정 속에서 주제와 구성이 떠오르게 마련이다. 소재에서 인생과 관련하여 그 어떤 모습, 성격, 가치, 의미를 발견하고 창작적인 삶을 생각할 줄 아는 힘, 그것이 바로 작가의 안목이다.

실제로 소재를 찾는 방법과 연관화 작업 방법을 구체적으로 알아보면 다음과 같다.

### (1) 소재를 찾는 방법

① 독서
독서를 통해 자신의 경험과 상상을 연결시켜 소재거리를 발견할 수 있고, 간접 체험을 통해 자신의 느낌과 견해를 나타낼 수도 있다.

② 취재
알고자 하는 사항에 대한 취재를 통해 폭넓은 지식 습득과 체험을 얻을 수 있다.

③ 답사 및 여행
답사와 여행은 곧 소재 찾기의 체험적이고 구체적인 방법이다.

④ 수집

자신의 관심, 탐구 분야의 대상물이나 문헌, 자료 수집은 새로운 소재를 만들어 준다.

⑤ 취미

취미활동을 통해 자연스레 소재를 발견하고 획득할 수 있다.

⑥ 영화 및 예술작품 감상

영화나 예술작품 감상 기회는 새로운 세계를 알게 하고 소재의 폭을 넓혀 준다.

⑦ 얘기 듣기

전문가, 경험자, 유명인사의 얘기를 듣는 것도 소재 발견의 방법이 된다.

⑧ 국어사전 보기

국어사전이나 사회적 유행어를 뒤적거려 보면서 속어, 고유어, 마음에 드는 낱말들을 찾아 자신의 경험과 연관시켜 봄으로써, 글을 써보고 싶은 충동을 얻는 것이다.

(2) 연관화 작업 방법

① 동질성 찾기

두 가지 이상의 소재에서 동질성을 찾아 비교하는 방법이다. 대표적으로 「우리를 슬프게 하는 것들」(안톤 슈낙), 「나의 사랑하는 생활」(피천득)을 예로 들 수 있다.

② 이질성 찾기

두 가지 이상의 소재에서 이질성을 찾아 비교하는 방법으로, 「아내와 나」(김태원)가 대표적 예이다.

③ 상반성 찾기

두 가지 이상의 소재에서 상반성을 찾아 비교하는 방법으로, 「세느강과 청개천」(정봉구)을 예로 들 수 있다.

④ 개성 찾기

두 가지 이상의 소재에서 각각 개성을 찾아 비교하는 방법으로, 「달빛 백자」(정목일)가 대표적 예이다.

⑤ 과거

지나온 삶의 발자취를 되돌아보거나 혹은 삶의 성찰을 통해 깨달음과 교훈을 얻을 게 없는가 더듬어 본다. 일기장, 메모장, 사진첩, 편지철 등이 소재감을 제공해 준다.

⑥ 현재

오늘날 자신이 처해 있는 삶의 현장과 모습을 살펴보면서, 삶의 질과 인생의 경지를 높이려는 노력을 생각해 본다. 독서, 예술 감상, 여행, 대화, 교육, 취미활동 등의 노력에서 소재를 얻을 수 있다.

⑦ 미래

미래에 대한 대응과 삶의 설계를 통해 성장과 발전을 위한 길의 모색과 소재를 얻을 수 있다.

⑧ 관심에서부터의 발견

소재 찾기는 자신의 관심 분야에서 찾는 것이 글을 써 나가는 데 무리가 없다. 관심 분야의 소재는 늘 자신이 주의 깊게 통찰하고 생각해 오던 것으로, 쉽게 접근할 수 있고 깊이 있게 다룰 수 있어야 한다.

예컨대 야생화의 생태, 나무들의 관찰, 패션, 수집, 취미, 사상, 주의 등에 있어서 일관성과 전문성을 가지고 탐구하는 자세와 실천이 뒷받침돼야 한다.


⑨ 주변에서부터의 발견

먼 곳이나 고귀한 것에서 소재를 찾으려 들지 말고, 자신의 가까운 데서부터, 즉 일상에서 소재를 찾아보려는 노력이 필요하다. 나→가정(가족)→이웃(친구)→사회→국가→세계 순서로, 소재를 나에게서 밀접하고 가까운 것에서부터 점차 확대해 나간다.

일상사에서 단순하고 스쳐가는 것에도 의미를 부여할 수 있는데 무엇일까? 그 일들은 내 인생에 무슨 흔적을 남기는가? 이런 발상과 시각으로 삶을 두루 살피는 가운데서 지극히 평범하고 단순한 소재들이 광채를 내고 다가올 수 있다. 주변에서부터 소재를 찾아내는 안목이 필요하다.


⑩ 옛것과 새로운 것

삶은 언제나 과거 - 현재 - 미래로 진행된다. 옛것은 과거의 내 모습을 보여 준다. 그러므로 오늘의 삶과 과거의 삶을 비교 점검하면서 자신을 성찰하고 새로운 삶을 예비하려는 노력이 필요하다.

오늘과 미래는 무턱대고 뿌리 없이 피어난 것이 아니고, 과거라는 토양에서 이어져 온 것인 만큼 과거에서 현재와 미래를 보고, 또한 오늘의 삶에서 과거(역사)를 통찰하는 눈을 가짐으로써 변화와 비교 선상에서 소재를 발견할 수 있다.

⑪ 체험의 확대

수필은 자신의 체험을 바탕으로 하는 문학이라는 점에서 체험의 한계를 부수고 확대해 가려는 노력이 필요하다.

취재, 여행, 탐구활동 등은 직접적 체험의 확대가 되며, 독서, 예술 감상, 얘기 듣기 등은 간접체험의 확대이다. 체험의 확대는 넓게 깊게 그리고 높게 소재의 폭을 확대하고, 새로운 세계로 눈을 뜨는 것인 만큼 글을 쓰는 동기를 부여해 준다.

## 5) 소재 찾기의 과정

① 관심

우연하게 소재를 발견하는 경우도 있지만, 소재를 찾기 위해서는 항상 소재를 찾으려는 의식과 노력이 있어야 한다.

소재감 중에서 구체적으로 소재로 선택하고 싶은 것이 발견되면, 관심을 가지고 살펴야 한다. 발견과 관심은 밀접한 거리에서 상관되어 있다. 관심을 갖는 데서 몰랐던 세계나 특징을 포착할 수 있고, 소재로의 접근을 꾀할 수 있다.

② 관찰

관심을 가진 소재에 대해서는 이모저모를 관찰해야 한다. 무엇보다 소재가 가진 전모와 세계를 알려는 노력이 필요하며, 이를 위해서 세밀한 관찰이 있어야 한다.

### ③ 교감

소재와 자신이 일체감을 갖기 위해서는 마음이 통해야 한다. 서로 정이 들도록 말없이 대화를 주고받는 과정이 필요하다.

예컨대 꽃, 나무, 돌, 산 등을 피상적으로 보지 않고, 내면과의 대화를 통해 교감할 수 있어야 글을 쓰고 싶은 충동을 느낄 수 있다.

### ④ 의미부여

소재의 발견→관심→관찰→교감하는 과정에서 자신의 삶이나 인생과 결부시켜 어떤 탐색과 상상을 통해 의미를 부여하는 창작적 작업이 필요하다. 이때엔 구체적인 구성이나 윤곽보다 자연스레 떠오르는 생각 속의 새로운 창작적인 의미를 부여해 감동을 주어야 한다.


## 6) 소재 찾기의 관점

여행이나 어떤 일을 동시에 경험했으면서, 이를 소재로 선택하는 사람과 그렇지 않은 사람이 있다. 관점에 따라 소재가 되기도 하고, 그렇지 않기도 한다. 따라서 소재를 잘 찾으려면 안목을 넓혀야 한다.

### ① 뒤집어보기

사물, 사건, 입장을 자기편에서 일방적인 관점으로 바라보지 말고 상대편의 입장에서 쌍방적인 관점으로 바라보면 의외로 새로운 세계가 보인다.

고개를 다리 사이로 넣어 거꾸로 바라보는 풍경은 일상적으로 바라보던 풍경과 딴판으로 보인다. 이같이 뒤집어 보는 시각에서 포용성, 상대성을 얻을 수 있다.

### ② 전체로 보기

한 물체, 하나의 사건을 그 자체만으로 살필 것이 아니라, 시대·환경·문화·역사적 측면에서 통찰한다. 부분적인 면만 보지 않고 전체성으로 시간과 공간적인 안목에서 살피게 될 때, 안목과 소재가 확대된다.

### ③ 내면 보기

외형적으로나 표피적으로만 보지 않고 내면을 들여다보는 눈을 가져야 한다. 내면을 보기 위해서는 명상의 과정을 거쳐야 한다. 내면을 들여다볼 줄 아는 안목이야말로 비범의 경지를 얻는 길이라 할 것이다.

## 7) 소재 찾기의 준비물

언제 떠오를지 모를 참신하고 기발한 생각, 자연물에서 얻는 어떤 느낌, 새로운 발견, 흥미로운 얘깃거리 등을 놓치지 않으려면 평소에 메모 습관을 길러야 하며 항상 기록에 필요한 준비물을 구비하여야 한다.

### ① 메모장과 필기구

메모장과 필기구는 필수 휴대품이다. 이것이 없다면 무기 없는 병사나 다름없다.

### ② 카메라

기록만으로 부족할 때, 현장 느낌을 생생하게 표현하고 싶을 때는 카메라로 촬영해 둘 필요가 있다.

③ 녹음기

생생한 사투리, 토속어, 대화체를 녹취하기 위해서 녹음기를 휴대하는 것이 요령이다.

④ 기타

상황에 따라 일기·독서카드·스크랩 등 다양한 소재 찾기 준비물을 가질 수 있다. 이와 같은 내용을 종합하여 주제에 따른 소재를 찾아 쓴 「꽃이 준 지혜」 수필에서 볼 수 있다.

## 꽃이 준 지혜

김형주[22]

계절 따라 핀 꽃은 삶의 지혜를 준다.

아파트단지에서 제일 먼저 피는 목련은 새하얀 드레스를 입은 수줍은 신부 같다.

봉오리는 벌써 오래전부터 매달려 있었지만, 꽃으로, 잎으로, 변하는 데에는 꽤 시간이 걸린다. 나뭇가지에 봉오리들을 보며 봄이 오기를 기다리면, 어느 날에 살짝 미소를 띤 목련과 마주한다.

며칠 후에는 큰 나무 한가득히 하얗게 피어 있는 목련의 자태와 향기에 취하게 된다. 향기는 화려하지도 달콤하지도 않다. 그윽하고 가볍지 않은 향기로 반짝이는 봄을 맞이한 목련은 쏟아지는 봄비를 흠뻑 맞고 툭툭 떨어지고 만다. 나뭇가지가 아닌 땅바닥에 통꽃으로

---

22 **김형주**
서울 거주, 월간 국보문학 수필부문 신인상 수상, 서울 강동문학 수필·시 창작 수학, 서

누워 있는 목련은 이제 예쁘지도 향기롭지도 않다. 누렇게 꽃 쓰레기로 변한 목련의 모습이 안쓰럽기도 하지만, 목련은 내년 봄에 다시 피어날 수 있어 부럽기도 하다.

나는 이제 젊음도 시들어져가고, 다시 되돌릴 수 없는 날들이 흘러간다. 아무것도 하지 않고 그냥 시들어버리긴 싫다. 달려가는 세월을 붙잡을 수도 없다. 그렇지만 목련꽃처럼 청순하고 귀한 삶을 살면서도, 오랫동안 꽃피울 수 있는 시간들을 붙잡아 두고 싶다. 내 삶에 영양분도 많이 주고, 적당하게 물도 뿌리며, 햇빛도 쐬어 가면서 순백의 존귀한 가치의 삶을 오랫동안 누리고 싶다.

저녁 바람은 아카시아 꽃향기를 머금고 왔다.

뱃가죽이 등에 달라붙을 정도로 크게 숨을 들이마셔 본다. 바람결에 달콤하고 향기로운 아카시아 꽃향기가 밀려온다. 그 향기는 하루의 피곤함을 날려주는 기분 좋은 음료수이다. 햇빛 쨍쨍한 낮보다는 저녁에 진하다. 포도송이처럼 하얀 꽃송이가 주렁주렁 매달린 것을 보면 생각난다. 초등학교 시절에 동네 뒷산에서 친구들과 소꿉놀이도 하고, 땅거미 질 때까지 술래잡기하다가 어머니의 밥 먹으란 부름소리에 어쩔 수 없이 각자 집으로 돌아갔다. 그때 단내 나는 아카시아 꽃송이를 따서 한입 가득히 씹으면, 입안에 퍼진 향기에 행복했던 시절이다. 소꿉놀이에서 먹거리로 쓰이던 아카시아 꽃은 나에게 좋은 추억거리이다.

지금 내 나이에 꽃송이 씹어보면 어떤 맛이 날까. 그때 친구들은 어디서 무엇을 하며 살고 있는지…. 나는 일상에서 좋은 우정과 마음으로 아카시아 꽃향기 나는 사람이 되어 이웃과 함께하는 삶을 살고 싶다.

울 강동에세이클럽 정회원, (사)한국국보문학인협회 정회원

밤꽃 향기는 그다지 호감은 없지만 꽉 찬 알밤을 준다.

끝이 뾰족하고 길쭉한 밤나무 잎, 꽃도 길쭉하게 생겼다. 하얀 송충이처럼 생긴 것이 예쁘지도 않다. 그래도 가을이 되면 밤송이를 만들어 안에 꽉꽉 알밤들을 채워준다. 밤이 익으면 부모님의 계절이 된다. 앞산 뒷산에 눈여겨두었던 밤나무를 찾아가 떨어져 있는 밤알들을 주워와 밥에 넣어 먹으라고 주신다. 밥에 넣은 밤은 달콤하고 고소하다. 밤에는 다양한 탄수화물, 단백질과 칼슘, 비타민 등이 풍부하여 발육과 성장에 좋다. 그 밤알에는 아버지 어머니의 속 깊은 사랑이 가득히 담겨 있었다. 부모님의 사랑을 먹고 자란 것이다. 그뿐만 아니다. 겨울날 군밤의 이야기 속에는 열매처럼 고소한 추억이 가득 담겨 있기도 하다. 나도 밤알처럼 고소하고 알찬 삶의 열매를 맺으며 살아갈 것이다.

꽃은 피고 지면서 삶의 지혜와 희망을 갖게 한다.

한겨울 매서움도 버텨내어 제일 먼저 꽃을 피우지만 억세지 않고, 순수한 모습으로 봄을 맞이하는 목련의 우아함을 닮은 존귀한 인생이고 싶다.

기분 좋은 향기로 존재를 알리는 아카시아 꽃처럼 나도 향기가 뿜어져 나오는 고운 사람이 될 것이다. 그리고 있었다가 곧 사라져버리는 무의미한 삶이 아니라 알찬 결실을 맺을 줄 아는 밤꽃의 알밤 같은 삶을 살아가려 한다.


일상생활에서 예쁘게 피어난 꽃과 향기를 보고도 영혼의 설렘을 느끼지 못한다면, 그 영혼은 아직 피어나지 못한 것이다.

김형주의 「꽃이 준 지혜」 수필은 그냥 핀 꽃을 바라보는 것이 아니라 주변에 가깝게 피어 있는 꽃 속에 숨어 있는 특별한 존재 이유를 관심·관찰·교감·의미부여로 작가의 영혼에 길잡이가 되게 한 주제와 소재를 찾아서 수필에 담았다.

작가는 1소재에서 어느 봄날 생활터전인 아파트단지에 피어 있는 하얀 목련꽃을 발견한다.

그 모습은 새하얀 드레스를 입은 청순하고 귀한 신부로서, 한없는 부러움의 대상이기도 하지만 얼마 피우지도 못하고 봄비에 통꽃으로 마당에 떨어져 안쓰러워하며 서글픔을 묘사하고 있다. 작가는 목련꽃같이 청순하고 존귀한 삶을 닮아 살면서도, 영양분도 주고 햇빛도 쐬어 가면서 오랫동안 꽃피운 삶에 머물고 싶다며 은유하고 있다.

2소재는 바람에 달콤하게 실려 온 아카시아 꽃향기의 의미이다.

고향 뒷동산에 피어 있는 아카시아 꽃향기를 맡으며 꾸밈없이 뛰놀던 친구들을 소환하면서, 자신도 아카시아 꽃향기를 은은하게 피워 좋은 사람들과 함께하는 삶을 살고 싶다고 묘사했다.

3소재에서 밤꽃 향기는 호감이 가는 냄새는 아니지만, 그 향기는 밤송이를 만들어 달콤하고 고소하고 맛난 열매를 준다. 매년 부모님의 사랑이 담긴 알밤은 다양하고 풍부한 영양이 되어 자신을 성장시켰다고 했다.

작가도 인생길에서 밤나무처럼 좋은 열매를 맺을 수 있도록 열심히 살겠다는 의미부여로 형상화했다.

김형주 작가는 꽃에서 삶의 지혜를 발견하고, 그 지혜를 닮아 살고 싶다는 의미를 잘 비유했다. 작가는 일상의 가까운 곳에서 주제와 소재를 발견하여 관찰력과 감수성으로 좋은 수필을 썼다. 계절에 따라 핀 목련꽃, 아카시아 꽃향기, 밤꽃의 알밤처럼 알찬 인생의 소재를 찾아 잘 구성했다.

# 5. 수필의 구성

## 1) 구성의 개념

수필은 소설이나 희극처럼 표현상의 소재를 독자적인 수법으로 조립 배열하는 일정한 구성이 있다. 왜냐하면 수필도 구성이 잘 이루어져야만이 더욱 향기를 내뿜을 수 있기 때문이다.

수필의 창작 목적은 인생에 대한 사상이나 감정을 효과적으로 농축시켜 전달하는 것이다. 이를 효과적으로 전달하기 위해 수필의 4대 요소는 주제·소재·구성·문장으로 짜여 있다. 주제는 작품을 통해서 나타내는 핵심적인 사상이며, 소재는 중심적 의미를 나타내기 위해 선택된 재료가 된다.

그러면 구성이란 무엇인가? 구성은 몇 가지 요소를 조립하여 하나로 만드는 일로서, 수필을 정서적·예술적 효과를 얻는 방향으로 조립하고 배열하여 형상화하는 구조라고 정의할 수 있다. 수필의 구성은 주제의 의미화와 형상화를 중심으로 일관성 있고 통일되게 배열하고 결합해 절제된 상상과 창작을 해나가야 한다.

## 2) 구성의 유형

　수필은 짧은 글이기 때문에 구성의 효과가 더욱 요구된다. 보통 수필의 구성에는 다음과 같이 두 가지 유형이 있다.

　첫째, 마음속에서 글을 쓰는 중에 자연스레 구성이 이루어지는 경우이다. 이때도 '무구성'이라기보다는 이미 마음속에 구성이 이루어졌다고 보아야 한다. 서두를 어떻게 끄집어내며, 본문은 어떻게 쓰고, 결미를 어떻게 마무리 지을까를 염두에 두고 써 내려가는 동안 자연스레 구성이 이루어진 경우일 것이다.

　둘째, 글쓰기 전에 몇 단계로 구성을 그린 후에 쓰는 경우이다.

　수필은 대개 체험과 느낌의 2단계 구성과 서두-본문-결미의 3단계 구성, 그리고 기(起)-승(承)-전(轉)-결(結)의 4단계 구성 등이 있다.

　즉 수필에서 주제에 따라 소재를 어떻게 하면 효과적으로 나타낼 것인가는 구성의 형식에 따라 의미도 부여하고, 감동을 주는 데 크게 영향을 미친다.

　좋은 수필의 구성은 주제에 대한 소재로서 논리적이고 체계적이어야 한다. 즉 서두-본문(체험과 느낌)-결미(의미부여)로서, "보이고 겪었던 체험(사실)과 보이지 않는 느낌(주관)"을 어떻게 배분하여 조화시킬 것인가는 중요하다. 수필은 작가의 직접적 체험(실제 경험)과 간접적 체험(독서, 드라마, 타인의 이야기, 다양한 정보매체 등을 통한 간접 경험) 등을 토대로 인생의 발견과 의미를 담는 그릇이다. 따라서 수필은 어디까지나 작가의 직접적 체험과 간접적 체험이 밑바탕이 되는 것이지만, "문학으로서의 가치는 그 이상의 느낌과 함께 작가의 탐색 및 상상력으로 재해석에 따른 창작적인 의미부여"가 있어야 한다. 그럼에도 작가가 겪는 체험담, 에피소드, 일들을 사실대로만 써놓은 글들이 의외로 많다는 것을 지적하고 싶다. 물론 기행문·기록문·전기문·정보문·일기 등이라면 그 자체로서 가치가 있겠지만, 그것은 문학은 아닌 것이다.

예컨대 수필은 주제에 대해 서두와 본문에서 체험의 입체적 소재와 느낌, 결미에서 의미부여의 조화된 구성을 이루어야 한다. 어떤 경우에 있어서도 반드시 간과해선 안 될 요소가 있다면 작가의 체험, 느낌에 창작적인 의미를 부여하여 인생에 대한 재발견을 해야 수필문학이 된다는 것이다.

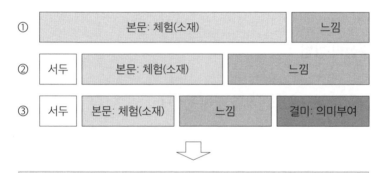

① 주제(제목)에 대한 서두 없이 본문인 체험과 느낌만 있을 경우에는 사실성이나 기록성만이 있다.

② 주제(제목)에 대한 서두가 있고 본문인 체험과 느낌만 있을 경우에는 작가의 창작적인 의미부여가 없다.

③ 주제(제목)에 대한 서두가 있고 본문인 수 개의 체험과 느낌, 결미에서의 의미부여가 있을 경우에는 글의 논리적·체계적 조화를 얻어 감동을 줄 수 있다. 즉 좋은 수필은 서두에서 쓰고 싶은 주제에 대한 방향을 짧게 제시한다. 본문에서는 주제를 구체적으로 형상화하기 위해 세 개의 체험적인 입체적 소재와 감성적 느낌을 써야 한다. 결미에서는 각 소재의 체험적 탐색에서 얻어진 느낌과 상상을 통한 창작적인 의미부여가 있을 때 진정한 수필의 가치가 있다.

이와 같이 수필은 시작의 개념으로서 서두를 작성하고, 작가의 삶과 인생에 있어 꼭 기억해야 할 소재에 따른 체험과 느낌은 본문으로 작성한다. 그리고 독자들의 인생에 필요한 자료와 의미가 되기 위해 결미에서는 작가의 발견 및 재해석으로 의미부여가 있어야 한다. 즉 주제(제목)에 대한 각 체험의 입체적 소재를 자기만의 시각으로 보고 느껴 해석하고 발견한 내용이 창작적 의미부여이다. 창작적인 의미부여는 주제가 의미하는 의의, 가치, 본질, 보람, 바람직한 방향 등이 제시되어야 한다.

## 3) 구성의 방법

구성의 방법을 알아보면 다음과 같다.

① 자연스러운 구성이어야 한다
글에 의도성, 작의성이 드러나지 않게 물 흐르듯 자연스러운 구성이 돼야 한다.

② 서두의 중요성이 요구된다
수필은 소설이나 희곡보다 더욱 짧은 글이기 때문에 서두가 짧게 더욱 중요하게 구성되어야 한다.

③ 본문에서는 평면적인 것보다 입체적인 소재구성이 좋다
수필을 쓸 때는 한 가지의 사례나 얘기로써 주제를 부각시키려는 것보다 복수의 사례나 얘기를 동원하는 입체적인 소재가 효과적이다.
전개 방식도 시간의 흐름에 따라 순차적으로 구성하는 것보다 경

우에 따라선 현재와 과거, 결말과 동기 등을 바꾸어 보는 것도 효과적이다.

④ 결미는 창작적인 의미부여가 있어야 한다

수필은 작가의 인생 경지를 볼 수 있는 글이므로 무엇보다 작가의 인생에 대한 발견과 탐색 및 상상력으로 재해석하여 창작적인 의미부여가 있어야만 독자들에게 감동을 줄 수 있다.


## 4) 구성의 실제

「자연의 품」이라는 작품을 통해 구성에 대해 알아보면 다음과 같다.

이 수필은 논리적인 측면에서 서두-본문-결미로 구성되었고, 체계적으로는 본문에서 주제에 대한 각 소재와 느낌, 그리고 결미에서 의미부여가 잘되었다.

서두는 자연 속에 산과 강과 들판을 품고, 좋은 삶을 이루며 살고 싶다며 실마리가 된 예감을 제시했다.

본문은 서두에서 말한 입체적인 소재들로서, 1소재는 산과 느낌, 2소재는 강과 느낌, 3소재는 들판과 느낌의 전개로 구현했다. 그것은 소재에 따라 작가의 독창적인 체험과 느낌이고 감정이며 인상의 발견인 것이다.

결미에서는 수필의 마무리를 짓는 부분으로서, 본문의 3개 소재의 느낌이 융합된 새로운 의미부여로 문학적 창작과 감동을 주고 있다.

즉 「자연의 품」은 현대수필의 작법에 따라 논리적인 구성과 체계적인 전개로 아주 정형화된 좋은 작품이다.

# 자연의 품

자연은 스스로 생명력을 키우며 아름답게 숨 쉬는 곳이다. 산과 강과 들판을 품고, 좋은 삶을 살고 싶다.

⇨ 서두

나는 산을 하나 갖고 싶다.

옛날 사람의 아호를 보면 태백산인 혹은 지리산인이라 하고, 글 끝머리에 산 이름을 적고 자신의 이름을 썼다. 오랜 세월에도 푸른빛과 기상을 잃지 않고 하늘 아래 우뚝 솟은 산을 갖고 싶은 마음일 것이다. 산을 품고 살면 침묵을 알고 순리를 깨닫게 된다. 산과 호흡을 맞추고 영원을 품고 싶기 때문이다.

모든 것을 다 가졌다고 할지라도 고향 산을 품지 못한 사람은 황량한 구석이 있을 것이다. 마음속에 산을 안고 있어야 한다. 그렇지만 산 같은 사람이 된다는 것은 쉬운 일이 아니다. 산처럼 청청하고, 고고해야 한다. 그래야 산이 마음을 열고 받아주리라…. 산의 제자가 되고 백성이 되기 위해선 산의 마음과 모습을 본받아야 한다. 마음속에 산이 있어야 어떤 태풍에도 결코 흔들리지 않는 든든한 인생을 살 수 있기 때문이다.

⇨ 본문 1소재: 산과 느낌

나는 하나의 강을 갖고 싶다.

대지를 적시어 생명의 젖줄이 되는 하나의 강을 품어 살고 싶다. 만년을 흘러도 마르지 않는 생명의 원천이 되는 것이다. 강물이 흐르면서 남겨 놓은 흰 모래밭에 바람에 흔들리는 대밭을 가졌으면 좋겠다.

하나의 강을 가지게 되면 마음이 깊어지면서 맑아지리라…. 강물은 시들어가는 생각과 삶에 생기를 불어넣고 영원을 만날 수 있기 때문이다.

이기에 묻은 먼지, 탐욕에 찌든 때, 아집에 생긴 얼룩을 씻어 낼 것이다. 유유히 흐르는 강물을 바라보고 있으면 분노와 슬픔도 가라앉는 것을 느낀다. 강물은 마음을 정화하고 편안하게 해준다. 물은 생명의 원질이고 어머니가 아닌가. 생명체의 순환과 순리를 보여 준다. 가장 낮은 데로 흐르면서 뭇 생명체의 젖줄이 되고, 땅에서 하늘로 오른다. 자유자재의 모습을 보여주며, 그 자체가 생명이며 영원의 모습이다.

강이 흐르지 않는 대지는 죽음의 땅이다. 강을 가슴에 품고 살면 메마르지 않는 삶이 된다. 순간에 얽매이지 않고 영원히 흐르는 참신한 삶이 되는 것이다.

⇨ 본문 2소재: 강과 느낌

나는 들판을 하나 갖고 싶다.

농부가 아닐지라도 가슴에 들판을 하나 품고 살고 싶다. 나는 오곡이 자라는 들판 길을 걷길 좋아한다. 살고 싶은 집은 들판이 보이는 숲 속의 작은 집이면 된다. 들판의 모든 곡식과 풀들, 벌레들, 새들과 눈 맞추며 마음을 나누며 살길 원한다.

들판에 사는 모든 생명들의 삶과 친숙하길 바라며, 온전한 햇살과 바람과 이슬과 별빛을 맞으며 지내고 싶다.

가슴속에 들판을 품으면 삶도 풍요해지리라…. 들판의 노래와 들판의 속삭임을 들으며 오랫동안 함께 살고 싶다.

⇨ 본문 3소재: 들판과 느낌

왜 물질에만 집착하며 살아왔는가.

돈으로 산 것은 진실한 소유가 아니다. 그 소유물은 곧 사라지게 된다. 빈손으로 왔다가 빈손으로 간다는 걸 알면서도, 왜 그토록 연연했는지 모르겠다.

영원하고 가질 수 없는 것은 돈으로 살 수 없다. 가슴속에 품어야 한다. 산의 숲이 되고 강의 조약돌이 되고 들판의 흙 한 줌이 되는 것이다. 그것은 곧 자연과 더불어 사는 데 필요한 인간다운 성품과 역량으로 내면을 바르고 건전하게 사는 데 두드림이 된다.

나는 움직이지 않고 변화무쌍할 줄 아는 산을, 마르지 않고 홀로 깊어가는 강을, 생명의 숨결과 빛깔로 가득 채우고 비울 줄도 아는 들판을 품고 살고 싶다.

⇨ 결미: 의미부여

# 6. 수필의 문장

## 1) 문장의 개념

문장은 하나의 주제로 정리된 생각·느낌·사상을 표현하기 위하여 글자로 기록해 나타낸 것을 말한다.

독일 철학자이며 문학평론가인 하이데거(Martin Heidegger, 1889-1976)는 문장은 "존재를 드러내는 집"이라 하였다.

이와 같이 문장은 인생 경지의 총체적인 모습으로서, 문장은 인격과 사상과 감정을 나타낸 것이다. 따라서 수필은 주제의식을 갖고, 문학으로서의 구성과 감성을 줄 수 있는 문장이어야 한다.

## 2) 문장의 요건

좋은 수필을 쓰기 위해서는 다음과 같은 요건을 갖추는 것이 중요하다.

① 글을 쓰기 전에 마음을 맑게 한다
좋은 문장을 쓰려면 먼저 마음을 맑게 하는 일이 중요하다. 영혼

이 맑지 않으면 사물을 관조할 수도 없으며 대화를 나눌 수 없다. 수필은 자신의 삶을 꾸밈없이 거울에 비춰 놓은 글이기에 마음이 거울처럼 깨끗하지 않고선 자신의 모습조차 비춰 보일 수 없을 것이다.

② 문장의 연마는 하루아침에 얻어지지 않는다

문장의 연마는 바로 인생수련에서 얻어진다. 기교는 수련 끝에 얻게 되지만, 인생의 깨달음과 삶의 이치, 나아가 인생의 멋과 향기는 고결한 인품과 아름다운 삶의 연마에서 얻어진다.

③ 문장은 진실해야 한다

진실의 힘, 진실의 미가 수필의 생명이다. 소설과 시처럼 허구일 수 없는, 자신이 체험한 진솔한 인생의 발견이며 인생의 의미와 해석이 있기에 수필을 찾는다. 진실의 토로, 진실의 호소, 진실의 독백이 빛나게 문장을 써야 한다.

④ 문장은 간결해야 한다

문장에서 지나친 형용사와 부사의 사용, 허황된 미사여구는 오히려 진실을 가리게 한다. 형용사와 부사의 남발은 자신의 모습을 더욱 돋보이게 하기 위해 화장과 치장에 애쓰는 것과 같다. 좋은 수필을 쓰기 위해서는 이런 과시, 체면, 허위, 유혹, 눈속임을 떨쳐 버려야 한다.

고운 단풍을 떨쳐 버리고 겨울 언덕에 서 있는 나무의 모습처럼 진실의 알몸, 내면의 모습을 드러내기 위해선 문장이 간결해야 한다. 간결한 문장은 힘이 있고 아름답다.

⑤ 문장은 쉬워야 한다

알기 쉬운 문장이 좋은 글이다. 쉬운 문장으로 쓰인 수필은 작가의 의도나 정서가 자연스럽게 전달된다. 따라서 수필은 서두–본문(소재)–결미(의미부여)로 구성하면서, 가장 쉽고 자연스러운 문장, 모두가 공감하는 문장으로 쓰인 글이 좋은 수필이 된다.

⑥ 문장은 개성적이어야 한다

수필은 자신의 개성적인 인격의 반영이며, 사상의 표현이므로 작가의 특성, 독자성이 깃든 문장을 갖는 것이 무엇보다 중요하다.

⑦ 수필은 시와 소설의 중간 위치에 있는 글이다

시의 장점인 운율과 비유를 취하고 소설의 장점인 사실적 줄거리를 취하여 가장 이상적인 문장을 만들어 가야 한다. 수필 문장은 시와 소설의 중간에서 두 장르의 특성과 장점을 취하여 조화시킨 이상적인 글이어야 한다.

⑧ 명확하게 표현해야 한다

그림을 그리듯이 명확하게 표현해야 한다. 순접(그리고), 역접(그러나), 전환(그런데)의 접속어 사용을 남발하지 않는 게 좋다. 추상적인 표현 대신 구체적인 설명을, 전문용어 대신 평범한 단어를 사용하는 것이 좋다.

⑨ 문장은 가락을 살리는 것이 좋다

작가마다 개성이 있듯이 문장에도 호흡과 가락이 있다. 독자와 함께 호흡을 맞추듯 자연스럽게 읽을 수 있도록 문장의 가락을 살려야 한다.

⑩ 서두는 첫인상이다

서두(첫머리)에는 전체 내용을 가장 압축하여 그 윤곽을 전해 주는 모습, 분위기, 이끌림이 있어야 한다. 문장에 있어서 서두야말로 글의 성패를 좌우한다.

⑪ 여운이 있어야 한다

작가가 단정적으로 결미(결론)를 내버리면 글의 여운을 못 느낀다. 독자에게 상상력을 부여하여 생각하게 하는 글이 돼야 한다.

⑫ 품위가 있어야 한다

자신의 성공담, 과시, 자랑은 삼가는 글이 좋으며, 저속어, 비속어를 쓰지 않는 것이 좋다. 수필엔 향기가 우러나야 한다.

⑬ 문장은 고치고 고쳐야 한다

글쓰기를 마무리한 뒤에는 자신이 독자가 되어서, 계속 읽어 보고 적절한 표현을 찾아 고쳐(퇴고)야 한다. 단적인 예로 미국 소설가 헤밍웨이(E. Hemingway, 1899-1961)는 『노인과 바다』를 200번이나 고치고 고쳤다고 한다.

⑭ 교훈적·직설적 표현은 피하는 것이 좋다

수필은 간접적이고 은근하게 접근하는 것이 더욱 효과적이고 설득력을 갖는다. 너무 교도적이고 직설적인 문장은 거부감을 갖는다.

## 3) 문장의 유의사항

좋은 수필이 되기 위해서는 몇 가지 유의해야 할 사항이 있다.

수필에서 체험적 내용만으로 된 서술된 문장은 자신이 겪은 대로 쓴 것이어서 기록문에 불과하고, 체험과 느낌만을 서술한 것도 좋은 문장이 될 수 없다. 따라서 진정한 좋은 수필은 체험, 느낌, 그리고 탐색과 상상력으로 새로운 의미를 부여하여 감동을 줄 수 있도록 문장을 펼쳐나가야 한다.

수필은 자신의 직접적·간접적 체험을 소재로 한 글이지만, 많은 사람들에게 흥미나 인생의 의미를 일깨우고 읽는 보람을 안겨 주기 위해선 창작적인 감화 및 감동이 있어야 하기 때문이다.

## 4) 문장의 실제

### 카톡으로부터 자유인[23]

조영갑

인간은 세상에 태어날 때부터 자유인이다. 그러나 머무는 곳이나 가는 곳마다 보이지 않는 카톡 쇠사슬에 얽매여 있다.

⇨ 서두

새벽닭이 울고 쟁기질에 푸르름이 가득했던 농경사회는 원초적

---

23  조영갑, 『삶의 향기』(한국문학신문, 2020), 14-16쪽.

여유스러운 자유가 있었고, 높은 굴뚝에 연기가 난 산업사회에서도 제한된 자유가 숨 쉴 수가 있었다.

지식정보화사회는 날마다 인맥을 쌓고 시간대의 정보를 찾아 헤매는 휴대전화 시대에 카톡 생활은 꼼짝없이 대화방에 가입해 일과 삶의 경계가 흐릿해져 자유가 없는 신세이다.

카톡 카톡 카톡이 울린다.

카톡은 일상생활에 이롭고 편리함도 준다. 시공간을 초월하여 정보를 주고 소통하며 필요한 지식을 손쉽게 얻어 사용할 수 있다.

그렇지만 언제 어디서나 날아와 접속하라는 실시간의 명령은 갇혀 있는 속박의 다른 이름이 됐다. 날마다 순간마다 휴대전화를 놓지 못한다.

카톡에 즉시 응답하기 위해 항상 대기상태이고 대화방에서 먼저 빠져나가기조차 부담스럽다. 떼려야 뗄 수 없는 삶의 일부가 됐다.

쉬는 날에 직장상사로부터 업무 지시를 받을 때면 번지점프를 할 때나 좋은 사람과 다툼할 때보다 더 많은 스트레스를 받는다는 연구 결과도 있다.

노는 날에는 마음 놓고 놀며 자유롭고 싶다. 그러나 퇴근해도 쉬는 날에도 일이 따라온다. 껌딱지처럼 붙어 다닌다.

⇨ 본문 1소재: 지식정보화사회에서 카톡과 느낌

카톡 카톡 카톡이 감옥이다.

개인에게 가장 중요한 사생활이 침해되고 업무시간이 많아졌다. 여기에서 파생된 정신적·육체적 피로가 늘고, 보이지 않는 사람과 조직으로부터의 감시와 통제가 위험수위이다. 그것은 창살 없는 감옥이다.

여명의 생활 시작에서 석양의 일상 종말 순간까지 휴대전화에 카톡 카톡 울림은 계속된다. 카톡 소리가 들리지 않으면 심심해져 휴대전화를 무의식적으로 만지작거리며 초조함을 달래기도 한다. 카톡에 중독된 삶을 살아가고 있다.

⇨ **본문 2소재: 일상생활에서 카톡과 느낌**

카톡 카톡 카톡으로부터 자유롭고 싶다.

인간이 산다고 하는 것은 무엇인가? 삶의 현장에서 쫓기고 뛰면서
도 여유로움을 갖고 취미생활을 즐길 수 있는 자유스러운 삶이 아닌
가 생각한다.

오늘도 카톡에 눈치 보고 허둥대는 자화상에 실망하며 내일을 걱
정한다. 나의 삶을 위해 창살 없는 감옥을 탈출하는 한 마리의 파랑새
가 되어, 푸른 하늘 넓은 들판을 자유스럽게 날고 싶다.

너로부터 자유인이 되는 것이다.

그렇지만 카톡 카톡 카톡 부름으로부터 자유스러울 수가 없다.

자유를 포기하는 것은 인간의 기본 권리를 포기하는 것이 되지만,
지식정보화 시대에 카톡은 뗄 수 없는 생활 필수가 되어 편리함 속에
서 자유를 속박한다.

⇨ **본문 3소재: 카톡으로부터 자유와 느낌**

카톡에게 묻는다.

자유는 신이 인간에게 베푼 최대의 축복 중의 하나라고 하는데, 진
정한 삶의 자유인이 될 수 있는 길은 없느냐고…. 그때 카톡은 말한다.
"누가 그렇게 살라 했냐고, 나도 너희 인간들로부터 제발 자유스러워
지고 싶다"라고 웃는다.

⇨ **결미: 카톡의 반문으로 의미부여**

# 7. 수필의 문체

## 1) 문체의 개념

수필의 문체란 글의 형식으로서, 작가의 사상이나 개성이 문장의 어조나 단어 등에 나타나는 수필의 특성이다.[24]

수필은 비교적 짧은 산문이기 때문에 문체는 작품의 성패를 결정 짓는 것은 물론, 작가의 총체적인 인생의 경륜과 경지를 드러낸 개성 적인 어조이고 단어이기 때문에 중요하다.

## 2) 문체의 구성 요소

문체는 어조, 단어, 문장으로 구성되어 있다.[25]

첫째, 어조는 말의 가락으로서, 작품에 동원된 말에 의해 긍정적 어조(낙천적/예찬적 어조), 부정적 어조(조소적/자조적/비판적 어조), 중립적 어조(긍정과 부정에 속하지 않는 어조), 그리고 고백적 어조, 감

---

24   이희승, 『국어대사전』(서울: 민중서림, 2006), 1335쪽.

25   손광성, 『수필 쓰기』(서울: 을유문화사, 2008), 42-49쪽.

상적 어조, 회고적 어조, 농담적 어조 등이 있다.

둘째, 어떤 언어를 즐겨 사용하는가에 의해 그 작가나 그 작품의 특성이 결정된다. 수필에서 언어(단어)는 사실대로 말한 사실언어(생활언어), 긍정적이고 배려된 감성언어(문학언어)를 잘 배합하여 사용해야 한다.

셋째, 문장의 길이는 문체에 영향을 미친다. 문장이 길고 짧음에 따라서, 또는 문장의 짜임새와 문장 성분의 배열 순서가 문체에 영향을 미치게 된다.

## 3) 문체의 구분과 실제

수필의 문체는 ① 구절의 길고 짧음에 따라 간결체와 만연체로 구분하고, ② 묘사나 표현에 따라 글의 성격이 강해지고 부드러워지는 강건체와 우유체, ③ 문장 표현을 미사여구로 꾸몄는가에 따라 화려체와 건조체로 구분한다.

### (1) 간결체
문장의 길이가 대체적으로 짧다. 요점을 압축해서 간략하게 씀으로써, 전달성이 선명하고 분명하다.

● 간결체 수필 사례

··· 나는 잔디 밟기를 좋아한다. 고무창 댄 구두를 신고 아스팔트 위를 걷기를 좋아한다.

아가의 머리칼을 만지기 좋아한다. 새로 나온 나뭇잎을 만지기 좋아한다. 나는 보드랍고 고운 화롯불 재를 만지기 좋아한다. 나는 남의 아내의 수달피 목도리를 만져 보기 좋아한다. 그리고 아내에게 좀 미안한 생각을 한다.

– 피천득, 「나의 사랑하는 생활」 중에서

··· 산에 오른다. 숨이 차다. 호흡을 조절해 가면서 천천히 한 걸음씩 내디딘다. 각도가 45도쯤이나 될까, 경사가 심한 편이다.

산기슭에서 저 높은 곳 어느 지점을 대각선으로 연결해 놓고 근경을 알맞게 넣어서 앵글을 맞추어 본다. 대각선 위에서 위쪽을 향하여 천천히 걷고 있는 나는 그야말로 풍경화 속의 인물이 된다. 그런 그림을 머릿속으로 그려 보니 기분이 좋다.

나는 늘 풍경 속으로 들어가고 싶었다. 어떤 기막히게 좋은 풍경을 보거나 또한 더할 나위 없이 고즈넉한 풍경을 만나면 그 속에 자취도 없이 스며들고 싶었다.

풍경은 참 좋다. 산천초목과 살아 움직이는 뭇 생명들, 하늘과 땅을 아우르는 대자연은 참으로 경이롭다. ···

– 허창옥, 「길」 중에서

## (2) 만연체

만연체는 간결체와 반대로 문장이 길어지는 문체를 말한다.

간결체로 글을 쓸 때는 문장을 이루는 요소에서 필요 없는 말이나 중복된 말이 들어가지 않도록 주의해야 하며, 줄줄이 이어지는 글이더라도 군더더기가 없는 글체여야 한다.

그 반면에 만연체는 많은 말을 동원하여 표현이 선명하고 수식되어 길어짐으로써, 글이 부드러워지고 예술성을 만들어 내는 장점도 있다.

● **만연체 수필 사례**

### 연꽃 보러 가는 길

도월화

초록빛 양산을 펼쳐 줄게, 8월의 태양이 뜨거운 열기를 뿜을 때, 넓은 잎사귀로 서늘한 그림자를 만들려고 해, 하얗게 꽃등을 피워 줄게, 연못이 흙탕물처럼 어두우면, 환하게 연등을 밝혀주리.

백련의 속삭임이 들려온다. 차가운 물속에서 나는 그 목소리가 따스하다. 이슬을 먹고 피어난 듯 순수하지만, 순진함에서 배어나오는 어눌함조차 없는 고고함이 신비롭다. 물기 머금은 눈빛은 보는 이에게 마음의 평온과 위안을 준다.

매년 여름, 연꽃을 보러 가고 싶었다. … 가족끼리 가까운 운악산 봉선사 연꽃을 찾게 된 것만도 얼마나 감사하고 행복한 일인가? … 저만치서 하얀 얼굴의 차분한 여인이 나를 반기는 듯 목을 빼고 손짓하고 있다. 바로 오늘 내가 만나러 온 반가운 이가 아닌가. 백옥같이 흰 피부의 미인이 온몸에 녹색 비단 너울을 휘감고 있는가. 연이어 눈에 들어오는 백련 송이들이 연못 여기저기 피어나 있다.

꽃송이가 크고 소담스러워 과연 심청이가 타고 다시 환생할 만하다. 육지 꽃의 여왕은 장미나 모란일까, 혹은 다른 꽃일까. 연꽃의 아름다움은 수중에서 핀 꽃의 여왕이라 할 만큼 빼어나다. 아직 봉오리 진 연꽃, 활짝 핀 연꽃, 더러는 연밥이 맺힌 것도 눈에 뜨인다. …

연꽃이 관세음보살처럼 고요히 피안의 소리를 듣고 있다. '온 우주(Om)에 충만하여 있는 지혜(mani)와 자비(padme)가 지상의 모든 존재(hum)에게 그대로 실현될지라'라는 뜻의 '옴마니반메훔'이란 육자진언(六字眞言)이 떠오른다. 반메는 연꽃으로 무량한 자비를, 마니는 지혜를 의미한다. 옴은 태초 이전부터 울려오는 에너지를 뜻하는데 성음(聖音)이라고도 하고, 훔은 우주의 개별적 존재 속에 담겨 있는 소리로서 우주 소리를 통합하는 기능을 가지고 있다고 한다. 어려운 말씀이라 내가 이해하기는 어려워도, 진언을 잘 외우면, 자비와 지혜를 증진시킬 수 있다니 오묘하지 않은가. …

연꽃이야말로 태어난 물가를 떠나 본 적이 없지만, 깨달음의 꽃을 피우고 있는 것이 아니던가. 우주처럼 둥그렇게 넓은 잎 사이에 피어나 깨달음의 등불로 하얗게 타오른다. 물속에서 피어나서 늘 저토록 깨끗할까. 지는 순간까지 의연한 꽃잎, 나도 사는 동안 한결같이 누구에게 백련의 평화와 위로를 전해 주는 삶을 살 수 있다면, 얼마나 값진 인생이 되겠는가. 그것이 쉬운 일이 아니란 것을 너무나 잘 알기에, 나는 한참 동안 연꽃을 바라보며 하염없이 서 있었다.

## (3) 강건체

강건체는 씩씩하고 박력이 넘치는 문체를 말한다. 작가의 강인한 의지나 신념, 각오나 저항의식 등의 목적을 나타내는 경우가 많다.

「청춘예찬」은 청춘의 열정과 이상에 대한 예찬으로서 힘차고 도도한 느낌을 주는 수필이다.

● **강건체 수필 사례**

### 청춘예찬[26]

민태원

청춘! 이는 듣기만 하여도 가슴이 설레는 말이다.

청춘! 너의 두 손을 가슴에 대고, 물방아 같은 심장의 고동을 들어 보라. 청춘의 피는 끓는다.

끓는 피에 뛰노는 심장은 거선의 기관과 같이 힘 있다. 이것이다. 인류의 역사를 꾸며 내려온 동력은 바로 이것이다. 이성은 투명하되 얼음과 같으며, 지혜는 날카로우나 갑 속에 든 칼이다. 청춘의 끓는 피가 아니더면, 인간이 얼마나 쓸쓸하랴? 얼음에 쌓인 만물은 죽음이 있을 뿐이다.

그들에게 생명을 불어 넣는 것은 따뜻한 봄바람이다. 풀밭에 속잎 나고, 가지에 싹이 트고, 꽃 피고 새 우는 봄날의 천지는 얼마나 기쁘며, 얼마나 아름다우냐?

---

26 장사현, 『수필문학 총서』(서울: 북랜드, 2013), 146-147쪽 참조.

이것을 얼음 속에서 불러내는 것이 따뜻한 봄바람이다. 청춘의 피가 뜨거운지라, 인간의 동산에는 사랑의 풀이 돋고, 이상의 꽃이 피고, 희망의 놀이 뜨고 열락의 새가 운다.

사랑의 풀이 없으면 인간은 사막이다.

오아시스도 없는 사막이다. 보이는 끝까지 찾아다녀도, 목숨이 있는 때까지 방황하여도, 보이는 것은 거친 모래뿐일 것이다. 이상의 꽃이 없으면, 쓸쓸한 인간에게 남는 것은 영락과 부패뿐이다. 낙원을 장식하는 천자만홍이 어디 있으며, 인생을 풍부하게 하는 온갖 과실이 어디 있으랴?

이상! 우리의 청춘이 가장 많이 품고 있는 이상! 이것이야말로 무한한 가치를 가진 것이다. 사람은 크고 작고 간에 이상이 있음으로써 용감하고 굳세게 살 수 있는 것이다.

석가는 무엇을 위하여 설산에서 고행을 하였으며, 예수는 무엇을 위하여 광야에서 방황하였으며, 공자는 무엇을 위하여 천하를 철환하였는가?

밥을 위하여서, 옷을 위하여서, 미인을 구하기 위하여서 그리하였는가? 아니다. 그들은 커다란 이상, 곧 만천하의 대중을 품에 안고, 그들에게 밝은 길을 찾아 주며, 그들을 행복스럽고 평화스러운 곳으로 인도하겠다는 커다란 이상을 품었기 때문이다.

그러므로 그들은 길지 아니한 목숨을 사는가 싶이 살았으며, 그들의 그림자는 천고에 사라지지 않는 것이다. 이것은 현저하게 일월과 같은 예가 되려니와, 그와 같지 못하다 할지라도 창공에 반짝이는 뭇 별과 같이, 산야에 피어나는 군영과 같이, 이상은 실로 인간의 부패를 방지하는 소금이라 할지니, 인생에 가치를 주는 원질이 되는 것이다. …

그러므로 그들은 이상의 보배를 능히 품으며, 그들의 이상은 아름답고 소담스러운 열매를 맺어, 우리 인생을 풍부하게 하는 것이다.

보라, 청춘을!

그들의 몸이 얼마나 튼튼하며, 그들의 피부가 얼마나 생생하며, 그들의 눈에 무엇이 타오르고 있는가?

우리 눈이 그것을 보는 때에, 우리의 귀는 생의 찬미를 듣는다. 그것은 웅대한 관현악이며, 미묘한 교향악이다. 뼈끝에 스며들어 가는 열락의 소리다.

이것은 피어나기 전인 유소년에게서 구하지 못할 바이며, 시들어 가는 노년에게서 구하지 못할 바이며, 오직 우리 청춘에서만 구할 수 있는 것이다.


청춘은 인생의 황금시대다.

우리는 이 황금시대의 가치를 충분히 발휘하기 위하여, 이 황금시대를 영원히 붙잡아 두기 위하여, 힘차게 노래하며 힘차게 약동하자.

### (4) 우유체

우유체는 문장이 부드럽고 서정적인 분위기를 지니고 있기 때문에 수필문학에서 많이 선호하며, 강건체와 대칭되는 문체이다. 따라서 우유체는 체험과 생각하는 부분이 꾸밈없이 효과적으로 조직되고 있기 때문에 작가는 잔잔하고 은근한 설득력과 호소력을 지닐 수 있도록 문장을 다듬어야 한다.

### (5) 건조체

건조체는 어떤 수사나 비유가 없이 표현이나 묘사가 직접적으로 전달되는 실용적인 성격을 갖춘 문장이다.

건조체는 문예적인 감각보다는 전문지식을 전달하는 글로서, 예술적인 향기는 없어도 내용적 가치가 있다. 따라서 건조체는 전문직

종이나, 학자의 학술적인 내용으로서, 논문이나 무거운 수필(중수필)에 자주 사용된다. 그러나 백과사전 같은 글이 되었을 때는 가치 없는 글이 될 수 있으므로 주의해야 한다.

● 건조체 수필 사례

## 중국의 부상과 한반도 통일

조영갑

국제적 힘의 변화는 역사를 바꿀 수 있는 것인가?

역사적으로 1900~1945년까지는 독일·프랑스·영국 등의 유럽 국가들이 국제사회를 관리했고, 1945~1990년대까지는 미국과 구소련(현재 러시아)이 관리했다. 그러나 2000년대 현재는 미국과 중국에 의해 국제사회가 관리 통제되고 있다.

중국은 2010년 국내총생산(GDP)이 일본을 제침으로써, 세계 2위 경제대국이 되었다. 일본이 1968년에 독일을 제치고 미국에 이어 세계 2위 경제대국으로 부상했으나 42년 만에 중국에 그 자리를 내줬다. …

특히 중국은 아시아는 물론 한반도에서 미국에 정면으로 맞설 수 있는 자신감을 과시하며 전략적 포석을 하고 있다.

예컨대 중국은 친서방정책을 내세우며 문제를 착실한 동맹관계로 해결하는 일본과 달리 미국과 주도권을 놓고 정치외교적, 경제적, 군사적인 갈등과 대립도 서슴지 않을 것이며, 이때 가장 큰 영향을 받게 될 대상은 한반도 통일이 될 것이다. …

그러면 어떻게 대응할 것인가?

먼저 한반도는 지정학적 위치와 역사적 경험 등을 고려할 때 해양세력인 미국과 대륙세력인 중국 간의 대립이 남북통일을 그만큼 어렵게 할 수 있다. 따라서 한국은 국가이익이 우선한 중간자 혹은 균형자적인 외교안보정책을 발전시켜 나가야 한다.

다음으로 통일문제는 인접국가에 의존해야 할 문제가 아니라 한국이 주도하여 해결해 나가야 하고, 마지막으로 북한 정권이나 주민들에게 남한만이 북한을 진정으로 구원할 수 있다는 신뢰를 쌓아 통일을 이루어 나가야 되지 않을까?

## (6) 화려체

화려체는 건조체와 대칭되는 문체이다. 즉 건조체가 순수하고 소박한 옷차림이라면, 화려체는 직유·은유·의인법 등 미화법과 수식이 많이 동원되어 화려한 옷차림을 한 글이다.

그렇지만 화려체에서 수사가 지나치면 주제의 본성과 진실성이 흐려질 수 있기 때문에 절제된 미화와 수식이 요구된다.

● **화려체 수필 사례**

### 수양버들

정목일

수양버들을 보면 여인이 홀로 가야금을 뜯고 있는 듯하다.

진양조 가락이 흐른다. 섬섬옥수가 그리움의 농현으로 떨고 있나 보다. 덩기 둥, 덩기 둥…, 고요 속에 번져 나간 가락은 가지마다 움이 된다. 움들이 터져서 환희의 휘몰이가락이 넘쳐난다.

수양버들 한가운데 촛불이 켜져 있는 듯하다. 촛불은 마음 한가운데 바람도 없이 파르르 떨고 있다. 촛불이 되어 고개를 숙이고 서 있는 나무…, 촛불이 바람에 펄럭이면서 떨어뜨린 촛농들이 움이 되어 방울방울 맺혀 있다.

꿈의 푸른 새싹들이다.

수양버들은 잠자지 않고 한 땀씩 수를 놓고 있다. 바늘귀로 임의 얼굴을 보며, 오색실로 사랑을 물들이면, 별이 기울고 바람도 스쳐간다.

모든 나무들이 하늘을 향해 팔을 벌리지만 그만은 임을 맞으려 아래로 팔을 벌린다.

부끄러워서일까. 두근거리는 마음을 보이지 않으려는 듯 방문 앞에 주렴을 드려 놓았다. 초록 물이 뚝뚝 떨어질 듯하다. 축축 늘어뜨린 실가지가 오선지인 양, 그 위에 방울방울을 찍어 놓은 음표엔 봄의 교향악이 흐른다.

수양버들은 목마른 지각을 뚫고 솟아오른 분수이다.

오랜 침묵에서 말들이 터져 나와 뿜어 오른다. 죽음을 뚫고 소생한 빛의 승천이다.

섬세하고 부드러운 손길…, 닿기만 하면 굳게 닫혔던 마음이 열리고 막혔던 말들이 샘물처럼 솟을 듯하다. 수양버들은 먼 데서 온 초록 편지…. 봄이 왔음을 알려주는 깨알 같은 글씨…, 금방 움에서 피어난 언어, 눈동자 속에 파란 하늘이 보이고 따스한 체온이 느껴진다. 마음이 먼저 임에게로 달려간다.

수양버들은 이제 막 목욕하고 난 열여섯 살 소녀…, 긴 머릿결에 자르르 윤기가 흐르고 머리카락 올올마다 사랑의 촉감이 전해온다. 실비단보다 부드럽게 치렁치렁 휘날리는 머릿결에서 연록의 향기가 풍긴다.

수양버들 실가지가 출렁출렁 뻗어내려 물가에 닿을 듯하다. 헤엄치는 오리를 보고 있다. 바람은 물 주름을 일으키며 흐르고 개울둑에선 아지랑이가 아물아물 피어오른다.

오리와 물과 바람의 말이 햇살에 반짝인다.


봄이면 수양버들은 제일 먼저 얼굴을 내민다. 이제 막 터져 나온 꿈빛 목소리….

아, 숨 막히는 은밀한 속삭임, 간지러운 숨결, 터질 듯 부풀어 오르는 가슴으로 세상을 바라보고 싶다.

# 8. 수필의 묘사

## 1) 묘사의 개념

묘사(수사)는 말이나 문장을 객관적·구체적으로 꾸며서, 보다 오묘하고 아름답게 하는 일 또는 기술이라 정의한다.[27]

수필에서의 묘사도 어떤 대상을 놓고 모양, 빛깔, 소리, 냄새, 맛, 감촉 등을 마치 눈앞에 있는 것처럼 그려내는 것이다.

그 대상을 구체적으로 이해시키기 위해 혹은 그 대상에 대한 느낌을 불러일으키기 위해 묘사방법을 사용한다. 묘사는 그 대상에 관한 정보나 지식의 전달에 있는 것이 아니고, 그 대상으로부터 받은 인상을 전달하는 데 있다는 점이 설명과 다르다.

> '은행잎이 노랗다'라고 할 때, 이는 은행잎이 지닌 모습의 한 부분에 대한 정보를 제공해 주는 이상의 역할을 하지 못한다. 그러나 '은행잎이 금화로 보인다'고 할 때, 은행잎의 구체적 상황이 주관적인 해석을 통해 관찰자의 독특하고 개성적인 인상을 남기게 되는 것이다. 따

---

27  이희승, 『국어대사전』(서울: 민중서림, 2006), 1291쪽.

라서 '은행잎은 금화'라는 등식의 은행잎은 새로운 감각의 세계로 변하고 은행잎이 주는 인상이 금화로 의미론적 이동을 함으로써 특이한 감각을 낳게 하는 것이다.

어떤 대상을 묘사한다고 할 때, 작가의 눈에 비친 모든 대상을 하나도 빼놓지 않고 자세히 그려낸다는 것은 불가능한 일이다. 그 대상으로부터 가장 강렬하게 느낌을 받은 인상을 그릴 수 있고, 특별히 관심을 두고 있는 것을 중심으로 묘사할 수도 있다. 이러한 중심을 이루는 인상을 '지배적 인상'이라 한다. 사물의 특징을 있는 그대로 다 나타내는 것은 아니므로 지배적인 인상을 가장 잘 드러내는 특징을 선택하여 묘사하여야 한다. 따라서 묘사가 너무 많거나 생각의 깊이가 없는 묘사는 오히려 좋은 글이 되지 않는다.

## 2) 묘사의 기본 원칙

### (1) 지배적인 인상을 중심으로 조화롭게 구성한다

폭포를 찍은 사진과 폭포를 그린 그림을 비교해 보자. 사진은 실물과 똑같지만 그림은 실물과 어딘가 다르다. 화가는 그의 의도에 따라서 폭포와 그 주위에서 화폭에 옮겨야 할 것과 버려야 할 것을 구별하고, 경우에 따라서는 그려야 할 대상을 실물과 좀 다르게 변형시키기도 한다.

묘사는 사진과 같은 것이 아니라, 그림과 같은 것이다. 필자의 주관적인 해석으로써 대상을 창작적으로 변형시켜 독자에게 독특한 인상과 특이한 감각적 체험을 주어야 좋은 묘사가 될 수 있다. 그러기 위해서는 지배적인 인상을 잘 포착해서 그것을 중심으로 하여 대상의 전체, 부분과 부분을 조화롭게 구성한다.

### (2) 감각적 인상을 다양한 묘사방법으로 표현한다

대상에 대한 경험이 독자들에게 감흥을 유발할 수 있도록 해주고, 생동감, 신선감, 구체성을 살려주면서 동시에 의미를 명확히 하는 방법으로서, 다양한 묘사방법으로 표현하면 효과적이다.

### (3) 자신의 느낌을 창의적으로 명료하게 나타낸다

자신의 느낌을 명료하게 하기 위해서는 반응의 결과가 아닌 반응의 원인에 대해 써야 한다. '나는 두려움을 느꼈다'라고 쓰는 대신 자신의 두려움의 원인을 명백히 해서 독자로 하여금 역시 같은 느낌을 받을 수 있도록 해야 한다.

어떤 것에 대한 자신의 느낌을 전달하기 위해서는 자신의 경험을 재창조해야 한다. 셰익스피어의 『햄릿』 서두에서는 '그날 밤은 매우 조용했다'라는 문장을 놓고 고민한 끝에 '쥐가 움직이는 소리조차 들리지 않는'이라고 씀으로써 이 문제를 해결했다.

## 3) 묘사의 방법

묘사에는 비유방법·강조방법·변화방법 등 세 가지가 있다.

### (1) 비유방법

비유방법은 추상적인 것을 구체적으로 나타내기 위해 어떤 형태를 세부적으로 설명해 보임으로써, 명확한 인상을 주려고 할 때 사용한다.

가령, '날 좀 보소'라는 평범한 말을 '동지섣달 꽃 본 듯이 날 좀 보소'라는 비유방법으로 더욱 선명하게 전달하거나, 미인을 '장미처럼 아름다운 미인'이라 표현한다.

이같이 기존의 의미와는 다른 새로운 의미를 얻기 위해, 어떤 의미의 말이나 현상을 그와 유사성이 있는 다른 현상이나 말에 결부시킴으로써 의미를 새롭게 전이시키는 것을 말한다.

비유방법에는 직유법, 은유법, 상징법, 풍유법과 우화, 의인법, 대유법, 중의법, 의성법, 의태법 등이 있다.

① 직유법

직유법은 원관념과 보조관념 사이를 '-처럼', '-같이', '-인', '-인 듯' 등의 말을 매개로 하여 '무엇은 무엇과 같다' 혹은 '무엇 같은 무엇'식으로 결부시키는 방법이다.

## 그믐달[28]

나도향

나는 그믐달을 사랑한다.

그믐달은 요염하여 감히 손을 잡을 수도 없고 말을 붙일 수도 없이 깜찍하게 예쁜 계집 같은 달인 동시에, 가슴이 저리고 쓰린 가련한 달이다.

---

28  나도향, 『나도향 수필집』(서울: 붉은나무, 2017) 참조.

서산 위에 잠깐 나타났다 숨어 버리는 초생달은 세상을 후려 삼키려는 독부(毒婦)가 아니면, 철모르는 처녀 같은 달이지마는, 그믐달은 세상의 갖은 풍상을 다 겪고 나중에는 그 무슨 원한을 품고서 애처롭게 쓰러지는 원부(怨婦)와 같이 애절하고 애절한 맛이 있다.

보름에 둥근 달은 모든 영화와 끝없는 숭배를 받는 여왕과도 같은 달이지마는, 그믐달은 애인을 잃고 쫓겨남을 당한 공주와 같은 달이다.

초생달이나 보름달은 보는 이가 많지마는, 그믐달은 보는 이가 적어 그만큼 외로운 달이다.

객창(客窓) 한등에 정든 임 그리워 잠 못 들어 하는 분이나, 못 견디게 쓰린 가슴을 움켜잡은 무슨 한 있는 사람이 아니면 그 달을 보아주는 이가 별로 이 없을 것이다.

그는 고요한 꿈나라에서 평화롭게 잠든 세상을 저주하며, 홀로이 머리를 흩뜨리고 우는 청상과 같은 달이다.

내 눈에는 초생달 빛은 따뜻한 황금빛에 날카로운 쇳소리가 나는 듯하고, 보름달은 쳐다보면 하얀 얼굴이 언제든지 웃는 듯하지마는, 그믐달은 공중에서 번득하는 날카로운 비수(匕首)와 같이 푸른빛이 있어 보인다.

내가 한이 있는 사람이 되어서 그러한지는 모르지만, 내가 그 달을 많이 보고 또 보기를 원하지만, 그 달은 한 있는 사람만 보아주는 것이 아니라, 늦게 돌아가는 술주정꾼과 노름하다 오줌 누러 나온 사람도 혹 어떤 때는 도둑놈도 보는 것이다.

어떻든지 그믐달은 가장 정 있는 사람이 보는 동시에, 또는 가장 한 있는 사람이 보아주고, 또 가장 무정한 사람이 보는 동시에 가장 무서운 사람들이 많이 보아준다.

> 내가 만일 여자로 태어날 수 있다면 그믐달 같은 여자로 태어나고
> 싶다.

「그믐달」에서 직유법으로 표현된 것을 보면 다음과 같다. '철모르는 처녀 같은', '애처롭게 쓰러지는 원부와 같이', '여왕과 같은', '공주와 같은', '천상과 같은', '날카로운 쇳소리가 나는 듯', '언제든지 웃는 듯하지마는', '날카로운 비수와 같이', '그믐달 같은' 등이다.

② 은유법

은유는 협력의 뜻으로서 이질적인 것들 사이에 유사성을 발견하고 연결해 공감대를 만들어 창조해나가는 것이다.

수필이란 원관념에 도자기를 비유하여 '청자연적', 화초에 비유하여 '난', 새에 비유하여 '학', 여인에 비유하여 '몸맵시 날렵한 여인'으로 표현하는 방법을 은유법이라 한다. 또한 「오월」 수필도 은유법으로 되어 있으며, 여기에 신록의 사진을 첨부하면 사진수필이다.

# 오월[29]

피천득

　오월은 금방 찬물로 세수를 한 스물한 살 청신한 얼굴이다. 하얀 손가락에 끼어 있는 비취가락지이다.

　오월은 앵두와 어린 딸기의 달이요, 오월은 모란의 달이다. 그러나 오월은 무엇보다도 신록의 달이다. 전나무의 비늘잎도 연한 살결같이 보드랍다. 스물한 살이었던 오월, 불현듯 밤차를 타고 피서지에 간 일이 있다. 해변가에 엎어져 있는 보트, 덧문이 닫혀 있는 별장들, 그러나 시월같이 쓸쓸하지 않았다. 가까이 보이는 섬들이 생생한 색이었다.

| 得了愛情痛苦(득료애정통고) | 얻었음이여, 사랑의 고통을 |
|---|---|
| 失了愛情痛苦(실료애정통고) | 잃었음이여, 사랑의 고통을 |

　젊어서 죽은 중국 시인의 이 글귀를 모래 위에 써놓고, 나는 죽지 않고 돌아왔다. 신록을 바라보면 내가 살아 있다는 사실이 참으로 즐겁다. 내 나이를 세어 무엇하리, 나는 지금 오월 속에 있다.

　연한 녹색이 나날이 번져 가고 있다. 어느덧 짙어지고 말 것이다. 머문 듯 가는 것이 세월인 것을, 유월이 되면 '원숙한 여인'같이 녹음이 우거지리라. 그리고 태양은 정열을 퍼붓기 시작할 것이다. 밝고 맑은 순결한 오월은 지금 가고 있다.

29  피천득, 수필 (서울: 범우, 2009), 64~65쪽.

오월에 은유되는 것으로는 ① 금방 찬물로 세수를 한 스물한 살 청신한 얼굴, ② 하얀 손가락에 끼운 비취가락지, ③ 앵두, ④ 어린 딸기, ⑤ 모란, ⑥ 신록으로 점차 확대되면서 '오월'이 새로운 의미로 다가온다. 이 결부 작용은 대체로 유사점의 발견과 유추를 통해서 이루어진다. 즉 주제는 5월의 예찬과 삶의 의지이며 소재는 5월 속에 신록의 삶, 결미는 5월이 가듯이 작가 인생도 세월 따라 가고 있다는 의미 부여이다.

### ③ 상징법

상징법은 비유의 폭과 깊이를 고도로 확장·심화시킬 수 있는 방법으로, 원관념을 언어 진술의 표면에 직접 나타내지 않고 보조관념만 드러내는 식이다.

한용운의 『님의 침묵』이란 시집에는 '임'이란 말이, 이상화의 「빼앗긴 들에도 봄은 오는가」라는 시에는 '들'이란 말이 여러 번 반복되어 나오지만, 그것의 원관념에 해당하는 말은 구체적으로 무엇이라는 표현이 진술되지 않았다. 원관념은 우리가 여러 가지 조건들을 고려하여 찾아볼 수밖에 없다. 이런 식의 비유를 상징법이라 한다.

상징법은 이처럼 원관념과 보조관념이 일대일의 관계가 아니라 일 대 다수의 관계를 가지며, 본문 속에서 반복되어 나타난다.

### ④ 풍유법

원관념은 드러나지 않고 보조관념만 드러나는데, 그 보조관념들 모두가 비인격적인 것들이라는 점에서 의인법이나 상징법과 다르다. 풍유나 우화를 구성하는 보조관념들은 주로 동식물의 생활풍습이며, 그것을 통해 인간의 생활풍습을 암시한다. 단순한 동식물에 관한 얘기는 풍유나 우화가 아니다.

작자 미상의 「토끼전」, 「별주부전」 등이 그 예로, 주로 동물 이야기를 풍유화한다.

- 지렁이도 밟으면 꿈틀한다.
- 밤말은 쥐가 듣고, 낮말은 새가 듣는다.
- 티끌 모아 태산이 된다.
- 하늘이 무너져도 솟아날 구멍이 있다.

⑤ 활유법과 의인법

무생물이나 동식물에 생명이나 인격을 부여하여 표현하는 방법이다. 활유법은 무생물을 생물의 속성에 비유하는 비유방법이고, 의인법은 비인격적인 유정물을 인간의 속성으로 비유하는 것이다. 즉 '돌의 숨소리를 듣는다'는 활유법이고, '소가 웃는다'라는 표현은 의인법이다.

철이 바뀌고 가을달이 명랑했다. 이슬은 안개처럼 내리고 귀뚜리 소리는 홀어미가 아니라도 구슬프게 들릴 무렵 창밖에서 홀연히 부스스 인기척이 일어난다.

의아하여 문을 휙 열어젖히면 이슬방울을 푸른 잎 위에 굴리며 가을바람과 파초가 서서 있다. 이때 가서야 파초의 신세가 가엾다. 확실히 고향을 그리워하는 파초다. 향수를 머금고 이내 시름을 날리기 위하여 남국의 파초는 북국의 가을바람과 숨바꼭질을 한다.

- 박종화, 「파초」 중에서

⑥ 대유법

어떤 사물을 다른 사물로 대치하는 비유방법으로서, ① 어떤 사물과 밀접히 관련된 것을 사용해서 다른 사물을 나타내는 환유법과, ② 개체로 전체를 혹은 전체로 개체를 나타내는 제유법이 있다.

시골 사람을 '핫바지', 형사를 '가죽점퍼'로 표현하는 것은 환유법이고, '약주'로 술 전체를, '밥'으로 음식 전체를 표현하는 것은 제유법이다.

⑦ 의성법과 의태법

의성법은 어떤 사물의 소리를 표현하는 방법이고, 의태법은 사물을 그것의 생김새나 움직이는 모양으로 표현하는 비유방법이다.

바람이 부는 모습을 표현한 '산들산들', '한들한들', '살랑살랑' 등이 의태법의 일종이고, '삐이 삐이 뱃종 뱃종', '호올 호로롯', '찌이잇 짤짤짤짤' 등은 새소리를 형용한 의성법이다.

(2) 강조방법

강조방법이란 글 중의 일부를 강조하는 효과를 내기 위하여 사용하는 수사법이다. 작가가 나타내고자 하는 사상이나 감정 중에서 어느 부분을 더욱 또렷하게 전달하며 강한 인상을 주려고 할 때 사용한다.

강조방법의 유형은 과장법, 반복법, 열거법, 영탄법, 점층법과 점강법, 현재법, 대조법, 억양법, 미화법, 문답법, 명령법, 돈호법, 치환법, 괄진법이 있다.

① 과장법

사물을 실제보다 과장되게 표현하여 강조하는 수사법이다. 이 수사법은 실제보다 크게 또는 많게 표현하는 확대 과장과, 실제보다 작게 또는 적게 표현하는 축소 과장으로 나뉜다.

'벼룩의 간만 하다.', '모시 적삼 안에 분통 같은 저 젓 보소/많이 보면 병환 나니 담배씨만큼만 보고 가소.'의 '담배씨만큼'은 축소 과장이다.

> - 하늘을 찌르는 듯이 높은 산, 살을 에는 듯이 찬바람
> - 찌는 듯한 더위
> - 부모의 은혜는 산같이 높고, 바다같이 깊다.
> - 모기 소리만 하게 속삭인다.
> - 밴댕이만 한 소갈머리
> - 눈곱만치도 주려고 하지 않는다.

② 반복법

반복법은 같은 단어와 문구를 반복함으로써 어떤 뜻을 강조하려는 수사법이다.

'달빛이 싫어, 달빛이 싫어, 눈물 같은 골짜기에 달밤이 싫어. 아무도 없는 뜰에 달밤이 나는 싫어….'의 반복어들은 '달밤이 싫다'는 뜻을 효과적으로 강조한다.

- 옛날 옛날 또 옛날에
- 멀고 먼 나라
- 깊고 깊은 바다
- 기나긴 밤

③ 열거법

열거법은 같은 부류에 속하는 말을 늘어놓아 뜻을 강조하는 수사법이다. 그 예를 보면 다음과 같다.

들에는 풀들이 많기도 하다.
꽃다지, 질경이, 애기똥풀, 쑥, 냉이, 패랭이, 엉겅퀴, 뱀딸기…,
하늘에는 별이 그렇듯, 들에는 온통 들 별들이 떠 있다.

들에 여러 가지 종류의 풀이 자라고 있다는 것을 강조하기 위해서 풀의 이름을 열거함으로써, 의미를 효과적으로 강조한다.

④ 영탄법

마음속의 깊은 정회를 드러내는 표현법, 즉 참을 길 없는 감정의 흥분을 표현하는 강조의 수법이다. 이때는 흔히 감탄사나 감탄의 정회를 나타내는 말을 쓴다. 어린 아들의 죽음을 노래한 정지용의 시「유리창」의 끝 구절을 보면 알 수 있다.

고운 패혈관이 찢어진 채로
아아, 뉘는 산인 새처럼 날아갔구나!

### ⑤ 점층법과 점강법

점층법은 어떤 사상이나 감정을 점점 강하게 고조시켜 가는 표현법이며, 점강법은 그 반대의 표현이다.

'둘이 있어도 할 말이 없다, 셋이 있어도, 다섯이 있어도, 열, 스물, 백 명이 있어도 말은 어디론가 자꾸자꾸 도망친다.'는 점층법이고, '눈이 감겼다, 숨이 끊어졌다, 마주 잡았던 손이 방바닥으로 스스로 늘어졌다. 마침내 온 방 안은 견디기 힘든 침묵으로 가득 찼다.'는 점강법이다.

### ⑥ 현재법

현재법은 사물이나 사건을 강조하기 위해 과거의 일이나 미래의 일을 현재의 일처럼 표현하는 수사법이다. 서정주의 시 「춘향유문」은 현재법의 좋은 예이다.

안녕히 계세요
도련님
지난 오월 단옷날, 처음 만나던 날
우리 둘이서 그늘 밑에 서 있던
그 무성하고 푸르던 나무같이
늘 안녕히 계세요

⑦ 대조법

어떤 것을 강조하기 위해 그것과 서로 대립되는 것을 대조하는 수사법이다.

대조법이 대구법과 다른 점은 전자는 의미상으로 대립이 되고, 후자는 리듬, 호흡, 운율상으로 대칭된다는 점이다. 전자는 강조방법이고 후자는 변화방법이다.

- 인생은 짧고 예술은 길다.
- 달면 삼키고, 쓰면 뱉는다.
- 잘되면 제 탓 못 되면 조상 탓
- 적은 사랑은 나를 웃기더니 많은 사랑은 나를 울립니다.

⑧ 억양법

어떤 것에 대해 의미상 앞에서 부정적으로 표현하고 뒤에서 긍정적으로 표현하든가, 혹은 그 반대로 표현하여 강조하는 표현법이다. 이 수사법은 어떤 것에 대해 변호를 하거나 공격을 할 때 많이 쓴다. '그는 좀 모자라지만 사람은 착해.' '얼굴은 고운데 마음이 나빠.' 식의 표현이 그 예이다.

⑨ 미화법

미화법은 하찮고 추하고 나쁜 것을 아름답게 표현하는 강조법이다. 변소를 '화장실'로, 걸인을 '자유인'으로, 도둑을 '밤손님'으로 표현하는 것이 그 예이다.

### ⑩ 문답법

어떤 문제나 사물을 강조하기 위해 묻고 대답하는 강조법이다. 이는 답변이 있다는 점에서 설의법과 다르다. '백제의 도미 부인, 신라의 수로 부인, 고구려의 유화부인 중에서 누가 더 애절하게 아름다울까? 애절한 아름다움으로야 백제의 도미 부인이 제일이다.' 식의 수사법이다.

### ⑪ 명령법

변화방법은 어떤 것을 강조하기 위해 명령형으로 표현하는 방법이다. 이는 격문, 선전광고문 등에서 많이 사용한다. '싸워라, 이겨라, 건아들이여!', '당신의 간장, 이 한 알의 약으로 지키십시오.' 등이 그 예이다.

### ⑫ 돈호법

인격화된 사물이나 현존해 있지 않은 사람에게 말을 거는 표현법이다. '어머니, 당신의 그 먼 나라를 아십니까?', '일림아, 촛불을 끄렴, 이제 우리 머언 나라로 다시 긴 여행을 떠나야 하지 않겠니?' 등의 표현에서 상대방을 부르는 식의 수사법이 그것이다.

### ⑬ 치환법

이미 사용한 말이나 내용을 철회하거나 부정하고 다른 말이나 내용으로 대치하는 수법이다. '황금은 가난한 사람들을 도울 수 있다. 아니, 가난한 사람들을 돕는다기보다도 오히려, 가난한 사람들을 게으르게 만든다.', '사랑은 뜨거운 것이다. 아니 뜨겁다기보다 차가운 것이다.' 등이 그런 예이다.

⑭ 괄진법

이미 장황하게 서술한 것을 통괄해서 독자에게 확실한 인상을 주는 표현법이다.

대개 어떤 문단이나 글의 결미, 결론 등에 사용된다. 나도향의 수필 「그믐달」에서 처럼 '어떻든지 그믐달은 가장 정 있는 사람이 보는 중에 또 가장 한 있는 사람이 보아주고, 또 가장 무정한 사람이 보는 동시에, 가장 무서운 사람들이 많이 보아준다.'가 그 예이다.

### (3) 변화방법

변화방법은 문장의 단조로움이나 지루함에 변화를 주려고 할 때 사용한다.

예컨대 어떤 사상이나 감정을 서술하다가 너무 단조롭고 지루하게 되거나, 의미를 분명하게 전달하기 위해 표현상의 변화를 필요로 할 때, 표현의 변화를 줌으로써 인상 깊고 생생한 감동을 주어 독자의 시선을 집중시키는 수사법이다.

변화방법으로는 설의법, 인용법, 도치법, 생략법, 대구법, 반어법, 역설법, 곡언법, 냉조법, 비약법이 있다.

① 설의법

평서문으로 서술해도 될 것을 의문문으로 바꾸는 표현법이다.

이 수사법은 권유, 연설, 변론, 공격 등의 내용에 효과적으로 쓸 수 있다. '그래도 그를 정직한 사람이라고 할 수 있겠는가?', '어머니, 이 밤이 너무나 길지 않습니까?'가 그 예이다.

② 인용법

다른 사람의 말, 주장, 의견, 이론 혹은 고사, 격언, 속담 등을 빌려오는 방법이다. 원문 그대로를 인용하는 직접인용법(명인법)과 그 내용만을 간접적으로 차용하는 간접인용법(암인법)으로 나뉜다.

도스토옙스키는 『카라마조프의 형제』 속에서 다음과 같이 말하고 있다. "이 지상의 일체 생물은 무엇보다도 먼저 그 삶을 사랑하지 않으면 안 된다."

③ 도치법

문장의 변화를 주기 위해 문장의 어순을 바꾸어 쓰는 변화법이며, 그 예를 보면 다음과 같다.

- 가거라, 어서….
- 보고 싶어요. 붉은 산이, 그리고 흰 옷이!
- 참 섭섭해요, 여름내 계실 것같이 말씀 들었더니….

④ 생략법

생략법은 문장의 압축미와 여운을 주기 위해 문장의 일부를 생략하는 변화법이다. 이효석의 글 「맥」에서 생략법을 찾아볼 수 있다.

캄캄하던 눈앞이 밝아지며 거물거물 움직이는 것이 보이고 귀가 뚫리며 요한한 음향이 전신을 쓸어 없앨 듯이 우렁차게 들렸다.
우레소리… (들렸다), 바다 소리가 (들렸다), 바퀴 소리가 (들렸다),

별안간 눈앞이 환해지더니 열차의 마지막 바퀴가 쏜살같이 눈앞을 달아났다.

⑤ 대구법

대구법은 변화를 주기 위해 리듬, 호흡, 반복성에 대칭성을 마련하는 표현법이다. 의미상의 대립은 목표로 하는 표현법이 아니라는 점에서 대조법과 다르다.

'청산은 내 뜻이요 녹수는 임의 정', '방실방실 웃는 임을 못다 보고 해 다 지네/ 해 다 져서 못다 보면 돋는 달로 다시 보지.' 등이 그런 예이다.

⑥ 반어법

반어법은 의미상의 긴장과 상충, 대조를 드러냄으로써 표현의 변화를 꾀하는 방법이다.

⑦ 역설법

역설법은 겉으로 얼핏 보기에는 불합리한 듯하나, 면밀히 고찰해 보면 진실임을 깨닫게 되는 진술이다.

존 던의 종교시 「내 가슴을 때려 주소서」의 끝부분에서 '생명을 얻고자 하는 자는 생명을 잃어야 한다.', '저를 당신에게로 잡아가, 투옥해 주소서./ 왜냐하면 당신이 저를 가두시지 않으신다면, 저는 결코 자유로울 수도,/ 결코 정숙할 수도 없사옵니다. 당신이 저를 겁탈하지 않으신다면.' 등이 그 예이다.

⑧ 곡언법

주장하는 것보다 적게 말하는 변화의 수법이다.

'그는 바보가 아니다(그는 대단히 영리하다), 그녀는 미인이 아니다 (그녀는 아주 못생겼다)', '그 시험은 누워서 떡 먹기가 아니었다(그 시험은 대단히 어려웠다).'가 그 예이다.


⑨ 냉소법

남의 약점을 조롱의 어조로 들추어내는 표현법이다.

'안내양, 이 버스 오늘 중으로는 떠나지?(버스가 너무 오래 정차하고 있음을 조롱하는 표현), 야, 너희 주인 정미소에 갔니?(주문한 식사가 너무 늦도록 나오지 않음을 조롱하는 표현)' 등이 그런 예이다.


⑩ 비약법

평탄하게 순서대로 천천히 서술되던 문장이 갑자기 속도와 순서를 변화시키면서, 서술의 방향이나 내용의 단계를 건너뛰어 변화를 일으키는 방법이다.

그 예를 알아보면 '전주, 밤안개가 짙은 동짓달, 자욱한 안개 속, 그리고 이슬비, 늘어선 간판들 주위만이 희미하게 밝다. 한 사람이 길을 걷다 포도 위에 쓰러진다. 주위는 갑자기 더 고요해진다. 죽고 싶다.'라는 예문의 경우, '한 사람이 포도 위에 쓰러진다.'라는 문장과 '죽고 싶다.'라는 문장 사이에 많은 말들이 감추어져 있어, 의미상의 비약이 일어나고 있다.

어둡다. 요란하다, 우레 소리, 번갯불, 바람은 천지를 쓸어 가란 건가. 구름은 우주를 뭉개 버리란 건가. 파도 소리, 저 파도 소리, 절벽을 물어뜯는 저놈의 파도 소리, 수십 길 절벽을 뛰어넘어 이 집을 쓸어 가려는 듯, 차라리 쓸어가 버려라, 집까지 섬까지 한 묶음을 삼켜 버려라.

## 4) 묘사의 조건

① 관찰하라
대상의 지배적인 인상과 특징을 잘 관찰하는 습관을 지녀야 한다.

② 감수성을 길러라
감수성을 지니고 자신만의 독창적인 감각을 신장시키는 노력이 필요하다.

③ 고정관념의 틀에서 벗어나라
일상적·통상적 언어와 비유를 사용하지 않고 참신하고 독창적인 언어 선택과 창조적인 수사방법을 사용하도록 한다.

④ 생동감, 현장감을 살려라
생동감과 현장감을 눈에 보이듯이 묘사해서 전달해야 한다.

## 5) 묘사의 실제

묘사를 잘하기 위해서는 비유방법, 강조방법, 변화방법 등을 적절히 사용하여 묘사해야 한다.

### (1) 고정관념의 틀을 깬다

문학성을 내포한 문체를 만들어 내기 위해서는 어떤 대상의 외형적 묘사만으로는 불가능하다. 반드시 내면적 묘사가 가미되어야 가능한 일이다.

- 태양은 눈부시다.
- 설탕은 달다.
- 거지는 가난하다.
- 고양이가 쥐를 먹는다.
- 기린은 목이 길다.

위와 같은 표현은 너무나 상투적이고 고정관념화된 것으로, 참신함과 독창성이 부족하여 읽는 이로 하여금 감흥을 줄 수가 없다.

- 결핵에 걸린 태양은 눈부실 리가 없다.
- 배반자로부터 보내온 설탕은 달지 않다.
- 구걸을 중단한 거지의 허영
- 쥐를 보면 도망치는 고양이의 비애
- 목이 짧은 기린의 절망

작가 이외수는 『그대에게 던지는 사랑의 그물』에서 "고정관념을 탈피하는 순간 나는 만물들의 외형을 자유자재로 변형시키면서 상징성을 부여하는 능력을 획득하게 되었다."라고 말하고 있다.

### (2) 대상을 다양한 묘사방법으로 표현한다

① 석류꽃이 붉게 피었다.
→ 석류꽃이 불덩이처럼 이글이글한 것이 그늘진 마당을 밝히고 있다.

② 유리컵이 매끄럽고 딱딱하다.
→ 유리컵은 얼음 같다.

④ 수많은 말들이 푸른 들판을 달린다.
→ 수많은 말들이 물결처럼 넘실거리며 푸른 들판을 달린다.

### (3) 관념, 추상어 대신 구체어로 그려낸다

'행복', '자유' 등은 추상어이고, '산', '들판' 등은 구체어이다. '쓸쓸하다', '불안하다'는 추상어이고, '걸어간다', '울고 있다'는 구체성을 나타낸다. 추상어는 불확실하고 애매한 개념이기에 명확하게 그려내야 하는 묘사에는 맞지 않다.

① 오늘밤은 너무 조용하다.
→ 오늘밤은 나뭇잎 하나 까닥하지 않고 호수에 물결도 일지 않는다.
(시각 이미지)
→ 오늘밤은 시계의 초침소리만이 커다랗게 들릴 뿐 주기적으로 들리던 작은방의 어머니 기침소리도 들리지 않는다. (청각 이미지)

② 오늘밤은 너무 쓸쓸하다.
→ 오늘밤은 황혼을 배경으로 떠나시던 아버지의 뒷모습을 보는 듯한 기분에 빠져든다.

③ 오늘밤은 너무 행복하다.
→ 오늘밤은 오랫동안 셋집을 전전하다가 마련한 집에서 온 식구가 한자리에 모여 저녁을 먹던 때의 웃음소리가 들려오는 듯했다.

④ 오늘밤은 너무 불안하다.
→ 오늘밤은 금방이라도 숨이 막힐 듯 얼굴이 새파랗게 질리며 소름이 돋고 온몸이 떨려왔다.

앞의 문장에서 '너무'와 '조용하다'는 모두 추상어이므로 불명확하고 애매하다. '너무 조용하다'는 말 대신 그런 느낌을 생생히 보여주어야만 묘사가 된다.

이와 같이 글쓰기는 다양한 구성, 문장, 문체 그리고 작가의 자세에 따른 다양한 묘사방법으로 좋은 창작이 결정된다.

어느 날 헤밍웨이의 문하생이 되고 싶다며 한 청년이 찾아왔다.

"선생님, 저도 선생님처럼 대작을 쓰고 싶습니다. 그 비결을 저에게 알려주십시오."

그 청년은 사뭇 진지한 태도로 애원을 했지만 헤밍웨이는 아무런 말이 없었다. 헤밍웨이는 창문을 열고 무엇을 음미하는 듯, 봄볕이 따스하게 내리는 정원을 바라보고만 있었다. 답답해진 청년은 다시 꼭 훌륭한 작품을 쓰고 싶으니 그 비결을 가르쳐 달라고 헤밍웨이에게 부탁을 했다. 그러자 헤밍웨이는 책상으로 가서 원고지에다 무엇인가를 쓰기 시작했다.

"선생님, 무엇을 쓰십니까?"

"음, 나는 정원의 풀꽃들의 내음을 그저 글로 쓰고 있는 것뿐이네."

청년은 자신은 진지한 자세로 훌륭한 작품을 쓰는 비결을 알려 달라고 했는데 자꾸 딴청만 피우는 헤밍웨이에게 실망하는 눈빛이었다. 그러자 헤밍웨이는 다정한 목소리로 이렇게 말했다.

"처음부터 대작을 쓰겠다는 자세는 만용일 뿐이네. 그저 자신의 느낌을, 감정을 생생하게 써보게. 한 장, 두 장, 수천 장의 원고지를 찢고 다시 쓰고를 반복하면서 자신도 모르는 사이에 대작은 탄생되는 것일세."

글쓰기에는 빠른 길은 없다. 성급하게 좋은 열매부터 맺으려 서두르지 않아야 한다. 먼저 좋은 씨앗이 되기를 노력하고, 좋은 묘목이 되도록 노력해야 한다. 그러면 그 좋은 씨앗과 좋은 묘목에서는 반드시 좋은 열매가 열리기 마련이기 때문이다.

# 장래 희망이 뭐예요

조영갑

현대사회는 고령화와 저출산이 시대의 화두가 되고 있다.

고령화 사회와 초고령 사회에서 나이 든 사람은 재앙이 되지 않기 위해, 어떻게 사는 것이 후회 없는 삶이 되는 것인가.

어느 날 오후였다.

오랜만에 중학교에 다니는 손주가 와서 재미있게 웃으며 이야기하였다. 그런데 손주는 "할아버지, 장래 희망이 뭐예요?"라고 묻는다. 어떻결에 "무슨 희망이 있겠냐. 단지 너희들이 건강하게 자라서 훌륭한 사람이 되었으면 좋겠다."라고 답하자 손주는 "아니, 그것은 우리들 꿈이고요, 할아버지의 장래 희망 말이예요."라고 말했다. 어안이 벙벙했다. 지금 무엇을 위해 살고 있는지, 진짜 나를 위한 꿈이나 희망을 갖고 있는지…. 나는 지쳐 늙었다고 스스로 포기한 삶 속에서, 눈만 껌벅거리며 숨만 쉬고 있는 것이다. "할 일이 없어 무료하다, 외롭다, 허망하다." 등을 되뇌며, 그냥 오늘을 허송하게 보낸 것이다.

100세 시대에 남아 있는 고령화된 나의 인생에게 미안하지 않게, 자식들에게 재앙의 존재가 되지 않게 해야 한다. 그것은 작은 희망을 준비하고 실천하는 것이며, 남 탓이 아니라 바로 나의 몫이고 책임이기 때문이다.

고령화 사회에 적응해 사는 존재가 되어야 한다.

유엔 규정에서 고령화 사회란 65세 이상 노인 인구가 전체 인구의 7%를 차지하는 사회를 말하고, 14%를 넘으면 고령사회, 20% 이상이면 초고령사회라고 규정하고 있다.

고령화 요인은 출생률 및 사망률의 저하에 있으며, 평균수명이 긴 나라가 선진국이고, 평화롭고 안정된 사회에서 장수는 인간의 소망이다. 그렇지만 고령화에 따르는 질병·빈곤·외로움·무직업 등에 대응하는 사회경제적 대책이 고령화 사회 및 나이 든 사람에게 큰 짐이 되고 있다.

한국도 고령화 사회의 진입을 넘어 초고령 사회에 다다르고 있다. 오늘날 현실은 신체·정신적으로 일할 수 있는데도 일정한 나이가 되면 은퇴하는 사회적 규범에서 살고 있다. 이러한 사회에서 저출산으로 적은 수의 젊은 사람들이 많은 수의 노인을 부양하는 상황은 고령화 사회의 재앙이 된 것이다. 그래서 노령이지만, 오랜 경험과 지식을 재활용해 생물학적으로 일할 수 있을 때까지 일하게 국가·사회적으로 제도화해야 한다는 주장도 있다. 노령을 단순히 보살핌 받아야 할 대상으로만 생각하지 말고, 스스로 노후를 즐기고 누릴 수 있도록 자신을 개발하고 새롭게 변해야 한다. 지난날의 고정관념에 뿌리박힌 사람은 어둠에 갇혀 있기 때문에 밝은 희망을 보아도 좋은 줄 모르고 지낸다. 새로운 마음과 자세로 변화하는 세상을 배워 적응해 나가야 한다.

고령화 사회에서 작은 희망을 가져야 한다.

사회적으로나 인간관계에서 은퇴하면, 정신적으로나 신체적으로 늙음에 희망 없이 나자빠지기 마련이다. 이제는 세상을 위해 가족과 자신을 위해 할 만큼 했으니, 편히 쉬며 놀고 싶다고…. 뭐, 이 나이에 무슨 일을 하느냐고 스스로 포기하고 웃으며 넘길 일이 아니다. 그때마다 변화하는 사회를 탓하거나 남 탓하지 말고, 손주의 "할아버지, 장래 희망이 뭐예요?"라는 질문에 명쾌한 답을 줄 수 있도록 삶을 멈추지 않고, 작은 희망을 위해 움직여야 한다.

희망의 길이 보이지 않을 때가 있지만, 주저앉지 말고 누구도 대신

할 수 없는 새로운 길을 만들어서 가야 한다.

길어진 노년의 삶은 나이로 살지 말고, 작은 희망을 생각하고 이루며 사는 것이다. 날마다 작은 꿈으로 희망과 설렘을 갖고 움직여 건강을 지키며, 하고 싶은 사회활동이나 취미생활로 삶을 즐기고, 좋은 친구관계 속에서 외롭지 않은 황혼길을 걸어가는 것이다.

꿈을 꾸고, 희망을 놓지 않아야 한다.

고령화 사회에서도 더 좋은 인생창조를 위한 시간과 공간은 남아 있다.

몸은 비록 쭈그러들지만 마음만큼은 늙었다고 생각하지 말아야 한다. 꿈꾸는 힘이 없는 사람은 사는 힘도 없이 외로움의 공간에서 사회적 짐으로 전락한 삶을 살게 될 수 있기 때문이다. 이루고 싶은 작은 희망을 행복으로 일궈 가는 것이 진정한 삶의 용기이다.

# 제 2 장

## 수필 창작의

## 자 세

# 1. 수필은 왜 쓰는가

## 1) 문학에 대한 열망

수필문학은 보이는 대로 쓰는 이성을 넘어 보이지 않는 느낌을 쓰는 감성과 영성을 가져야 한다.

수필을 쓸 때는 단순히 글을 쓰는 손재주만이 필요한 것이 아니다. 생각을 체계적으로 정리할 수 있는 능력이 있어야 한다. 체계적인 정리 능력을 위해 노력하다 보면 저절로 세심한 관찰력, 날카로운 비판력, 진실한 자세가 일상화된다는 것은 대개의 문학가들이 체험한 얘기이다.

인간은 생각을 다듬어서 글을 쓰게 될 때에 사고의 깊이가 더욱 깊어지는 장점이 있다. 여기에서 수필 능력의 배양이 요청되는 것이다.

문학가가 되기 위해서는 기초적인 조건으로서 5다(五多)를 해야 한다. 즉, 다독(多讀), 다상(多想), 다작(多作), 다험(多驗), 다약(多約)이 필요하다.

① 다독이란 많은 독서를 통해서 우주와 인간에 대한 체험을 풍부하게 하는 자료를 수집하는(입력) 것이다. ② 다상이란 우리 주변의 일상 현상을 인생의 본질적인 면에서 관찰하고 파악하여 상상력을 키우는 것이다. ③ 다작은 독서와 실제 생활에서 얻은 직접적·간접적 체험

을 글로 쓰는(출력) 것이다. ④ 다험은 직접적 체험이나 간접적 체험을 통해 많은 느낌과 의미를 발견하고 부여하는 것이다. ⑤ 다약은 주요 핵심적 주제를 일관성 있게 추려서 전개하는 것이다. 그러나 자기가 생각하는 것을 원고지에 충분히 표현한다는 것은 결코 쉬운 일이 아니다.

쓰고 싶은 것이 머릿속에서는 뱅뱅 돌지만, 정작 필기구를 들거나 컴퓨터 앞에 앉으면 무엇을 어디서부터 어떻게 써야 할지 막막할 때가 많다. 한 가지 사실을 표현하려 해도 그 방법에는 여러 가지가 있는데, 더구나 문학적 표현이란 하나의 대상을 사실적으로 형상화해야 하는 것이므로 사법고시 준비하듯이 뜨거운 집념 없이는 불가능한 일이다.

문학가가 되겠다는 열정과 뚜렷한 신념이 없이 소질만 있다고 되는 것이 아니다. 예술에 대한 소질, 특히 문학에 대한 소질은 누구에게나 조금씩은 다 숨어 있다. 다만 용기를 갖고 글을 쓰느냐 안 쓰느냐의 차이가 있을 뿐이다.

인간은 다른 동물과 달라 자기 의사표현이나 생각·사상 등을 말과 글로 나타낸다. 말하기의 경우는 음성 외에도 특정한 시간, 장소 등의 한정성과 화자와 청자의 동일한 상황, 그 밖에 손짓, 발짓, 표정, 눈길 주기, 눈의 위치, 상대방과의 직간접적인 관계 설정 등을 통해 좀 애매한 상황이거나 어법이 맞지 않아도 글쓰기에 비해 의사소통이 매우 쉬운 편이다.

그러나 글쓰기는 대상의 불확실, 시대, 공간 등의 초월성, 기타 말하기의 장점(보조적인 수단인 동작, 상황성, 제한성 등)을 갖추지 못하므로, 표현에 있어서의 장애나 몰이해로 인한 갖가지 부작용이 예상된다. 따라서 문장 작법의 경우, 대화의 경우보다도 훨씬 정밀하게 의미를 제한하고, 어휘 사이의 문법적 관계, 의미 요소 등에도 많은 주의를 기울여야만 비로소 의미 전달이 된다.

　그러나 글쓰기는 말하기보다 훨씬 크고 지속적이며, 개인적 문제에만 국한되는 것이 아니라 더 폭넓은 효과를 발휘한다. 말할 때와 비교하면 많은 사색 과정을 거쳐야만 글이 작성되기 때문에 글을 잘 쓰면 표현의 정확성, 명료성, 논리성, 통일성 등의 유지에 우위를 가진다. 또 체계적인 생각과 사상 등이 표현에도 적합하다.

　즉 언어의 바른 표현이나 분명한 의사 등도 결국은 문장으로 기술되어서 많은 사람들에게 전해지고, 해석되고 변화하여 다시 문장으로 재구성되며, 또 전달되는 글의 반복, 발전을 통해 오늘의 역사가 기술되어 이루어져 왔고, 앞으로도 그럴 것이다.

　글을 잘못 썼을 때의 잘못이 얼마나 큰가를 '적당'이라는 말의 예를 들어 설명해 보고자 한다. 원래 '적당히'는 어떤 사물이나 일의 설명에 있어서 잘 어울림, 알맞음, 꼭 부합됨, 사리에 맞음 등으로 '다른 짝'이 없을 정도로 그 상황에 일치된다는 말이었는데, 이 말이 대충대충, 우물쭈물, 얼렁뚱땅 등으로 너무나 많은 경우에 잘못 쓰이고 있어 본래의 의미를 거의 상실하고 있다.

　자녀들이 부모 세대가 무심코 쓰는 이 말을 배웠다고 가정해 보자! 가령 학교 선생님이 공부는 능력에 맞게 적당히 하는 것이라고 가르쳐 주셨다면, 이때의 뜻은 분명 견디지 못할 정도로 과로하거나 너무 태만하지 말고, 자기 능력에 알맞게 최선을 다하라는 말일 것이다. 그런데 이 말을 '얼렁뚱땅 하라'는 것으로 잘못 해석하여 그야말로 과제물을 대충대충 끝내고 놀아 버린다면 이건 큰 비극이 아닐 수 없다.

　말 한마디가 이렇게 잘못 전달되면 생각지도 못한 엄청난 행동을 저지를 수 있게 되는 것이다. 그렇기 때문에 고운 말, 바른말 쓰기는 매우 중요한 것이다.

　물론 지나친 비약일 수도 있겠지만, 오늘날 한국의 여러 계층(정계, 재계, 기타 사회지도층)의 인사들이 너무 쉽게 불의와 부정에 야합하고, 현실을 부정하고 나서는 것도 '적당히'라는 말을 오용함으로써 비롯된 것은 아닐까라고 생각해 본다.

언어의 잘못된 사용은 말의 권위를 실추시키고, 사용자의 품위와 권위도 본의 아니게 떨어뜨린다는 것을 우리 모두가 깊이 성찰하여야만 한다. 바른말의 준수는 곧 나의 주체성을 공고히 하는 삶이며, 내 후손의 굳건한 생존의 정신적 지주가 되는 것이다.

우리 배달겨레는 원래 깨끗하고 순결한 민족이요, 거짓을 싫어하고, 그 어느 민족보다도 가장 우수한 두뇌를 지니고 강인한 체격과 체력을 자랑하며 중원과 만주 벌판을 마구 달리며 살던 날쌘 기마 민족이었다. 그래서 타 민족이 감히 넘보지 못하였다.

그랬기 때문에 울타리 없이도 살 수 있었으며 동족끼리는 인보정신이 매우 두텁고 질서의식, 준법정신 또한 매우 높아서 도둑이 없었으며 인정과 의리가 넘쳐 오손도손 서로 도와가며 살아왔다.

욕심이 없었기에 청빈낙도의 즐거움이 있었고, 비록 나물 먹고 물 마시고 팔을 베고 바위 위에 누워 하늘을 보더라도 거기에는 시조가 읊어졌으며, 인생을 관조하는 여유 있는 낭만이 서려 있었다.

이와 같이 글을 쓴다고 하는 것은 인간에게 주어진 최후의 희망이 된다. 따라서 인생의 의미와 삶의 보람을 찾기 위해서 좋은 수필을 쓸 수 있어야 한다.


## 2) 수필로써 얻는 기쁨

### (1) 바른 사고력이 길러진다

자기의 생각, 느낌, 사상, 이념 등을 쓰려면 먼저 깊은 사색과 사고가 필요하다. 또 구체적인 글의 계획, 조사, 검토, 정리, 구상, 집필, 퇴고 등 일련의 정신활동이 계속 되풀이되어서 자신도 모르는 사이에 합리적이고, 조직적인 사고력이 길러진다.

### (2) 이해의 폭이 넓어진다

글을 작성하기 위하여 문헌을 이것저것 뒤적이다 보면, 희미하게 알았거나 이해되지 않았던 의미나 사상 등이 보다 확실하게 떠오르면서 자기의 사상이나 의견도 새롭게 정리된다.

또한 많은 양의 새 정보도 추가되고, 모르던 단어나 사상들이 이해가 된다. 이 밖에 여러 가지 자료를 여기저기에서 추적·조사하노라면 예전에 미처 생각하지도 못했던 기지나 재치가 떠오르거나 눈에 띄게 된다. 이렇게 알지 못했던 세계도 알게 되면 세상에 대한 이해의 폭도 넓어진다.

### (3) 현실에 적응하는 알맞은 감각을 갖추게 된다

수필을 통해 자기의 이념·사상·주의·주장·생각 등을 체계를 세워 펼쳐 보면 자기 자신의 입장과 처지를 더욱 확실하게 알게 되며, 주관적·독단적이 아닌, 객관적으로 나를 돌아보게 된다.

남의 나에 대한 입장도 보게 되어서 보다 자연스럽게 대화의 공감대와 관심사의 일체화를 이루기가 쉽고, 세계사적 안목에서 현실을 직시하고 깊이 알며, 투시력 또한 넓혀져서 사태 적응력, 대처 능력·비판·분석·개선력 등도 배양된다. 따라서 위급한 어떤 일이 눈앞에 닥치더라도 자신 있게 처리할 수 있어서 현실에 적응하는 알맞은 감각을 갖추게 된다.

### (4) 상식과 지식의 범주가 넓어져 매사에 능동적·적극적이 된다

글을 쓸 때는 머릿속에만 맴돌던 여러 가지 상념, 마음속에 묻어둔 이념 등을 체계적으로 진술하게 된다.

사상이나 이념을 확립하려고 계속 글을 쓰다 보면, 어제의 지식은 오늘의 상식으로, 오늘의 상식은 내일의 무용지물로 변하면서, 새로운 탐구에 의한 진일보한 지식수준으로 향상되어 간다.

두뇌 또한 지둔에서 우둔으로, 우둔에서 보통으로, 보통에서 우수 쪽으로 방향 전환이 이루어져 끝내는 학문적·문화적 수준이 다른 누구와 견주어 보아도 이겨낼 수 있는 경지에 도달한다. 이런 최고의 수준에 다다르게 될 때쯤이면 자기 생활 주변의 어떤 일에나 적극적이고, 자신 있게 참여하여 사회를 이끄는 주역이 될 수 있다.

### (5) 참을성과 자제력이 길러진다

문장을 쓰고 다듬다 보면 때로는 단어 하나를 바로 골라 쓰기 위하여 몇날 밤을 뒤척이며 뜬눈으로 밤을 지새우는 경우도 있어서 자기 의지를 건 외로운 투쟁도 하게 된다.

또한 자기의 감정이나 흥분을 억제하는 힘이 생겨 참을성과 자제력이 길러지며, 도덕적으로 세련되고 믿음직한 인간이 되게 한다.

### (6) 수필 쓰기는 명품 인생을 만든다

인생은 유한한 것이기에 언젠가는 이 세상을 떠나야 한다. 그때 세상에 남겨진 삶의 유품은 수필 그릇에 담겨 좋은 향기를 피울 것이다. 그리고 바쁜 삶의 현장에서도 내 자신이 내 시간을 만들어 산 넘어 흘러간 구름을 보고, 바람 부는 소리를 들으며, 나를 생각하고 새롭게 출발할 수 있는 용기와 지혜로운 흔적을 남겨 명품 인생이 되는 것이다.

# 2. 수필을 쓰는 자세

## 1) 수필의 창작과정

수필의 일반적 창작과정을 알아보면 다음과 같다.

### (1) 한상렬의 수필 사례 중에서

① 초보 단계의 수필 쓰는 마음 갖추기
- 무모할 정도로 용기를 갖고 정성껏 글을 쓴다.
- 전력투구하는 마음으로 글을 쓴다.
- 미래의 수필문학 발전을 위해 생명을 바쳐도 좋다는 신념과 결심을 가지고 글을 쓴다.

② 수필적 생활
- 하루 생활 모두가 수필적이어야 할 정도로 정성을 쏟는다.
- 항상 메모하는 습관을 익힌다.
- 메모지와 함께 국어사전을 준비하고, 순수한 우리의 말(토박이말)을 가려 쓰도록 한다.
- 자료 모으기 작업을 과학화한다(관심 있는 분야에 따라 항목, 내용,

연도별 자료를 계속 수집해 두었다가 수필을 쓸 때마다 활용한다).

③ 초보적인 글쓰기 연습
- 다른 수필가의 작품을 모방해 본다.
- 모방이 끝나면 그 작품의 인물, 배경, 공간, 시간, 사건, 지문, 대화 등을 나의 것으로 바꾸어 본다.
- 모방과 바꾸어 쓰기를 통해 한 걸음 더 나아가게 되는데, 이를 자기화 과정이라 한다.

## (2) 김진태의 「창작과 소재」 중에서
- 작가의 영감이 떠오를 때 산고를 치르듯 심한 고통을 겪어 수필을 쓴다.
- 작품에 대한 좋은 소재가 있을 때 며칠 동안 소재를 연구 검토하여 작품을 쓴다.

## (3) 박연구의 「꿈을 얻으려는 별」 중에서
- 생활 주변에서 소재를 얻어 인생 전체의 의미를 나타내 본다.
- 소재가 수필 한 편 쓸 만큼 정리되면 대강 순서를 정하고 악센트를 배치해 본다.
- 수필을 쓸 때 끝이 마음에 안 들면 발표를 보류하고, 며칠이고 생각하다 번개처럼 붙잡히는 결구가 생각날 때 마무리한다.

## (4) 김태길의 「수필의 경지」 중에서
① 수필은 사실 개념으로서 정의할 수도 있고 가치 개념으로 정의할 수도 있다. 사실 개념으로서 정의할 때는 사람들이 일반적으로 '수필이라고 부르는 것이 일단 모두 수필의 범위 안에 포

함된다. 그러나 가치 개념으로서 정의할 때는 오직 수필다운 수필만이 수필로서 인정된다.

② 수필을 수필답게 만드는 것이 무엇이냐에 관해서는 여러 가지 견해가 있을 수 있다. 수필다운 수필의 기준을 객관적으로 정립하는 일은 매우 소망스러운 것이나, 여기에는 철학적인 어려움이 있음을 인정해야 한다.

③ 내가 여기서 시도하는 것은 수필다운 수필의 객관적 기준을 정립하고자 함이 아니라, 주관을 배제할 수 없는 개인적 견해를 정리하는 일이다. 결국 내가 좋아하는 수필은 어떠한 수필인가 하는 이야기에 가까운 것이 될 것이나 남들이 좋아하는 수필에 대한 공감도 어느 정도 반영하고자 한다.

④ 창작 활동이 일반적으로 그렇거니와, 원칙적으로 작가의 체험을 소재로 삼는 수필 작품은 인간의 자기 표현으로서의 성격이 현저하다.

　이를테면 수필가는 그의 작품을 통하여 자기 자신을 표현한다. 수필도 풍경 또는 남의 이야기를 소재로 삼을 수 있으며, 반드시 자기 자신을 직접적인 대상으로 삼을 필요는 없다.

　그러나 나 아닌 것을 소재로 삼는 경우에 있어서도 수필가는 자연과 인간을 보는 자기의 주관을 체험·느낌·의미부여로 표명함으로써 자신을 간접적으로 표현한다. 그런 뜻에서, 수필은 내가 나 자신을 형상화하는 언어활동의 대표적인 것이다.

⑤ 표현되는 대상으로서의 나와 표현하는 문필가로서의 나는 수

필을 구성하는 두 가지 기본 요소이다.

수필의 우열은 표현되는 대상으로서의 나의 우열과 표현하는 문필가로서의 나의 우열의 결합에 의하여 결정된다. 만약 표현되는 대상으로서의 나의 사람됨이 탁월하고 또 표현하는 문필가로서의 나의 문장력도 탁월하다면 그 결합으로 이루어지는 수필은 더없이 훌륭한 작품이 될 것이다.

⑥ 작품에 반영되어 수필을 빛나게 하는 탁월한 인품이란 반드시 도덕적으로 높은 경지만을 지칭하지 않는다.

예리한 관찰력과 풍부한 상상력, 해박한 지식과 심오한 사상, 뛰어난 예술 감각, 뚜렷한 개성 등 모든 방면에 있어서의 탁월성은 어느 것이나 좋은 수필을 쓰는 데 더 보배로운 자산이 될 것이다. 특히 뛰어난 해학은 값진 수필을 위해서 크게 도움이 되는 성격 특질이다.

⑦ 수필가가 자기 인품의 탁월함 혹은 자기자랑을 과시하고자 하는 동기를 따라서 글을 쓸 때, 그 작품은 결정적으로 실패한다. 자신의 박식이나 견문을 과시한 글은 독자에게 거부감을 일으킨다. 의도함 없이 은연중에 작가의 인품이 작품에서 풍길 때 독자는 깊은 공감에 젖는다.

⑧ 자신의 결함 또는 실패담을 솔직하고 꾸밈없이 다룸으로써 좋은 작품을 얻는 경우가 있다. 솔직함은 그 자체가 미덕일 뿐만 아니라 마음의 여유와 결합하면 익살스러우면서 품위 있는 농담으로서 해학을 낳기 때문이다.

⑨ 수필에 있어서의 인품과 함께 중요한 자리를 차지하는 것은 문장력이라고 하였다. 여기서 '문장력'이라는 말은 구상까지도 포함하는 넓은 의미로 사용되었다. 자신의 체험과 사색을 글로 나타낼 수 있는 표현의 능력을 통틀어서 편의상 문장력이라고 부르기도 한다.

⑩ 어떠한 인품이 탁월한 인품이냐에 대해서도 견해의 대립이 있을 수 있다. 인품에 있어서나 문장에 있어서나, 탁월성의 기준을 정하는 문제에 있어서 결정적인 중요성을 갖는 것은 인간성과 문화적 전통일 것이다.

⑪ 자기만을 위한 것이 아닌 모든 글은, 특별한 사유가 없는 한 그 뜻이 독자에게 잘 전달되는 것이 바람직하다. 전달이 잘되지 않는 문장은 원칙적으로 좋은 문장이 아니다. 다만 높은 경지에 이른 작가는 더러는 탁월한 독자에게만 이해될 수 있는 글을 쓸 특권을 갖는다.

⑫ 독자의 미적 심금에 와닿는 문장은 좋은 문장이다. 다만 어떤 독자층의 미감을 매혹하느냐가 문제이다. 초보적 독자들의 미감과 잘 어울리는 문장을 세상에서는 흔히 미문이라고 부른다.

⑬ 독자에게도 느끼고 생각할 기회와 여지를 남겨 놓은 글이 좋은 글이다. 모든 말을 다 해버리면 독자는 지루함에 빠진다. 함축은 수필의 생명이며, 함축을 위해서는 문장이 간결해야 한다. 군소리는 글을 죽인다.

⑭ 되도록 여러 사람에게 공감을 일으키는 글이 좋은 글이다. 자기 혼자의 정취나 감흥에 젖어 제멋에 도취한 글은 소수의 독자에게만 매력이 있을 것이다.

⑮ 의도적으로 멋있는 글을 쓰고자 꾀하면 도리어 저속한 글이 된다. 평범한 듯하면서 평범하지 않은 글이 좋은 글이다.

⑯ 작가의 성별, 연령, 지위 등에 따라서 각자에게 적합한 문제는 다를 수 있다. 주제와 소재에 따라서도 그것과 잘 조화되는 문장이 다를 수가 있다.

⑰ 어느 경지에 이르면 작가는 고유한 문체가 형성된다. 그러나 이 형성은 자연의 조화에 맡길 것이며 성급하게 의도할 과제는 아니다.

⑱ 품위가 높아야 한다. 문장은 수필의 품위를 좌우함에 있어서 결정적 구실을 한다. 야비하거나 표독한 표현은 글의 품위를 깎는다. 재주를 앞세워도 품위는 떨어진다.

⑲ 수필은 여운이 길어야 좋다. 결미(결론)를 단정적으로 내려 버리면 글은 여운을 잃는다.

⑳ 수필에서의 삶의 교훈을 얻는 것은 보배로운 일이다. 그러나 작가가 목소리를 높여서 설교를 꾀해도 좋은 것은 아주 특수한 경우에 국한된다. 수필에 있어서의 비판정신은 글을 돋보이게 할 수가 있다. 그러나 비판은 공정해야 하며, 자기 자신의 분수

를 염두에 두어야 한다. 교훈의 경우에 있어서도 그렇지만 비판도 직선적이기보다는 간접적인 것이 수필에 어울린다.

또한 같은 작가의 인품에도 여러 측면이 있고, 그의 글솜씨에도 때에 따라 기복이 있다. 한 편의 작품 속에 한 작가의 인품의 모든 측면과 문장력의 전체가 실리는 경우는 거의 없다. 이러한 이유로, 같은 작가의 작품들 가운데서도 잘된 것과 잘못된 것이 생기게 되는 것이다.

어느 정도의 수준을 넘어선 사람들의 문장력의 차이는 근소한 차이에 그친다. 수필의 우열을 결정함에 있어서 보다 큰 차이의 근원이 되는 것은 체험과 사색을 포함한 작가의 인품일 것이다. 특히 좋은 수필을 쓰기 어려운 이유 중의 하나는 탁월한 인품을 함양하는 일이 어렵다는 사실에 있다.


## 2) 수필의 요건

좋은 수필을 쓰기 위해서는 수필적인 삶의 근본과 더불어 많이 읽고(多讀), 많이 써보고(多作), 많이 경험(多驗)하고, 많이 응용(多用)하고, 많이 줄여(多約) 의미를 함축시킬 수 있어야 한다.

이 같은 바탕 위에서 좋은 수필의 요건도 중요하다. 즉 좋은 수필의 외적 요건은 ① 주제가 담겨야 하고, ② 문장력이 있고, ③ 잘 다루어진 소재와 느낌의 서정성이 있어야 하고, ④ 교훈성은 숨겨져 느낌과 감동이 있어야 한다. 특히 ⑤ 결미에서 교훈을 제시할 때는 단정적이 아니라 진한 여운으로 의미부여와 흥미 등이 있어야 한다.

내적 요건은 ① 진정한 의의를 표현할 수 있는 형상화 작업과 인식화 작업이 동시에 이루어져야 하며, ② 작가와 주제 및 소재가 서로 소통하며 작가와 독자가 정서적·심미적 교감을 나누며, 동질체이고, ③ 수필의 완성도를 높이기 위해서는 외적 요건과 상호 긴밀한 일관성으로 결속력을 가져야 한다.


## 3) 수필 쓰기 순서

수필을 쓸 때 작가는 일정한 순서를 따라야 한다.

먼저 글을 쓰는 동기나 발상은 ① 착상을 하고, ② 주제를 설정하고, ③ 주제의 선명성을 갖기 위해 적합한 소재를 선택하며, ④ 주제와 소재를 연결하고, ⑤ 느낌을 쓰고 의미부여를 하며, ⑥ 고치고 고쳐서 (퇴고) 좋은 문장을 완성하는 것이다.


## 4) 수필 쓸 때 유의사항

첫째, 직접 체험이나 독서 후 얻은 간접 경험, 사상, 가상 등의 내용을 정리하면서 정서적으로 순화하여 옮겨 써본다.

둘째, 체계적으로 주제에 맞는 소재를 찾아서 정리·분석한 뒤에 제한된 지면에 알맞게 구성한다.

셋째, 논리적으로 서두 – 본문 – 결미에 부합되도록 구성하여 글을 써내려간다.

넷째, 체계적으로 주제에 따른 소재별로 끊어서 쓰는 습관을 기른다.

다섯째, 가급적 같은 단어의 되풀이나, 동일 어법의 중복을 피해가면서 써본다. 그러나 특별히 강조할 단어, 내용 등은 한두 차례 연이어 써도 무방하고 법률 술어나 특별한 용어는 계속·중복되더라도 그

대로 씀을 원칙으로 한다.

여섯째, 어법에 맞으며 일관성이 있는가에 주의하고, 가능한 한 주의를 끌 만한 재미있고 흥미 있는 내용으로 엮으며, 자기만 아는 어려운 표현을 될 수 있는 대로 피하고 쉬운 말로 쓰도록 유의한다.

일곱째, 잘 쓰겠다는 욕심이나 의욕을 지나치게 앞세우지 말고 담담하고 진솔하게 글을 쓰는 태도를 갖는다.

● **수필 쓰는 기쁨의 감상**

## 하모니카[1]

서교분[2]

만물이 움트는 봄날이었다. 희미한 기억 속에 잊혀간 추억들이 생각났다. 시간과 공간 속의 어수선한 마음에 끼어 있는 이끼를 벗겨 내기 위해 집안 정리를 하였다. 짐 더미 속에서 그렇게 찾았던 하모니카가 고운 수건에 싸여 있었다. 반가운 마음으로 안락의자에 앉아 '가고파'를 불었다.

하모니카는 나의 반려악기가 되었다. 내가 초등학교 1학년 때에 외갓집에 갈 때면 대학에 다니는 외삼촌이 하모니카 부는 모습은 멋

---

1 　서교분, 『인연』(국보도서출판, 2020), 302-305쪽.

2 　**서교분**
　　월간 국보문학 수필·시 신인상, 연세대학교 미래교육원 수필창작 수학, 옥당문학상, 연세대학교 미래교육원 수필창작 공로상 수상, 연세에세이클럽 회장, 한국국보문인협회 정회원, 수필집 『인연』 외

져 보였다. 작은 하모니카에서 흘러나오는 노래 곡목이 무엇인지 알 수 없었지만, 어린 마음에 한없는 기쁨을 던져 주었다. 주말에 아버지를 따라 인천 답동 거리를 나갔다. 나는 하모니카를 갖고 싶다는 마음만으로 "아빠, 나 하모니카 하나 사줘요. 응, 빨리."라며 졸라댔다. 아버지는 "그렇게 갖고 싶냐." 하시며, 선뜻 주머니에서 돈을 꺼내 사주셨다.

내가 갖고 싶었고, 불고 싶었던 하모니카가 생겼다는 것이 너무 기쁘고 신기해서 "아빠, 감사합니다." 말도 잊은 채 좋아 뛰면서 집에 어떻게 왔는지도 몰랐다.

그날 밤부터이다. 저녁밥을 먹는 것도 뒤로하고 무턱대고 하모니카를 불어대자 아버지는 "하모니카를 왼손으로 잡고, 오른손으로 뒤를 막는 듯하며 감싸 덮었다 열어 바이브레이션을 내라"면서 잡는 법을 가르쳐 주셨다.

하모니카를 입에 물 때는 "입술이 거의 먹는 듯이 크게 물고 숨을 불어 넣었다 마셨다 하면서 불러 보라"고 하셨다.

나는 시도 때도 없이 들숨과 날숨으로 하모니카를 불어 소리를 내고 간단한 선율이나 화음을 연주하는 연습을 수도 없이 하며, 궁금해 알고 싶은 것이 있으면 외삼촌을 찾아가 배우기도 했다. 그때마다 아버지는 "참 잘 분다. 우리 딸은 무엇이든지 잘할 수 있을 거야." 하고 칭찬하며 용기를 주었다.

하모니카를 크게 물고 혀를 붙여 한 음 한 음을 이동하여 소리가 날 때면 어찌나 기뻤던지, 거울 앞에서 '있는 폼, 없는 폼' 다 재며 호기를 부리며 행복해했다.

나에게는 잊을 수 없는 하모니카 사건이 있다.

개울의 돌다리를 건널 때마다 하모니카로 "퐁당 퐁당 돌을 던지자" 한 절을 부르고 한 칸 건너고 "시냇물은 졸졸졸" 한 절씩을 부르며 갔다. 발걸음은 재촉하지만 한 곡 부르고 깡충깡충 뛰며 하모니카를 불다가 고모님께 전할 말을 깜박 잊어버렸다.

나는 어머니에게 다시 돌아가 물었다. 어머니는 내 손바닥에 '고모님이 내일 오셔 떡방아를 도와 달라'라고 적었다. 한편 돌다리에 흐르는 물속에 예쁘게 몰려다니는 송사리 떼를 잡으려다가 그만 하모니카를 물에 빠뜨리기도 했다. "앗, 내 하모니카가 물속에…"를 소리치며 순간에 하모니카를 건져 냈지만, 어찌나 슬프던지 품 안에 안으며 발을 동동거렸다.


세월은 화살같이 지나 짙은 황혼길을 걷고 있다.

큰아들이 초등학교 때에 오케스트라 연주 갈 때면 옷감 보따리를 머리에 이고 다녀 돈 벌기에 힘이 들었지만, 그때마다 하모니카는 내 삶의 즐거움을 준 커다란 힘이 되었다. 오늘도 하모니카는 영원한 동반자라는 노래를 부르라 한다.

삶의 흔적이 머문 계곡에서 아들딸에게 어미 마음, 그리운 사람들 만남에서 부르고 싶은 노래를 들숨 날숨으로 하모니카에 수놓는다. 하모니카가 복음·단음·중음으로 아름다운 음률을 내듯이 내 인생도 다양한 노래를 부르며 살아갈 것이다.


작가는 「하모니카」 수필을 통해서 삶의 기쁨과 의미를 잘 담았다. 서두는 오랫동안 잊고 살았던 하모니카를 발견한 반가움, 본문에서 1소재는 하모니카를 배우게 된 기쁨과 느낌, 2소재는 하모니카에 푹 빠진 순수한 열정과 느낌, 3소재는 하모니카를 물에 빠뜨린 안타까움과 느낌, 결미에서 하모니카는 작가의 삶의 일부가 되어 영원한 친구로 격려받고 위로받는다며, 하모니카에서 얻은 기쁨의 감성을 의미부여로 수필에 잘 담았다.

# 3. 수필과 타 문학 비교

수필과 시·소설은 문학이란 공통성을 갖고 있다. 그러나 시나 소설은 없는 사실을 가공하여 있는 것처럼 꾸미는 글로서 상상적 허구가 담긴 문학인 픽션(Fiction)이다.

수필은 있는 사실을 가공해 의미를 부여하는 글로서, 상상적 허구가 아닌 사실이 담긴 문학인 논 픽션(Non Fiction)이란 차이가 있다.

그렇지만 수필은 시적인 암시와 상징, 은유와 비유 등의 다양한 기법을 이용할 수도 있고, 소설적인 기법으로서 논리적(서두 – 본문 – 결미) 구성, 체계적(주제에 따른 소재의 느낌과 의미부여) 전개 등의 열린 형식의 체험적인 문학인 것이다.

## 1) 수필과 시

수필은 작가의 개성이 직접적이며 내성적으로 나타나는 특성이 있다. 따라서 작가의 정신과 체취가 물씬 풍기게 된다. 그렇다면, 구체적으로 수필과 시는 어떤 차이점이 있는 것일까?

첫째, 수필은 자기의 감정을 객관화시켜야 한다. 이것은 작가의 개인적 정서나 체험도 글로써 형상화될 때에는 공감대를 형성할 수 있는 보편성을 확보해야 하기 때문이다. 수필은 자기의 생각을 붓 가는 대로 쓰기보다 논리적인 구성으로 서술하는 산문인 반면, 시는 하나의 체계적인 느낌을 운문으로 표현해 감동을 주는 것이다.

둘째, 수필은 자기의 생각을 종합하는 것이기보다 분석해야 한다. 시가 여러 개념을 포괄하는 이미지를 선택하여 사상들을 종합하는 것이라면, 수필은 그러한 개념들을 이야기로 서술해야 하므로 분석적이고, 해설적이다.

셋째, 수필은 자기의 사상을 상징화하기보다 구체화시켜야 한다. 시는 응축된 상징어를 표현하는 어려움이 있는 것에 비해, 수필은 여러 체험들을 입체적으로 보여 주어야 하기 때문이다.


## 2) 수필과 소설

수필과 소설의 공통점은 산문성에 있다.

시와 소설의 중간 역할의 균형을 담당하는 것이 수필이라고 할 수 있다. 수필은 소설적인 논리적 구성과 시적인 체계적 느낌을 다 포함하고 있다.

소설은 없는 것을 있는 것처럼 꾸미는 것이다. 소설에서의 이러한 허구는 바로 소설의 매력일 수가 있다. 허구이므로, 무한한 상상력을 발휘할 수가 있다. 이 허구성의 유무가 바로 수필과 소설의 차이를 가르는 특징이 된다.

소설과 수필의 차이를 좀 더 구체적으로 살펴보면 다음과 같다.

첫째, 소설에서 허구를 구축하게 되면 복합성의 글이 되고, 허구성이 없을 경우 단조로운 느낌을 준다. 그리고 허구화된 글은 고도의 축적된 기술을 요구하게 된다. 감동을 주기 위해서는 충분한 사실이 요구되기 때문이다.

둘째, 수필에서는 허구성보다는 사건과 사실을 있는 그대로 보여주기 때문에 고백적인 문학이라는 데에 매력이 있다. 수필은 구체적인 사건이나 추상적인 사상이거나 아무런 구속 없이 자유롭게 소재화하되 솔직한 문학이라는 데에 의미가 있다.

셋째, 소설에서 허구화했을 때의 아름다움은 입체적이고 웅장한 내용이지만, 수필에서 허구화되지 않았을 때의 아름다움은 평면적이고 관조적인 철학성을 준다.

넷째, 수필은 소설과 시 같은 고도의 기법을 요구하지 않는다.

즉 기초적 문장 훈련 방법으로 아주 적당하다. 우선은 자기가 하고 싶은 말을 논리적이고 체계적으로 충분히 표현할 수 있는 문장력이 갖추어져야 한다. 문장이 조리 있고 더 나아가서 느낌과 의미부여까지 갖추게 된다면 그런 사람은 그다음 단계인 시나 소설로 옮겨갈 수가 있다.

그런 의미에서 우리나라에서도 영국 찰스 램의 『엘리아 수필집』 같은 철학적 장편 수필이 많이 나와야 하겠다. 피천득, 이양하, 김형석, 안병욱, 이어령, 김태길, 정목일 등의 수필은 이런 점에서 그동안 좋은 사례가 되어 왔다. 이들은 주변 잡담이나 단편적인 수필이 아니라 깊은 사상과 넓은 사색력을 주는 장편 수필집을 많이 발간한 수필가들이다.

수필 창작은 자신의 체험을 주제에 따른 소재를 논리적인 구성과 체계전인 전개로 솔직 담백하게 자신을 보여 줄 수 있다. 시나 소설에서 불가능했던 표현이라든지 비교적 넓고 다양한 독자층을 갖고 있다는 데에 수필의 장점이 있다.

그렇지만 수필을 쓸 때 습작기에는 원고지가 백지의 공포로 느껴질 때가 더러 있다. 자기는 도저히 글을 쓸 수가 없다는 좌절감도 물론 한몫하겠지만, 그것보다는 자기의 진정한 감정과 사상을 호소하기에 앞서 '언제 나는 유명한 작가가 될 것인가' 하는 조바심 때문인 경우가 더 크다. 그런 명예욕보다는 마음을 텅 비우고 여유를 가질 때이다. 특히 나이 든 인생길에서 자신의 삶을 흔적으로 영원히 남길 수 있다. 수필은 나의 삶과 인생을 담는 그릇이 되어, 봄날 언덕 위의 들꽃같이 따뜻하고 포근하게 가슴에 만발하게 된다.

제 3 장

수 필 의

창 작

# 1. 수필의 제목

## 1) 제목의 개념

제목이란 작품에 붙이는 이름으로서 모든 사물과 개체는 이름이 있다. 모양과 형태가 있는 것엔 이름이 있기 마련이다. 어떤 대상물을 찾을 때 먼저 이름을 보고 찾으니, 이름은 사람이나 동식물에게나 그 대상의 얼굴이며 상징이다.

문학 작품의 제목은 작품 주제의 내용을 보이거나, 대표하기 위하여 붙이는 이름을 말한다. 제목이 좋으면 그 글이나 책을 읽고 싶은 충동이 일어나고, 내용이 아무리 좋아도 제목이 좋지 않으면 독자들이 외면하여 찾지 않기 때문에 호응을 얻기가 힘들다.

작가가 작품에서 나타내고자 한 중심 사상인 주제가 곧잘 제목으로 사용되기도 한다. 제목은 작품의 얼굴이어서 작가는 제목 정하기에 무척이나 고뇌한다. 우선 작품의 첫인상이 좋아야 읽고 싶은 생각이 들기 때문이다.

간혹 '무제'라는 제목을 보기도 한다. 이것은 제목을 구하기가 얼마나 어려웠는가를 단적으로 말해 주는 경우이지만, 바람직한 태도는 아닌 것이다. 예컨대 글 중에서 '이름 모를 꽃', '이름 모를 새', '이름 모를 곤충' 등으로 무책임하게 기술한 것에서, 공허감 같은 것을 얻게 된다. 작가는 동식물 도감이나 사전류를 다 찾아서라도 이름을 알아 사실적으로 표현하는 것이 옳은 태도이고, 그래야만 독자들에게 신뢰를 줄 수 있다.

이같이 수필에서 '제목'이 차지하는 비중은 매우 높다. 제목은 상품의 상표와 같아서 제목만 보고도 그 상품의 질과 품격을 짐작할 수 있기 때문이다.

사람의 '이름'은 그 사람을 상징하는 총체적 이미지로서 역할을 하기 때문에, 먼저 부르기 좋고(소리의 조화), 뜻이 좋고(의미의 조화), 획수(모양의 조화)가 어울리는 것이 좋다. 수필의 제목도 산뜻하고, 의미가 깊고, 흥미로운 것이 좋다. 수필을 읽고 나서도 뚜렷하게 '제목'이 각인되어 내용을 떠오르게 하는 제목이 좋을 것이다.


## 2) 제목의 유형

수필에서 제목을 어떻게 정해야 할 것인가는 중요한 일이다.

### (1) 강석호 수필가의 분류

강석호 수필가는 어떻게 수필 제목을 붙일 것인가에서, 지금까지 통용되고 있는 제목들의 유형을 다음과 같이 분류했다.

① 주제를 집약한 것
수필의 각 문단에 나타난 소주제를 연관시켜 제목을 만든다.

② 주제를 풀이한 것
추상적인 주제를 풀이해서 구상적인 주제로 만들어 제목을 붙인다.

③ 문장의 줄거리를 압축하고 집약한 것

작품의 줄거리를 축약해서 제목을 붙인다.

④ 문장의 목적을 내세운 것

문장의 목적에 따라 제목을 정하는데, 그 사례로서 「아버지께 드리는 글」(서간문), 「두만강 7백리」(기행문), 「어느 비 오는 날의 서정」(일기문), 「사랑하는 님의 영전에」(조사문) 등이 있다.

⑤ 작품의 줄거리를 요약한 것

작품의 줄거리를 축약해서 제목을 붙이는 것인데, 그 사례로는 「피서지에서 생긴 일」, 「교단생활 40년의 회상」, 「비에 젖은 소품」 등이 있다.

⑥ 명사 하나만을 붙인 것

명사를 붙여서 제목을 정하는 것인데, 그 사례는 「나무」, 「보리」, 「달밤」 등이 있다.

⑦ ~과, ~의 명사로 나란히

명사와 명사로 이루어진 합성어로 제목을 정하는데, 그 사례는 「꽃과 바람」, 「믿음과 사랑」, 「돼지와 미소」 등이 있다.

⑧ 계절명이나 지명을 사용한 것

사계절에 따라 제목을 정하는데, 그 사례는 「봄이 오는 소리」, 「가을의 전령」, 「여름날의 소나기」, 「지리산 철쭉」 등이 있다.

⑨ 적당한 제목이 없는 것

마땅한 제목이 없을 때는 「무제」, 「실제」, 「수제」, 「유감」 등을 사용한다.

⑩ 시적 효과를 노린 것

시어를 통해 목적 효과를 위해 제목을 정하기도 하는데, 그 사례는 「사랑의 파도를 넘어」, 「우리를 슬프게 하는 것들」, 「잠 못 이루는 밤을 위하여」 등이 있다.

⑪ 작은 표제 중의 하나를 택한 것

정병욱의 수필 「물과 기름의 대화」는 '올빼미의 눈', '옷이 날개라고는 하지만', '음식보다 보약으로', '물과 기름의 대화' 등의 소제목 중에서 하나를 택해 제목을 정한 예이다.

⑫ 매혹적인 것

각자 기호에 따라 감각적 제목을 정하는데, 그 사례는 「그녀와 나는 이렇게 헤어졌다」, 「내가 사랑하는 여인」, 「안개는 나를 유혹한다」 등이 있다.

⑬ 불연속적 용어의 결합

연결될 수 없는 단어로 제목을 정한 것인데, 그 사례는 「잉크와 안경」, 「돌과 바람」, 「책과 가위」, 「미녀와 강도」 등이 있다.

⑭ 한자로 된 제목

옛날 한문이 주는 뜻을 바탕으로 제목을 정하는데, 그 사례는 「溫古而新」, 「可逆反應」, 「貧利泌禍」, 「異人異說」 등이 있다.

## (2) 정주환 수필가의 분류

정주환 수필가는 『현대수필 창작입문』에서 제목 붙이는 유형을
다음과 같이 제시하고 있다.

① 주제를 집약한 것: 「아버지」, 「손수건의 사상」
② 화제(토픽)를 나타낸 것: 「애인」, 「자유 부인」
③ 중심인물을 가리킨 것: 「상록수」, 「바다와 노인」
④ 본문 중의 중요한 사항을 나타낸 것: 「태백산맥」, 「사랑하였으
　 므로 행복하였다」
⑤ 인상적인 것을 나타낸 것: 「너는 눈부시지만 나는 눈물겹다」,
　 「압구정동엔 비상구가 없다」
⑥ 상징적인 것: 「주홍 글씨」, 「감자」
⑦ 글의 줄거리 또는 인물명을 나타낸 것: 「늙은 창녀의 노래」,
　 「낙엽을 태우며」
⑧ 내용의 일부 또는 전체를 나타낸 것: 「내일이면 늦으리」, 「누구
　 를 위하여 좋은 울리나」
⑨ 분위기를 나타낸 것: 「달빛 고요」
⑩ 문장의 목적을 나타낸 것: 「한국의 영혼」, 「우리 문화 산책」,
　 「이집트 기행」

이상과 같은 방식에 따라 제목을 붙인다. 제목을 붙일 때는 첫째,
내용과 너무 동떨어진 것은 피해야 하며, 둘째, 평범하지 않고 특색 있
는 제목을 택할 것이며, 셋째, 간결하고 선명할 것이며, 넷째, 흥미를
끌고 매력적인 것으로 제목을 붙여야 한다.

알렉산드로 뒤마 페르(Alexandre Dumas Pere)가 『몽테크리스
토 백작』을 써놓고 제목을 고심했던 재미있는 사례를 알아본다.

알렉산드로 뒤마 페르는『몽테크리스토 백작』소설이 나오기 3년 전인 1842년, 이탈리아의 피렌체에 망명 중이던, 나폴레옹의 동생 제롬을 찾아간 일이 있었다고 한다.

그때 뒤마는 제롬의 아들과 함께 배를 타고 엘바섬에 갔다. 오는 길에 괴상한 바위섬 하나를 목격했다고 한다. 그래서 뒤마는 뱃사람에게 그 섬 이름을 물었더니, '몽테크리스토 섬'이라고 대답했다고 한다. 당시 그 섬에는 사람이 살지 않았으나, 13세기에는 기독교사원이 있었다. 그러나 터키군이 이 섬에 침공했을 때, 승려들이 달아나면서 섬 어딘가에다 보물을 감추어 두었다는 전설이 전해 오는 섬이라는 것이었다.

뒤마는 그 섬 이름의 어감이 좋을뿐더러, 재미나는 전설까지 전해져 오므로 제롬에게 함께 여행한 기념으로 '몽테크리스토섬'이란 제목으로 소설을 꼭 쓰겠다고 약속을 했다고 한다. 그러나 소설을 다 써놓고 막상 제호를 붙이려 할 때, '몽테크리스토섬'이라 붙이려고 하니 마음에 들지 않아, 고심하던 끝에 '섬' 대신 '백작'을 붙이게 되었다고 한다.

이렇게 소설이 출간되자, 파리에는 새로운 유행어가 생겨났다. 즉 이 소설의 제명인 '몽테크리스토'란 말이 어감이 좋다 하여 파리 시민들은 무엇이든 마음에 들고 좋은 것이면 다 '아, 몽테크리스토!'라고 하고 큰 황소를 보아도 '아, 몽테크리스토!' 하고 감격해 마지않았다고 한다. 이 소설은 내용도 재미있지만, 그 제목으로서도 성공한 예라 하겠는데, 이 같은 사례는 수필에도 적용된다.

## 3) 제목 붙이기 유의사항

① 간결성과 예측성이 있어야 한다

수필의 제목만 보아도 전체 내용을 파악할 수 있도록 간결하고 예측 가능해야 한다.

② 지나치게 학술적이거나 선정적인 제목은 피한다

수필의 목적은 지식의 전달만이 아니기 때문에 내용과 주제에 알맞은 수필다운 제목을 붙이는 것이 좋다. 또한 너무 선정적이거나 가벼우면 작품의 질이 낮게 평가되는 경향도 있다는 점에 유의해야 한다.

③ 추상적인 것보다 구체적인 제목이 좋다

수필은 추상적인 제목보다는 구체적인 제목이 작품 내용을 쉽게 이해시킬 수 있고, 또한 호소력과 설득력을 줄 수 있다.[1]

---

1 　정동환, 앞의 책, 145-149쪽.

# 2. 수필의 서두

## 1) 서두의 개념

서두의 의미는 본문에 들어가기 전 첫머리 글로서, 대개 발단, 시작의 개념을 갖기 때문에 설명적으로 길게 쓰는 것은 결코 바람직스럽지 않다.

즉 서두는 본문과 결미를 두루뭉술하게 응집시켜 분위기 및 내용을 연결해 간단하고 명료하게 암시하는 것이다.

단문 형식의 수필에 있어서는 서두가 차지하는 비중이 시, 소설, 희곡 등에 비해 훨씬 높다. 서두는 '첫인상', '일기예보', '예감'과 같은 역할로서 수필의 본문 및 결미 작성에 실마리(단서)가 되어야 한다.

서두라는 도입부가 좋지 않으면 끝까지 읽고 싶은 충동을 일으키지 않을 것이다. 따라서 수필에 있어서 서두는 간결하게 쓰지만 글의 격과 성패를 좌우하기도 한다.

많은 사람들이 단 한 줄의 서두를 끄집어내기 위해 많은 시간에 걸쳐 생각한다. 헝클어진 생각의 실타래에서 첫머리를 찾아냈다면, 마음속에 이미 대강의 구성까지 이루어졌다고 본다. 고심 끝에 서두를 찾아내는 것만으로도 작품은 이미 절반의 성공을 거둔 셈이다.

단 한 줄의 서두를 얻기 위해 피나는 산고의 아픔을 경험하기도

하고, 우연하고 쉽게 서두를 찾아낼 때도 있다. 수필에 있어서 서두는 '첫머리' 이상의 의미를 갖는다. 수필의 경지랄까, 솜씨를 첫눈에 드러나게 하기 때문이다.

수필가 한흑구는 「나무」라는 수필의 서두를 찾아내는 데 5년, 「보리」에서 서두를 얻기까지는 3년이 걸렸다고 술회했다. 「나무」라는 작품의 서두를 끄집어내기 위해 수없이 찢고, 다시 지우고 쓰고 하길 5년 만에 '나무는 나무를 사랑한다.'라는 서두를 건지는 데 성공했다. 이 서두는 「나무」의 결미이기도 하다.

또한 정목일 수필가도 「향훈을 품어 내기 위한 발향제」란 수필에서 서두(첫 부분)만 잘 풀리면 생각은 연줄처럼 풀릴 수 있다고 그 중요성을 말했다.

나는 작품을 쓸 때, 어떤 신비로운 영감이 나타났으면 하고 바란다. 내가 제일 골머리를 앓는 것은 첫 부분(서두)이다. 첫머리가 잘 풀리지 않으면, 원고지를 수십 장 소비해야 한다. 안갯속같이 첫 부분이 잘 나타나지 않을 때는, "내 마음이여, 산속의 달빛처럼 고요로울 수 없는가?" 하고 빌고 싶다.

얼굴이 보이면 모든 걸 미뤄 알 수 있는 법, 첫 매듭만 풀리면 생각은 연줄처럼 풀려 나갈 수 있다.

유명 작가의 경우도 한 작품의 서두를 얻기 위해 오랜 고뇌의 진통을 겪는다는 것을 안다면, 신인이나 초보자들은 서두의 중요성을 재인식해야 한다.

## 2) 서두 작성의 요건

### (1) 서두 작성의 충족요건

먼저 서두를 작성할 때는 몇 가지 충족해야 할 요건이 있다. 그 주요 내용을 알아보면 다음과 같다.

① 이색적인 의견을 제시하거나 사람의 흥미를 끌어야 한다.
② 속담, 격언, 일화, 명언을 인용한다.
③ 사실과 사건, 생각 등을 거두절미하고 쑥 끄집어낸다.
④ 장소나 시간, 분위기, 자연, 환경, 인물의 묘사 등으로 시작한다.
⑤ 가정적 설문, 문제점 제시, 대화, 독백, 고전의 출전을 밝히는 것, 강조하고 싶은 것 등을 제시한다.
⑥ 결미 부분, 강조하고 싶은 것 등을 앞세운다.

### (2) 서두 작성의 유의점

수필의 서두에서 유의점을 든다면 다음 사항을 생각할 수 있다.

① 소박하고 차분하게, 글의 성격에 맞을 것
② 진부한 전제나 설명을 하지 않을 것
③ 흥미, 기대, 호기심을 줄 것
④ 함축, 상징성이 있도록 할 것
⑤ 본문의 내용과 동떨어진 것이 아닐 것
⑥ 독자들에게 전체 흐름을 혼돈시키지 말 것
⑦ 본문과 밀접하지 않은 부분을 도입부에 넣어서, 처음부터 독자들을 지루하게 하지 않을 것
⑧ 서두는 가능한 한 간결할 것

## 3) 서두 작성의 실제

수필의 서두는 어떻게 시작할까?

첫머리 도입의 방법과 실제를 몇 가지로 예시해 보면, 작가의 성격, 취향, 개성, 문체에 따라 서두의 모습도 달라진다.

### (1) 주제나 제목의 해석으로 시작

① 김태길의 「낙엽」

- 낙엽이다.

  ⇨ 서두가 간결하고 산뜻하다. 제목을 재인식시켜 주고 있다.

- 그것이 조락이요, 죽음인 것이다.

  ⇨ 이는 결미인데 주제를 강조했다.

② 이양하의 「글」

- 글을 쓴 지 오래다.

  ⇨ 서두가 차분하고 겸손하게 출발하면서 제목을 뒷받침하고 있다.

- 만일 내게 애인이 있어 이 글을 재미나게 읽었노라고 한다면, 그야 말로 온 세상을 얻은 것 같은 것을 두말 할 것도 없다.

  ⇨ 이 부분은 결미인데 주제를 강조했다.

③ 공덕룡의 「펜과 칼」

- 펜은 칼보다 강하다.

  ⇨ 여기서는 서두의 명언을 이용해 제목을 정했다.

## (2) 글을 쓰는 동기부터 시작

### ① 김태문의 「헤밍웨이가 사는 집」

지난여름 미국 출장길에 키웨스트에 있는 헤밍웨이의 집을 찾아볼 기회를 가졌었다.

### ② 염정임의 「침대에 관한 명상」

언제인가부터 나는 침대에 관한 글을 한 편 써보고 싶었다.

## (3) 묘사에서부터 시작

### ① 강범우의 「나는 아직도 49세」

병자년의 마지막 달력을 떼어버린다.

### ② 김시헌의 「빈자리」

아홉 시가 되면 서둘러 집을 나선다. 손에는 끈 달린 검은 가방이 늘어진다.

### ③ 도창희의 「임자 없는 나룻배」

늦가을 삽삽한 강바람에 촐삭대는 나룻배 한 척이 강물에 떠 있다. 수양버들 밑둥에 묶여 임자는 보이지 않는다. 부는 바람에 부대끼어 긴 고비의 탄력은 팽창할 대로 팽창해 있다.

금방이라도 줄만 끊기면 달아날 듯 바람의 인력에 못 이겨 선체만 기뚱거리고 있다.

## (4) 설명에서 시작

### ① 김소운의 「두 잔씩 커피」

중년부인네 한 분이 다방으로 들어와 커피를 마신 뒤에 '한 잔 더'라고 두 번째 잔을 청했다.

### ② 서정범의 「잘 먹어야 본전」

'돼지고기는 잘 먹어야 본전이다'라는 말이 있는데 무슨 근거로 그런 말이 생겼을까. 내가 어원사전을 쓰고 있는데, 그러한 자료를 얻고 확인하기 위해 알타이어권인 터키, 위글, 가자르, 야크트 등 터키권과 몽골어, 부리야트어 등 몽골권과 만주 퉁구스어권인 오르촌, 에벵키, 에벵우데헤, 나나이어 등의 시베리아를 현지 답사하면서 어학적인 자료 외에 귀중한 소득을 얻을 수 있었다.

### ③ 이철호의 「색의 의미」

'색'이란 것은 남녀 간에 말하는 그런 애정적인 것이 결코 아니라 눈에 보이는 것, 변해 없어지는 것을 말한다.

이 '색'이란 두 가지 형태로 구별할 수 있는데, 첫째는 나타내는 형색이며 둘째는 빛을 나타내는 현색이다. 이 색이란 것을 불교에서는 형태가 있는 물질을 가리켜 색이라 말하고 있다.

## (5) 대화에서 시작

### ① 이상보의 「제 얼 지키기」

"아 유 레디?"

"네."

"세이 예스!"

"예스!"

1999년 3월 4일에 대한민국 초등학교 3학년 교실에서 벌어진 일이다. 이른바 초등학교 영어 학습 첫날의 광경이다.

⇨ 초등학교 초기 영어교육에 대한 비판적인 견해 '국어사랑'을 강조하는 글에서 첫 장면을 대화체로 시작하면서 효과를 얻고 있다.

② 고임순의 「빈집」

"어멈아, 밥 먹자꾸나."

"네 어머님."

"여기 있어요."

"엄마 내 용돈, 차비."

"엄마 내 체육복."

"그래 알았다. 알았어."

아침이면 내 몸은 열이라도 모자란다.

⇨ 주부가 아침에 겪는 일상의 풍경을 대화로써 효과 있게 나타내고 있다.

③ 장인문의 「청소 이야기」

"이 동네 사십니까?"

"예 그렇소만."

"이 동네는 양반 동넵니다."

"?"

"한번 보이소, 담배꽁초나 휴짓조각 하나 찾아보기 어렵습니다."

이는 얼마 전 택시 기사와 나눈 대화의 한 토막이다.

⇨ 필자는 현재 살고 있는 마을로 주거지를 옮긴 이후 20년 가까이 되는 세월 동안 골목 안길을 청소하는 등 노력으로 깨끗한 마을이 되었음을 얘기하는 글인데, 대화체 도입부로 깨끗한 동네의 인상을 잘 드러내 주고 있다.

## (6) 인용에서 시작

### ① 이숙의 「바람」

'바람이란 모든 것에 영향을 주고 세상일을 가르친다'고 장자가 말했다.

### ② 박지연의 「바가지」

'집에서 새는 바가지 나가서도 샌다'는 속담이 있다.

### ③ 안병욱의 「인생은 예술처럼」

에드워드 카펜더는 '사랑은 하나의 예술이다'라고 말했다.

## (7) 독백에서 시작

### ① 하택례의 「어머니의 미역국」

어머니는 가장 정감 있는 단어이다. 자식들 위해 존재해야겠다는 독한 마음, 삶의 고뇌와 아픔을 몸으로 보여 주셨다. 보고, 느끼게 하여 올바른 참교육을 하셨다. 살기 어렵고 힘들 때마다 어머니를 그리워하며 미역국을 먹는다.

### ② 호병규의 「거기 가는 길」

잠시 걸음을 멈추고 지평을 본다. 몹시 피곤한 여정, 나는 지금 어디쯤 왔을까?

두 손을 허리에 받치고 저 멀리 하늘을 바라본다. 속절없는 세월, 유수와 같다더니 어느덧 흘러간 60여 평생, 이제 와 여기 서니 꿈같은 세월이다.

## (8) 질문(의문)에서 시작

① 정숙자의 「아버지를 닮은 불상」
　택시 안에서 잠시 후면 만나게 될 그녀를 생각해 본다. 어떤 모습으로 살고 있을까?

② 박연구의 「바보네 가게」
　우리 집 근처에는 식료품 가게가 세 군데 있다. 그런데 유독 '바보네 가게'로만 손님이 몰렸다.

③ 김진섭의 「백설부」
　말하기조차 어리석은 일이나, 도회인으로서 비를 싫어하는 사람은 많을지 몰라도, 눈을 싫어하는 사람은 아마 거의 없을 것이다.

④ 박종숙의 「바다」
　바다, 그 마음의 평화는 어려서부터 오는 것일까?

## (9) 상징이나 비유에서 시작

① 피천득의 「수필」
　수필은 청자연적이다.

② 정목일의 「땅끝 마을 가는 길」
　절은 산의 한가운데, 고요의 한복판에 있다.

③ 나도향의 「그믐달」
　나는 그믐달을 사랑한다.

## (10) 일의 동기나 결과에서 시작

① 윤재천의 「동행자의 이탈」
　자동차의 정기점검에 들어갔다.

② 조영갑의 「카톡으로부터 자유인」
　인간은 세상에 태어날 때부터 자유인이다. 그러나 머무는 곳이나 가는 곳마다 보이지 않는 카톡 쇠사슬에 얽매여 있다.

③ 김장호의 「이승과 저승 사이」
　아내는 유언 한마디 남기지 못하고 눈을 감았다.

④ 계용묵의 「구두」
　구두 수선을 주었더니, 뒷축에다가 어지간하는 큰 징을 한 개씩 박아놓았다.

⑤ 지연희의 「아들을 군에 보내며」
　지난해 12월 초 아들이 군에 입대를 했다.

## (11) 계절에서 시작

① 정비석의 「들국화」
　가을은 서글픈 계절이다.

② 김병권의 「그날의 증언」
　7월이다. 태양의 달이라고 일컬어지는 7월의 산하는 육중한 녹음에 짓눌려 질식할 것 같다.

③ 이귀복의 「목련에 바치는 연가」

　　입춘이 지나 구정을 넘기고 우수를 맞이할 무렵의 2월은 새순이 움트는 대지답게 젊고 싱그럽다.

④ 박경용의 「찔레꽃」

　　찔레꽃은 지고 흔적도 없다. 연인처럼 왔다가 연인처럼 떠난 것이다. 청순한 5월의 신부여, 나는 너를 그리워하며 또 한 해를 기다려야 하는가.

## (12) 사색에서 시작

① 이양하의 「나무」

　　나무는 덕을 지녔다. 나무는 주어진 분수에 만족할 줄 안다.

② 배대균의 「침묵이 흐르는 곳에」

　　타인과 접촉하면서 행동이나 말을 한다면 이를 '대화'라 할 것이다. 그러나 타인이 아닌 자신과 말을 한다면 그것은 '침묵'하는 것이다. 침묵! 이것은 인간만이 가지는 위대한 정신적 세계이다.

　　조용히 침묵함으로써 얻어지는 이득은 실로 엄청나다. 만약 그로부터 침묵을 앗아간다면 그는 미쳐버릴 것이다. 그만큼 마음의 양식은 인간에게는 중요한 것이다.

③ 유정희의 「목련나무의 여운」

　　비 오는 날, 창밖이 내다보이는 대청마루에 서서 뜰을 마주보며 두 눈 속에 담아 둔 목련나무 두 그루를 떠올리고 상념에 잠긴다.

　　가을비에 젖고 있는 그루터기에 떨어진 낙엽들이 뒹굴고 있어 공허감으로 가슴이 가득해진다.

④ 류지연의 「인연」

　아, 나의 삶 속에 우레, 번뇌와도 같은 인연들이 더러 찾아든다면 내 인생에 얼마나 축복이랴…. 나는 '만남'이라는 낱말을 무척 좋아한다.

　뜨거운 입김 사이로 쏟아져 흘러나오는 만남이라는 말의 표현은 나의 마음을 충분히 이게 하는 그리움을 지고 있다.

# 3. 수필의 본문

## 1) 본문의 개념

　본문이란 서두에서 제시한 주제를 주장하고, 결미를 위한 바탕을 마련하는 부분을 말한다. 본문은 선택한 주제와 구현하려는 소재가 씨줄과 날줄이 맞물려 정교하게 짜이는 것과 같다.

　전체적으로는 ① 시간대로 기술하거나, ② 공간적 이동으로 구성되어 매듭지어져야 한다.[2]

　구조적으로는 서두와 결미의 중간에 위치하며, 양적인 면에서도 길며, 변화가 많이 일어나는 부분이다. 따라서 본문은 서두에서 말한 내용을 구체적인 소재들로 구현해야 하는데, 그것은 소재에 따라 독창적인 체험, 느낌, 감정, 인상을 발견하고, 지식을 마음껏 펼쳐내야 하며, 서두와 결미가 무리 없이 이어져야 한다.

　그리고 현대수필은 짧은 구성(2쪽 범위)이기 때문에 본문에서 '소재는 통상 3개 소재와 각 소재의 느낌으로 전개'해야 한다. 왜냐하면 각 소재는 체험적 사실에 대한 느낌이 있을 때 단순한 기록문이 아닌 창작으로서 수필문학이 되기 때문이다.

---

2　박양근, 앞의 책, 155-164쪽.

## 2) 본문 작성의 요건

### (1) 주제와 관련성

본문에서 펼쳐진 내용은 주제와 긴밀한 관계를 가져야 한다. 따라서 본문은 서두에서 암시되고 제시된 주제를 설명하고, 확대해 분리되었다가, 다시 본문의 마지막 단락에서 종합적으로 써져야 주제가 명료해진다.

주제를 명확하게 하기 위해서는 주제와 연관된 소재를 인용해야되지만, 불필요한 에피소드나 상식적인 정보, 사전적 전문지식을 빌려씀으로써 오히려 주제와 결속력이 흐려지지 않도록 주의해야 한다.

### (2) 소재의 적절성

수필은 압축지향적 문학이다. 이는 수필이 다양한 소재를 수평적으로 열거하는 것이 아닌, 주제의 의미를 캐내는 창작적인 의미화의 소재가 되어야 함을 의미한다. 즉 수필의 소재가 지니고 있는 외적 특성, 내적 본질, 또는 역사적 의미, 다른 사물과의 관계, 체험의 상관성을 기술하여 단편적으로 펼친 것이 아니라, 입체적으로 심화시켜 주제를 설명해야 한다. 그러기 위해서는 본문에서 소재의 범위는 세 개 소재 정도로 선정해서 제시되어야 한다.

### (3) 단락 간의 연결성

본문의 기본 단위는 단락으로서, 사람의 인체에 비하면 등뼈와 같은 것이다. 수필의 본문도 척추처럼 각 소재별로 마디마디로 나뉘어 있지만, 전체적으로 보면 하나의 유기적 관계로 구성되어야 한다.

그리고 본문 내용에 단락의 연결성뿐만 아니라 서두-본문-결미로 넘어갈 때도 부드럽고 쉽게 이해될 수 있도록 상호 소재들 간에 유기적인 관련으로, 일관성이 있어야 한다.

### (4) 형식의 다양성

수필이 재미있고 유익한가, 그렇지 않으면 재미없고 유익하지 않은가의 판단은 본문에 따라 결정된다. 본문은 작가의 다채로운 경험과 느낌이 엮어져 주제를 구체적으로 의미화하는데, 그 내용에 따라 서술, 설명, 묘사, 논증, 분석, 질문, 비교 등의 다양한 문장 기법과 수사 방법을 적용하여 독자들의 흥미를 유발시켜야 한다.

### (5) 내용의 흥미성

수필 내용에 유익한 정보와 내용이 담겨 있다 하더라도 무리하고 건조한 표현이나 문장으로 나열되면 진부한 느낌을 준다.

수필의 매력은 깊이 있는 내용과 잘 다듬어진 문장으로 엮어져서 재미있게 읽히도록 해야 한다. 즉 자신의 체험을 재미있게 그려내거나 어떤 일화를 소개하거나, 사회에 깔려 있는 유머나 해학과 풍자 내용을 비겨서 즐거움의 효과가 나도록 해야 한다.


## 3) 본문 작성의 유의사항

본문 작성은 수필의 이론과 실제를 잘 적용하여 작성해야 하며, 몇 가지 유의 사항을 알아보면 다음과 같다.

첫째는 서두 – 본문(각 소재와 느낌) – 결미(의미부여)를 균형 있게 다루어야 하며, 둘째로 본문 내용은 각 소재와 느낌을 구체적으로 작성해야 하고, 셋째는 소재별 단락 내용은 통일된 내용으로 다채로운 크기를 가져야 한다.

넷째는 강조할 내용이나 대화문은 독립 단락으로 만들 수 있으며, 다섯째는 주제에 대한 서두-본문에서 각 소재와 느낌-결미에서 의미부여가 연결되어 일관성이 있는 작품구성이 되어야 한다.

# 4. 수필의 결미

## 1) 결미의 개념

　문장의 결미란 글의 마무리를 짓는 부분으로서, 마무리에는 주제 (제목)를 명쾌하게 드러낼 수 있는 해답으로서, 의미부여가 중요하다. 결미에는 남의 이야기를 쓰거나 나의 체험을 열거하는 것이 아니라, 지금까지 쓴 본문에서 각 소재별 느낌을 종합하고 일반화하여, 탐색 및 상상력을 통한 창작적인 의미부여로서 주제가 가지는 의의, 가치, 본질, 보람, 바람직한 방향 등을 제시해 감동을 줄 수 있어야 한다.

　결미는 서두와 본문의 소재와 느낌에 글들이 하나의 주제로 합쳐 진 곳으로서, 이 부분이 문학성과 예술성이 있으면, 독자에게 강한 호 소력 및 공감이나 감동을 줄 수 있다.

## 2) 결미 작성의 요건

　① 요약하고 총괄하는 결미
　수필에서 결미를 제대로 마무리하지 못하면 무엇을 말하고자 하 는 것인지, 주제가 무엇인지를 혼란스럽게 한다.

아무리 좋은 글이라도 늘어놓기만 한 글이라면, 좋은 느낌이나 감동을 줄 수 없다. 독자들이 분명하게 알게 하기 위해서는 서두-본문에서 늘어놓은 내용을 완결시켜 요약하고 묶어서 일관성 있는 내용으로 짧고 명쾌하게 제시해야 한다.

② 공감을 일으킬 수 있는 결미

수필을 읽고 독자들이 작가의 의견, 주장, 사상이나 감정·행동 등에 공감하여 따를 수 있도록 문장을 입체화하여 작품의 효과를 확대시켜야 한다.

③ 반성하거나 요망하는 의미부여가 있는 결미

수필 주제에 대한 탐색 및 상상력을 통한 의미를 부여하여 정당성에 대하여 반성하거나, 새로운 방향에서 대상과 내용 제시로 창작적인 희망을 제시해 마무리하기 때문에 중요하다.

④ 긴장감을 높이는 결미

수필에서 강한 인상을 주고 작가의 의도를 강하게 전달하여 마음 조이고 정신 차리게 해주는 방법으로 마무리하는 것이다.

⑤ 암시성이나 여운을 주는 결미

좋을 글의 구절, 속담, 격언, 명언 등을 인용하여 작품의 암시성과 풍요로운 여운으로 일관성 있게 마무리하는 방법이다.

### 3) 결미 작성의 유의사항

첫째, 거창한 결론이나 주장보다는 잔잔한 여운이나 호소력이 있
도록 일반화하여 마무리하고, 둘째, 교훈이나 당부하는 투의 너무 강
한 직설적인 표현은 독자로부터 거부 반응을 일으킬 수 있다. 셋째, 자
기 과시, 우월감, 독자를 얕잡아보는 듯한 어투, 가식과 허위, 지나치
게 과장된 표현이나 거짓말, 편협된 생각 등은 삼가야 하고, 넷째, 거
창하게 시작하여 결미를 흐지부지하게 마무리하면 안 된다.

또한 내용의 앞뒤가 맞지 않는 표현, 다른 사람의 글을 인용하여
마치 자기 것인 양 보이게 하는 것, 불필요한 외래어를 사용하는 것
등을 삼가야 한다.

### 4) 서두-본문-결미 작성의 실제

<br>

인연[3]

피천득

지난 사월 춘천에 가려고 하다가 못 가고 말았다. 나는 성심여자대
학교에 가보고 싶었다. 그 학교에 어느 가을 학기, 매주 한 번씩 출강한
일이 있다. 힘든 출강을 한 학기 하게 된 것은, 주 수녀님과 김 수녀님
이 내 집에 오신 것에 대한 예의도 있었지만 나에게는 사연이 있었다.

⇨ 서두

---

3    피천득, 『수필』(서울: 종합출판 범우, 2009), 34-38쪽.

수십 년 전 내가 열일곱 되던 봄, 나는 처음 동경에 간 일이 있다. 어떤 분의 소개로 사회교육가 미우라 선생 댁에 유숙을 하게 되었다. 시바구 시로가네에 있는 그 집에는 주인 내외와 어린 딸 세 식구가 살고 있었다. 하녀도 소생도 없었다. 눈이 예쁘고 웃는 얼굴을 하는 아사코는 처음부터 나를 오빠같이 따랐다. 아침에 낳았다고 아사코라는 이름을 지어주었다고 하였다. 그 집 뜰에는 큰 나무들이 있었고 일년초 꽃도 많았다. 내가 간 이튿날 아침, 아사코는 '스위트피'를 따다가 화병에 담아 내가 쓰게 된 책상 위에 놓아주었다. '스위트피'는 아사코같이 어리고 귀여운 꽃이라고 생각하였다.

성심여학원 소학교 일학년인 아사코는 어느 토요일 오후 나와 같이 저희 학교까지 산보를 갔었다. 유치원부터 학부까지 있는 가톨릭 교육기관으로 유명한 이 여학원은 시내에 있으면서 큰 목장까지 가지고 있었다. 아사코는 자기 신발장을 열고 교실에서 신는 하얀 운동화를 보여주었다.

내가 동경을 떠나던 날 아침, 아사코는 내 목을 안고 내 뺨에 입을 맞추고 제가 쓰던 작은 손수건과 제가 끼던 작은 반지를 이별의 선물로 주었다. 옆에서 보고 있던 선생 부인은 웃으면서 "한 십 년 지나면 좋은 상대가 될 거예요." 하였다. 나는 얼굴이 더워지는 것을 느꼈다. 나는 아사코에게 안데르센의 동화책을 주었다.

⇨ 본문: 1소재 첫 번째 만남과 느낌

그 후 십 년이 지나고 삼사 년이 더 지났다. 그동안 나는 국민학교 일학년 같은 예쁜 여자아이를 보면 아사코 생각을 하였다. 내가 두 번째 동경에 갔던 것도 사월이었다. 동경역 가까운 데 여관을 정하고 즉시 미우리 댁을 찾아갔다. 아사코는 어느덧 청순하고 세련되어 보이는 영양이 되어 있었다. 그 집 마당에 피어 있는 목련꽃과도 같이. 그때 그는 성심여학원 영문과 삼학년이었다. 나는 좀 서먹서먹했으나,

아사코는 나와의 재회를 기뻐하는 것 같았다. 아버지 어머니가 가끔 내 말을 해서 나의 존재를 기억하고 있었나 보다.

그날도 토요일이었다. 저녁 먹기 전에 같이 산보를 나갔다. 그리고 계획하지 않은 발걸음은 성심여학원 쪽으로 옮겨져 갔다. 캠퍼스를 두루 거닐다가 돌아올 무렵 나는 아사코 신발장은 어디 있느냐고 물어보았다. 그는 무슨 말인가 하고 나를 쳐다보다가, 교실에는 구두를 벗지 않고 그냥 들어간다고 하였다. 그리고는 갑자기 뛰어가서 그날 잊어버리고 교실에 두고 온 우산을 가지고 왔다. 지금도 나는 여자 우산을 볼 때면 연두색이 고왔던 그 우산을 연상한다. 「셀부르의 우산」이라는 영화를 내가 그렇게 좋아한 것도 아사코의 우산 때문인가 한다. 아사코와 나는 밤늦게까지 문학 이야기를 하다가 가벼운 악수를 하고 헤어졌다. 새로 출판된 버지니아 울프의 소설 『세월』에 대해서도 이야기한 것 같다.

⇨ 본문: 2소재 두 번째 만남과 느낌

그 후 또 십여 년이 지났다. 그동안 제2차 세계대전이 있었고 우리나라가 해방이 되고 또 한국전쟁이 있었다. 나는 어쩌다 아사코 생각을 하곤 했다. 결혼은 하였을 것이요, 전쟁통에 어찌 되지나 않았나, 남편이 전사하지나 않았나 하고 별별 생각을 다 하였다. 1954년 처음 미국 가던 길에 나는 동경에 들러 미우라 댁을 찾아갔다. 뜻밖에 그 동네가 고스란히 그대로 남아 있었다. 그리고 미우라 선생네는 아직도 그 집에 살고 있었다. 선생 내외분은 흥분된 얼굴로 나를 맞이하였다. 그리고 한국이 독립이 돼서 무엇보다도 잘됐다고 치하를 하였다. 아사코는 전쟁이 끝난 후 맥아더 사령부에서 번역 일을 하고 있다가, 거기서 만난 일본인 이세와 결혼을 하고 따로 나가서 산다는 것이었다.

아사코가 전쟁 미망인이 되지 않은 것은 다행이었다. 그러나 이세와 결혼하였다는 것이 마음에 걸렸다. 만나고 싶다고 그랬더니 어머니가 아사코의 집으로 안내해주셨다.

뾰족 지붕에 뾰족 창문들이 있는 작은 집이었다. 이십여 년 전 내가 아사코에게 준 동화책 겉장에 있는 집도 이런 집이었다. "아, 이쁜 집! 우리 이담에 이런 집에서 같이 살아요." 아사코의 어린 목소리가 지금도 들린다.

십 년쯤 미리 전쟁이 나고 그만큼 일찍 한국이 독립되었더라면 아사코의 말대로 우리는 같은 집에서 살 수 있게 되었을지도 모른다. 뾰족 지붕에 뾰족 창문들이 있는 집이 아니라도. 이런 부질없는 생각이 스치고 지나갔다.

그 집에 들어서자 마주친 것은 백합같이 시들어가는 아사코의 얼굴이었다. 『세월』이란 소설 이야기를 한 지 십 년이 더 지났었다. 그러나 그는 아직 성성하여야 할 젊은 나이다. 남편은 내가 상상한 것과 같이, 일본 사람도 아니고 미국 사람도 아닌 그리고 진주군 장교라는 것을 뽐내는 것 같은 사나이였다. 아사코와 나는 절을 몇 번씩 하고 악수도 없이 헤어졌다.

⇨ **본문: 3소재 세 번째 만남과 느낌**

그리워하는데도 한 번 만나고는 못 만나게 되기도 하고, 일생을 못 잊으면서도 아니 만나고 살기도 한다. 아사코와 나는 세 번 만났다. 세 번째는 아니 만났어야 좋았을 것이다.

오는 주말에는 춘천에 갔다 오려 한다. 소양강 가을 경치가 아름다울 것이다.

⇨ **결미: 의미부여**

「인연」은 수필의 주제이고 제목이다. 「인연」은 서두에서 춘천에 대한 사연을 꺼내면서 본문에서 1소재는 열일곱 살 되던 봄날에 동경에서 첫 번째로 초등학생 아사코를 만난 인연의 암시성, 그 느낌을 스위트피꽃(나를 기억해주세요) 같다고 했다. 2소재는 그 후 십여 년이 지난 두 번째 만남은 성숙한 여대생으로 만나 인연의 가능성 이야기와 목련꽃(나를 결혼 대상자로 한번 생각해주세요)으로 느꼈다. 3소재는 그 후 십여 년이 지난 후에 이미 결혼한 아사코와의 세 번째 만남에서는 인연의 끝으로 시든 백합꽃(시든 사랑)으로 느꼈다. 결미에서는 세 번째 만남은 아니 만났어야 좋았을 것을 말하며 소양강에 새로운 가을 경치(인연)를 찾는 의미부여로 마무리하고 있다.

## 빈 지게의 꿈

조영갑

인생은 지게에 무거운 짐을 지고 먼 길을 가는 나그네이다.
지게는 인생의 전반기·중반기·후반기의 삶에서 완수해야 할 의무가 주어진 사업의 책임이란 짐이다.[4]

⇨ 서두

세상에 태어난다는 것은 축복이지만, 그 축복은 빈 지게에 한평생 살아가야 할 의무와 책임이란 짐을 얹어 주면서 격려한다.
전반기 삶은 봄바람에 크고 위대한 꿈만을 바라보며 찬란한 인생, 무지개 같은 삶을 살기를 바란다. 나를 탄생시키고 바른 성장에 도움을 준 부모형제의 사랑에 대한 감사의 짐, 지식을 배우고 삶의 방법을 익히며 훌륭한 사회인이 되어야 할 책무의 짐, 세상에 먹고살면서 좋은 흔적을 남기기 위한 소망 달성의 짐 등이 지게에 가득히 실리게 된다.

---

4    조영갑, 『내 마음의 숲』(한국문학신문, 2020), 12-15쪽.

전반기 삶의 지게에 짐들은 버거워도 가정·학교·보이지 않는 응원자들의 감사에 대한 은혜의 빚과 자신의 소망의 짐들이다. 사랑과 소망이 가득한 성장기 짐들이기에 따스한 바람에 지겟다리를 두들기고 콧노래 부르며 걸어갈 수 있다.

⇨ 본문: 1소재 전반기 삶과 느낌

중반기 삶의 지게는 뜨거운 태양 햇볕 아래서 한 가정의 책임자, 유능한 사회인으로 치열한 삶의 현장에서 뛰고 달리며 채우는 짐이 가득하다. 무엇으로 채울 것인가. 좋은 직장이나 직업을 가지고 많은 부를 축적하고, 진급하여 출세하고 정년이 다되도록 일하는 꿈들이다. 좋은 배필을 만나 결혼하고 남부럽지 않게 자식을 잘 키워 성공한 사람이라 평가를 받고 싶다. 언제나 남과 비교하여 나만은 편하고 즐기며 물질적 가치로 가득 채우는 성장기 짐들이다.

중반기 삶의 지게에 걸머진 욕심꾸러기 꿈을 위해 땀 흘리며 걷는다. 우선 나의 목표를 달성하고, 행복한 가정을 지키며, 내가 몸담고 꿈을 이룰 수 있는 조직을 위해 무거운 짐을 짊어지고 간다. 지게의 짐이 무거워 턱밑까지 숨이 차도 한숨조차 돌리지 못하고, 지게 등태는 닳아 어깨 등이 핏자국으로 얼룩지기도 한다.

내 자식에게만은 내가 걸었던 험한 길을 걷게 하지 않아야겠다는 독한 마음으로 뛰고 달린다. 오직 의지할 것은 지겟다리와 지겟작대기뿐, 그 누구도 대신 할 수 없는 짐이다. 어느 때는 비바람 불어 휘청거린 석양에서 눈물 고인 지게가 진이 빠진 채 숨찬 언덕길을 터벅터벅 넘으며 하는 군소리도 못 들은 척한다.

"왜 인생을 이렇게 사느냐고… 산등선 고갯길에 잠깐 동안이라도 지게를 내려놓고, 막걸리 한잔이라도 마시며 걸어도 될 것을 말이다. 아니야! 나의 지게에 짐 하나를 간신히 내려놓고 한숨 돌리려 하면, 또 다른 짐이 기다리고 있었기에 그렇게 할 수 없었다고…." 모진 세월 삶의 전쟁에서 꿈을 위해 비바람 속에 비틀거리며 걸어왔다. 중반기 삶의 꿈을 이뤄 성공한 사람이 되기 위해 지게 등태는 닳았지만, 기쁨과 눈물 속에서도 단 한마디의 원망이나 서운함도 없이 그냥 걸었다. 내 부모님의 무거운 짐이 그랬듯이 나도 고스란히 담긴 지게를 대물림받아 그렇게 지게의 길을 걸어왔다.

⇨ 본문: 2소재 중반기 삶과 느낌

아니 벌써! 가을 노을이 붉게 물든 후반기 삶의 길을 걷고 있다.

후반기 삶의 지게는 전반기·중반기의 의무와 책임에 대한 짐을 내려놓고 텅 비어진다. 직업 현장에서 은퇴하여 사회적으로 격리되어간다. 사랑한 아들딸이 제 갈 길을 찾아 가고, 다정한 사람들의 숨소리조차 들리지 않는다. 뒤돌아보면 주어진 의무와 책임에서 큰 흔적도 없이 인생의 빈 지게만 덜렁 메고서 황혼의 그림자에서 홀로 서성거리고 있다. 짊어진 짐이 모두 비어진 지게는 고즈넉한 추억향기와 허망의 넋두리가 되어 흐른다.

"가쁜 숨에 허리 굽은 삶…. 지금까지 무엇을 위해 살아왔는지, 빈 공간의 스산함이 가득하다. 빈 지게에 가벼운 짐을 채워 다시 걷고 싶다." 그 빈 지게에는 예쁜 추억을 자양분 삼아 내가 좋아한 가치를 찾고, 하고 싶었던 취미활동으로 채우는 것이다. 두 손 벌려 하늘을 향해 기도하는 낡은 지게를 지고 가볍게 걸어가는 것이다.

⇨ 본문: 3소재 후반기 삶과 느낌

인생은 등 때가 반질거리는 지게의 삶이다.

잘 익은 인생을 위해서 전반기·중반기 삶의 지게는 몸과 마음이 골병이 들더라도 무조건 삶의 큰 짐이 가득히 채워지면 행복한 줄 알았다. 그것은 부와 명예를 많이 소유함으로써 얻은 낮은 차원의 행복이었다. 마치 어린아이가 사탕을 가지면 뛸 듯이 기뻐하다가도 달콤한 사탕이 사라지면 울음을 터뜨리는 것처럼, 너무 가벼운 행복이 전부인 줄 알았다. 결국에는 혼자 텅 빈 지게의 일꾼인데, 진정 내가 갖고 싶은 꿈은 무엇인가?

후반기 삶의 지게 위에는 부와 명예의 단순한 소유욕을 벗어나 사랑과 존중, 감사와 보답으로 베푸는 정신적 가치를 추구한 높은 차원의 행복의 짐으로 채우리라. 이제는 내 주변에 행복과 감사를 나눠줄 시간도 부족한 인생이다. 거짓되지 않고 허황하지 않은 삶의 자세를 가다듬어 내가 하고 싶은 작은 짐을 짊어지고, 나누는 보람으로 소확행을 즐기리라. 일상에서 삶의 부족함을 받아들이고, 짙게 깔린 황혼을 즐기며 식지 않은 열정으로 살아가리라. 잔잔한 삶의 평온함과 행복함을 향유하며 살아가리라.

⇨ **결미: 의미부여**

「빈 지게의 꿈」 수필은 서두에서 인생은 지게에 무거운 짐을 지고 먼 길을 걷는 나그네라고 했다. 본문에서 1소재는 봄바람에 사랑과 소망을 가득히 진 전반기 삶의 지게와 느낌, 2소재는 뜨거운 여름 햇볕 아래서 생존하기 위한 책임과 의무를 가득히 진 중반기 삶의 지게와 느낌, 3소재는 가을 노을에 텅 비어진 후반기 삶을 진 지게와 느낌으로 비유했다.

결미에서는 빈 지게에 소확행을 지고 가볍게 걸어가며 나머지 삶을 즐기리라는 서정의 의미부여로 잘 묘사했다.

제 4 장

수 필 의

퇴 고

# 1. 퇴고의 개념

　퇴고란 한번 쓴 문장을 다시 고치고 가다듬는 작업을 말한다.

　어떠한 문장이 되었다고 해서 그 글이 완성되거나 끝난 것은 아니다. 다시 처음부터 글을 읽고 살피면서 잘못된 표현이나 내용, 적합하지 않은 단어나 문장, 논리적 모순 등을 찾아내 보다 적합하고 좋은 것으로 고치고, 불필요한 것은 삭제하고, 더 필요한 것은 보충해 넣어야만 좋은 수필이 완성될 수 있다.

# 2. 퇴고의 중요성

퇴고란 말은 중국 고사에서 나왔다.[1]

중국 당나라 때 가도(賈島: 777-841)라는 시인이 있었다. 그는 어느 날 나귀를 타고 가면서, 문득 시 한 수를 머릿속에 떠올렸는데, 그것은 다음과 같은 것이었다.

閑居少瞬竝　　한적하여 이웃은 적고
草徑入荒園　　풀밭 길은 황원에 들어가는데
鳥宿池邊樹　　새는 연못가의 보금자리에 잠이 들고
僧推月下門　　스님은 달빛 어린 사립문을 살며시 미네.

그런데 가면서 다시 생각해 보니 왠지 밀 '퇴(推)' 자가 마음에 썩 들지 않았다. 그래서 다시 생각하던 끝에 '퇴' 대신에 두드릴 '고(敲)' 자를 넣어 승고월하문(僧敲月下門) 하고 읊조려 보았다. 그러나 그는 밀 '퇴' 자를 써야 할지 두드릴 '고' 자를 써야 할지 선뜻 결론을 내리지 못하고 망설였다.

그러다가 문득 정신을 번쩍 차렸다. 갑자기 무엇인가에 부딪히는

---

1　장사현, 앞의 책, 185-187쪽.

것을 느꼈기 때문이다.

"…?"

가도는 정신을 차리고 주위를 살펴보았다. 그는 깜짝 놀랐다. 자신이 탄 나귀가 경윤(京尹: 지금의 시장과 비슷한 벼슬)이 행차하는 선두와 부딪힌 것이 아닌가. 이 일로 가도는 경윤 앞으로 불려가게 되었다. 경윤의 행차를 방해한 죄였다.

가도는 자초지종을 설명했다. 그러자 경윤은 알겠다는 뜻이 고개를 끄덕이고는 잠시 생각하더니 다시 입을 열었다.

"그것은 퇴(推) 자보다도 고(敲) 자가 더 좋을 것 같네."

경윤은 다름 아닌 '당송 8대가'의 한 사람인 한퇴지(韓退之)였다. 그리고 가도는 한퇴지의 권유를 받아들여 자신의 시에 쓰일 글자를 '고' 자로 함으로써 결국 그가 몹시 고심하던 시구는 '승고월하문'이 되었다.

이 일화로 인해 일단 지어 놓은 시구나 문장을 다시 고치고 가다듬는 일은 '퇴고'라고 일컫게 되었다.

동서양에 걸쳐 작가들의 퇴고에 얽힌 일화는 매우 많다.

송나라 소동파가 다듬어 고친 종이가 한 광주리가 되었고, 구양수는 그의 명문 「취옹정기」(醉翁亭記)에 나타난 산의 묘사 구절인 "저주의 둘레는 모두 산이로구나."라는 명구를 얻고 만족하였다고 한다. 또한 당나라 시인 백낙천(772-846)은 자신이 지은 시를 무식한 노파에게 들려주고 못 알아들으면 바꾸었다고 한다.

러시아의 소설가 고리키(Maksim Gorki, 1868-1936)는 톨스토이로부터 문장이 거칠다는 말을 듣고 무수하게 퇴고를 하여, 친구로부터 "그러다가는 '사람을 낳았다. 사랑했다. 결혼했다. 죽었다.'만 남겠다."라는 우스갯소리를 들었다.

헤밍웨이가 『노인과 바다』의 마지막 문장을 200번이나 고쳤다는

이야기는 앞서 언급하였듯이 잘 알려진 실화이다.[2]

그뿐만 아니라 소장파가 지었다는 「적벽가」에 대한 일화도 있다.

소장파가 친구와 함께 호북성 황강현에 있는 적벽에서 하룻밤을 지내면서, 그 유명한 적벽가를 지었을 때, 이것을 본 친구가 크게 감탄하여 물었다.

"이토록 훌륭한 글을 짓는 데 대체 며칠이나 걸렸나?"

그러자 소동파는 빙긋이 웃으며 이렇게 대꾸하는 것이었다.

"며칠은 무슨… 단번에 지었지."

그런데 이 말을 하고 난 소동파가 밖으로 나간 뒤 그 친구는 소동파가 있던 자리 밑이 불쑥 올라 있는 것을 발견했다. 그래서 그는 무심코 그 자리를 들춰보았더니 놀랍게도 그곳에는 소동파가 「적벽가」를 쓰고 고치고 다듬은 종이가 무려 세 광주리나 될 정도로 많이 쌓여 있었다는 것이다.

이와 같이 퇴고는 발표하기 직전에 마지막으로 원고를 살피는 과정이므로 글쓰기의 마무리 단계라고 할 수 있다. 아무리 작가의 마음에 들게 심혈을 기울인 작품이라 해도, 오탈자가 나오고 맞춤법에 맞지 않으면 독자들에게 좋은 인상을 받기 어렵다. 그런 까닭에 탈고 후에도, 적어도 서너 번에서 대여섯 번 정도의 퇴고 과정을 거쳐야 한다.

발표 후에 잘못을 발견하기보다, 사전에 꼼꼼하게 퇴고 과정을 거치는 습관을 가져야 한다. 술도 오래된 것에 맛이 들 듯, 퇴고도 가능한 한 시간에 구애받지 않고 두고두고 보면서 고쳐 가는 것이 좋은 방법이다. 또한 퇴고는 자신이 여러 번 보아도 잘못된 것을 찾기 어려운 경우가 많으므로 전문성을 지닌 사람이 볼 수 있도록 하는 것이 한 방법이 될 수 있다.

---

2　박양근, 앞의 책, 275-280쪽.

퇴고를 세밀하게 중요시하는 작가가 좋은 글을 쓸 줄 아는 사람이다. 좋은 작품을 쓰는 사람들은 대개 퇴고를 많이 하는 사람이라고 할 수 있다.

# 3. 퇴고의 기준과 방법

퇴고를 하는 데 있어서 어떤 특별한 기준이나 방법, 또는 어떤 특별한 요령 같은 것이 따로 정해져 있는 것은 아니다. 각자의 기준이나 방법, 요령 또는 취향이나 습관, 특성 등에 따라 나름대로 퇴고를 해서 보다 좋은 글이나 문장을 만들어 내면 된다. 또 글도 많이 써보고, 이에 대한 퇴고를 많이 하다 보면 나름대로 보다 좋은 퇴고 방법이나 요령 또는 나름대로의 기준 같은 것들을 스스로 터득할 수도 있을 것이다.

그러나 일반적으로 퇴고는 다음과 같은 기준이나 방법, 또는 요령에 의해서 하는 것이 좋다.[3]

### (1) 주제는 분명하게 나타나야 한다

주제(제목)는 그 글에 있어서 핵심이요, 생명과도 같다. 주제가 뚜렷하지 못하거나 주제가 빠져 있는 글은 글로서의 가치와 생명력이 없다.

자신이 써놓은 글이 원래 의도했던 주제를 선명하게 나타내기 위해서는 적합한 소재를 찾아 써야 한다. 또는 주제가 너무 거창하거나 광범위하지 않은지 등을 면밀히 살펴보아야 하는 것이다.

---

3    이철호, 『수필 창작의 이론과 실기』(정은출판사, 2005) 참조.

## (2) 문장의 흐름과 정확성을 살핀다

문장의 흐름은 자연스러우며, 문장이 바르고 정확하게 쓰였는지를 확인한다.

글은 대개 여러 개의 문장이 계속 이어지며 이루어지는데, 만일 이 문장의 흐름이 유연하지 못하거나 정확하지 못하면, 그 글은 매끄럽지도 못할 뿐만 아니라 글로서의 가치도 상실되고 만다.

또한 문장 하나하나가 바르고 정확하게 쓰이고, 앞과 뒤의 문장과 잘 연결되어야만 전체적인 문장의 흐름이 유연하고 좋은 글이 된다.

## (3) 주제와 소재 간의 구분 및 단락 간의 연결을 살핀다

주제에 대한 각 소재의 구분은 정확하며, 단락의 연결은 잘되어 있는가를 살펴본다. 문장과 문장의 연결이 유연하고 적합하게 잘 연결되어 있어야 하는 것과 마찬가지로, 단락과 단락의 연결도 유연하면서 적합하게 잘 연결되어 있어야 한다. 그래야만 전체적인 흐름도 유연하고 조화 있고, 체계적인 글로서 일관성을 유지할 수 있다.

## (4) 논리적 모순이나 오류는 없는지 확인한다

글의 내용은 정확하면서도 논리적인 구성으로 서두-본문-결미의 잘못된 부분이 없어야 한다. 만일 어떤 글에서 이런 점이 발견된다면, 그 글은 가치가 상실될 뿐만 아니라, 그 글 전체에 대한 신뢰감도 떨어뜨린다. 나아가서는 그 글을 쓴 사람의 지적 능력이나 인격, 조심성 같은 것들도 의심하게 된다.

또한 그 내용이 저속하거나 다른 사람이 쓴 글을 모방한 것이 있어도 마찬가지이다. 다른 사람의 글이나 말을 지나치게 많이 인용하거나 자주 사용한 것도 역시 좋지 않다.

### (5) 문법에 잘 맞는지 확인한다

글에서 단어나 용어, 문장부호나 표기가 정확한가를 확인하여야한다. 또 맞춤법은 정확하며, 잘못 알고 쓴 글자나 틀린 글자는 없는가를 살펴야 한다.

이러한 것들은 글을 쓰려는 사람이라면, 누구나 기본적으로 알고있어야 하며, 또 맞게 써야 하는 것이다. 그러나 실제로는 이러한 것들은 정확하게 알고 있지 못하거나 틀리게 쓰는 경우가 많다. 따라서 글을 쓰려는 사람은 글을 쓰기에 앞서 이러한 내용들을 충분히 습득하는 것이 원칙이요, 당연한 자세이다.

### (6) 퇴고는 충분한 시간적 여유를 두고 가급적 많이 한다

퇴고는 아무리 많이 해도 지나치지 않을 것이다. 퇴고를 많이 하다 보면, 아무래도 잘못되거나 틀린 부분을 많이 발견해 낼 수 있고, 보다 좋은 내용이나 멋진 문구, 적합한 표현 등으로 대체하거나 첨가할 수 있다. 또한 불필요한 단어나 잘못된 표현들을 발견해서 삭제할수도 있다.

결과적으로 퇴고에는 여러 가지 기준이나 방법, 또는 요령 등이있으나, 어쨌든 글을 쓰는 데 있어서 퇴고는 꼭 필요하고도 중요하다.

즉 여성은 화장을 통해 더욱 아름답게 되듯이 글은 퇴고를 통해더욱 아름답고 훌륭한 글로 재창작되는 것이다.

# 4. 퇴고 시의 유의사항

퇴고 시에는 다음과 같은 내용에 유의해야 한다.

① 맞춤법, 띄어쓰기, 문장부호 사용이 틀리지 않는가 살핀다.
② 중복어가 없는가 살핀다.
③ 추상어 사용을 자제한다.
④ 한자어 사용을 줄인다.
⑤ 접속사를 사용하지 않아도 문장이 될 때는 삼간다.
⑥ 외래어 사용을 자제한다.
⑦ 조사 쓰임에 유의한다.
⑧ 시제의 사용이 맞는가 살핀다.
⑨ 주어를 생략해도 좋을 곳엔 빼낸다.
⑩ 주어와 서술어가 제대로 연결되고 있는가 살핀다.
⑪ 지나친 수식어 사용을 삼간다.
⑫ 문장의 어순은 올바른가 살핀다.
⑬ 외래어 표기법에 맞게 썼는가를 살핀다.
⑭ 문장의 길이가 적당한가 살핀다.
⑮ 문단 나누기가 잘되어 있는가 살핀다.

# 5. 수필 작품의 기본합평 내용

## (1) 주제의 통일성

- 주제가 선명하게 나타난 제목
- 서두 – 본문(각 소재와 느낌) – 결미(의미부여)의 일관된 연결과 부합

  * 주제(제목)의 가치는 충분히 있는가?

## (2) 소재의 적절성

- 주제와 관계된 소재 선정
- 주제의 의미를 캐낼 수 있는 참신한 소재의 연계성

  * 주제를 살릴 수 있는 소재는 최선의 것인가?

## (3) 구성의 효율성

- 서두(10%)의 단서 제공, 본문에서 소재별 체험 및 느낌(60%)과 결미의 의미부여(30%) 구성의 적절성
- 단락 간의 연결

  * 시간적·공간적 배경과 전개 순서는 효율적인가?

## (4) 문장의 정확성

– 문장의 자연스러운 흐름과 길이 및 리듬감

– 논리적 전개 및 문법 확인

  * 더 정확한 어휘나 단어는 없는가?

## (5) 작품의 감동성

– 새로운 관점에서 주제 및 소재 선정 노력

– 결미의 새로운 의미부여

  * 주제가 의미하는 의의, 가치, 본질, 보람, 바람직한 방향이 문학
    적으로 함축되어 표현되었는가?

– 내용의 흥미를 위한 일화 소개, 유머나 해학적 표현

  * 작가의 의도된 주제(제목)가 서두-본문(각 소재별의 체험 및 느
    낌)-결미(의미부여)로 일관성 있게 잘 그려졌는가?

# 제 5 장

## 수 필 가 의

## 등 단 과

## 수필 작품 감상

# 1. 수필가의 등단과 작품

　문학인이 된다는 것은 멋지고 아름답게 인생길을 걸을 수 있다는 것이다.

　이제는 무엇을 먹고 입을까, 혹은 일상의 무료한 시간을 어떻게 보낼까를 걱정하지 않고, 내 마음속에 기쁘고 슬펐던 이야기를 문학에 담아 영원히 남길 수 있기 때문이다. 문학은 나에게 주어진 삶을 사랑하도록 하고, 생명력 있는 영혼으로 가득 찬 공간이 되게 한다.

　내 자신이 내 시간을 만들어 산 너머 흘러가는 흰 구름 먹구름을 보고, 바람 부는 소리를 들으며 수필을 쓰고 시를 노래하며 인생을 곱게 즐길 수 있는 것이다. 그 노래를 부르기 위해 많은 사람들이 문학의 문을 두드리며, 열정을 다하고 있다.

　꿈을 꾸면 이뤄진다는 말처럼 여기에 연세대학교 미래교육원과 여러 학습 과정에서 수필창작을 수학하고 한국문단에 수필가로 등단한 작가들의 작품과 심사평을 담았다.

　문학인의 등단은 새로운 시작이고 출발이다. 좋은 수필가로 가는 데 많은 도움이 되었으면 한다.

# 흰 구름·먹구름

임동식[1]

푸른 하늘에 구름이 정처 없이 흘러가고 있다. 낭만이 있는 흰 구름을 따라 훨훨 날아가고 싶다. 내 꿈의 텃밭이기도 했다. 그런데 저만치에서 먹구름이 몰려와 아픔의 흔적이 되기도 했다. 이제는 흰 구름·먹구름의 놀이를 뒤늦게 깨닫고, 좀 더 멋진 삶을 위한 소망을 노래 부르고 싶다.

흰 구름은 하얀 백마를 탄 왕자의 멋스러운 평온한 삶을 꿈꾸게 했다.

나는 흰 구름을 보고 가슴을 설레며 낭만이 있는 평온한 삶을 소망했지만, 삶을 포기할 만큼 힘이 들고 외로운 먹구름에 휩싸일 때도 있었다.

푸른 하늘에 떠가는 흰 구름에는 예쁜 사랑 이야기가 있고, 희망찬 삶의 노래를 부르며 절실한 꿈의 실현과 행복이 가득히 담겨 있는 다양한 모습을 보이며 흘러간다.

그렇지만 젊음의 길에서 흰 구름은 논두렁 밭두렁을 걸을 때나 바쁜 도시 아스팔트 거리에서 잡히지 않은 꿈과 완성되지 않은 그림을 그리게도 했다.

---

1    **임동식**
월간 국보문학 수필 신인상, 연세대학교 미래교육원 수필창작 수학, 연세대학교 미래교육원 수필창작 표창 수상, 연세에세이클럽 정회원, 한국국보문인협회 정회원

세상에 철없는 사람으로 외면에만 신경을 쓰며, 현실을 직시하지 못하고 둥둥 떠다니는 허상의 삶을 살게도 했다. 흰 구름은 달콤하고 낭만적인 삶을 그리게 했지만, 비도 내릴 줄 모른 가뭄이기도 했다. 가뭄은 오랫동안 비가 오지 않거나 적게 오게 되어 댐이나 저수지 하천 등에 물을 고갈시킨다. 그 고갈은 수많은 생명체의 생명을 빼앗아 삶의 절대적인 위협이 된다.

나는 흰 구름 삶만을 추구하며 살아왔다. 백발이 된 지금에서야 향기 없는 표피적인 삶, 목마른 이웃에게 물 한 방울을 베풀 줄 모른 가뭄의 삶, 바람 따라 이곳저곳을 유랑하며 꿈만을 좇는 이기적인 삶을 살아왔다는 것을 알았다. 지난 삶의 끝자락에 가느다란 슬픔과 기쁨을 맛본 속에서 결코 흰 구름의 맑은 색채와 평온한 그림들만이 삶과 행복의 전부가 아니었다.

이같이 달콤한 꿈만을 좇는 흰 구름의 낭만도 좋지만, 한 방울의 비도 베풀 줄 몰라 메마른 가뭄의 삶을 살게 한 흰 구름 추구만이 좋은 것이 아님을 알았다.


먹구름은 어둡고 거친 삶이지만, 아픔 속에 베풂이 있는 모습이었다.

인생이 계획대로 안 되고 시원하게 풀리는 일이 없을 때에 좌절과 무력감으로 먹구름 삶에 휩싸이게 된다. 나는 어둡고 볼품없는 색깔로 찬란한 태양과 밤하늘의 별도 가려버린 먹구름을 좋아하지 않았다. 먹구름에는 희망보다는 절망, 흰 구름의 낭만보다는 천둥 벼락 속에 세찬 빗줄기가 더 두려웠다. 많은 빗줄기의 홍수는 건조한 땅에 물난리를 내기도 한다.

자연의 생명체에 일부 위협이 되고, 건물·도로·다리 등의 인공구조물을 파괴도 한다. 그러나 먹구름은 흰 구름이 할 수 없는 큰 희생과 나눔으로 베풂을 알고 실천한다. 메마른 대지 위에 물이 없으면 어떤 생명체도 결코 존재할 수 없을 것이다.

어둡고 무거운 짐을 가득 담고 힘겨워 느리게 떠다닌 먹구름은 목마른 생명체들에게 비를 뿌려 더 좋은 삶을 위해 살아갈 수 있는 생명수를 제공한다. 그리고 자연의 일부를 무너뜨려 삶을 재개할 수 있는 평탄한 토양을 만들고, 영양이 부족한 곳에 영양분을 제공하여 생존능력을 더 높여 준다. 이제야 나는 흰 구름만이 전부라는 생각에서, 먹구름의 고마움을 알았다.

삶의 목마름에 단비가 되어 갈증을 풀어주는 먹구름, 드리워진 나의 어두운 마음을 깨끗하게 씻겨서 다시 출발의 힘을 준 먹구름의 빗소리를 들을 수 있었다.

나의 삶에서도 먹구름이 담고 있는 의미로 베풀고 나누는 것이 사랑이고, 그 사랑이 곧 진정한 행복이라는 것을 알았다.


황혼의 길목에서 내 삶을 다시 생각한다.

지난날은 장래의 치밀한 준비도 계획적이지도 못했고, 현실을 벗어날 만큼 용감하지도 못하면서 흰 구름의 삶만을 추구했다. 지나친 욕심과 어설픈 삶은 창백한 흰 구름의 꿈이 되었다. 높고 넓은 하늘의 흰 구름 속에서 길을 잃은 한 마리의 새가 된 후에 다시 먹구름을 만나 깊은 삶의 의미를 찾게 되었다.

많은 생명체에게 뿌려줄 무거운 빗방울을 담고 고통스럽게 흐르다가 생명수로 베풀고 새로운 삶터를 만들어줄 줄 아는 먹구름의 마음을 사랑한다.

나는 삶의 고비 고비마다의 아픈 터널을 지나고서야, 먹구름의 가치와 고마움을 알게 되었으니 바보가 아닌가. 모든 삶에는 고통의 시간을 통과한 뒤에 깨닫게 되고, 고통을 거름 삼아 인생이 성큼 성장하게 된다는 것을….

철없는 흰 구름의 이기적인 꿈만을 좇았던 삶의 체험을 겪고서, 이제야 철든 먹구름 삶의 가치를 찾고 의미를 알게 됐다. 인생이 그만큼 깊고 풍부해지는 것보다 더 값진 일은 없을 것이다. 그것이 잘 사는 것이 아니겠는가.

인생살이는 끊임없는 반성이다.

오늘도 하늘에는 흰 구름 먹구름들이 저마다 다른 모습을 보이며 흘러가고 있다. 나는 삶 속에서 흰 구름도 먹구름도 띄우고 즐기며 존재해 갈 것이다. 마치 흰 구름과 먹구름이 자연의 순리에 순응하며 역할을 다하듯이, 내 인생도 흰 구름의 낭만과 먹구름의 베풂이 함께 노니는 삶의 꽃을 피우며 흘러가게 하리라.

### 심사평

인생이라는 그림은 한순간에 그려지는 것이 아니라, 평생 동안에 조금씩 그려가는 그림이다. 임동식의 응모작 「흰 구름·먹구름」은 하늘에 저마다 다른 모습으로 떠가는 흰 구름·먹구름에게 '내가 지금 잘 살고 있느냐'를 주제로 묻고, 그 깨달음의 의미를 소재로 해서 수필에 담고 있다.

임동식 작가는 1소재에서 흰 구름을 통해 꿈과 낭만이 가득한 평온한 삶을 소망했다. 젊음의 계절에는 온갖 꽃들이 만발을 기대하고, 달콤한 향기를 찾아 벌, 나비가 춤추며 찾아오기를 기대한 것이다. 찬란한 햇빛과 푸른 하늘에 흰 구름 속에 넘치는 희망, 예쁜 사랑, 가득한 행복을 꿈꾸고 찾는 시절이다. 그렇지만 세상은 흰 구름의 낭만적 꿈만을 취하도록 허락하지 않는다. 오랜 기간의 흰 구름은 비도 내릴 줄 모르고 메마른 낭만만을 주게 될 뿐이란 것을 알게 됐다며, 인생에서 수많은 꿈을 흰 구름에 비유해서 잘 묘사했다.

2소재에서 먹구름은 어둠과 절망의 거친 삶이라고 생각했다. 그러나 전반기의 흰 구름 삶이 지나고 후반기 삶을 살다가 보니 먹구름 삶의 가치를 찾게 된다.

어느 시인의 노래처럼 한 송이 국화꽃을 피우기 위해 먹구름 속에 천둥이 그토록 울어 내린 눈물방울의 고마움을 잘 담아냈다. 먹구름은 목마른 생명체에게 생명수를 주고, 때 묻은 흔적을 말끔히 씻고 격려해주는 고마움이 가득한 존재로 재인식을 하게 된 것이다.

힘들고 지친 삶의 터전에서 먹구름은 목마름에 단비가 되어 삶에서 나누고 베푸는 사랑과 새로운 용기의 갈증을 해소하는 고마운 존재로 묘사하고 있다.

3소재에서는 황혼길에서 삶을 다시 생각한 것이다.

지금까지 낭만이 있는 흰 구름만이 좋은 줄 알았지만, 삶에서 새로움을 찾고 빗방울을 뿌릴 줄 아는 먹구름 삶도 필요하다. 고통을 겪지 않고는 사람의 그릇이 커질 수 없다는 깨달음을 얻었다.

인생은 한순간에 그려지는 그림이 아니라 계속해서 조금씩 변화해 그리며 완성해가는 과정이다. 작가도 낭만의 흰 구름만을 띄우고 좋아할 일이 아니라, 어두운 먹구름도 노닐게 해 생명수를 내리게 한 여백의 변화과정을 직유와 은유로 잘 묘사해 당선작품으로 선정했다.

임동식 작가는 흰 구름의 낭만과 먹구름의 베풂이 함께하는 삶의 꽃을 피우고 싶다는 문학인의 꿈을 아름답게 잘 그렸다.

등단은 문학인으로서 첫출발이고 발전의 디딤돌이다. 계속해서 초심을 잊지 않고 문우들과 함께 한국문단에 좋은 수필가가 되기를 바란다.

〈심사위원: 조영갑·김병권·김남웅·임수홍〉

# 까치 부부

곽경혜[2]

햇살이 따사롭다.

높디높은 나뭇가지에 부부 까치가 짓는 둥지가 추억을 담아 왔다.

꿈을 먹고 살던 시절이었다.

작은 산자락 고향마을의 초가집들이 옹기종기 모여 굴뚝에 연기를 피운 조용한 행복이 숨 쉬는 곳이다. 저녁노을이 지면 소가 고단한 하루 일을 마치고 한가롭게 되새김질하고, 마당에는 강아지 닭들이 노니는 풍경은 한 폭의 그림이었다.

동네 어귀에는 노을 빛 받으며 서 있는 포플러·미루나무가 파수병처럼 자리하고, 그 꼭대기에는 까치집이 있었다. 마을 사람들은 까치가 자기 집 앞에서 울면 기쁜 소식이나 반가운 손님이 온다는 길조로서 괴롭히거나 잡지 않고 사랑했다.

나는 비바람이 불어도 떨어지지 않는 집을 짓고, 하얀색 검은 옷으로 치장하고 머리와 꼬리를 흔들며 깍깍 노래하는 까치처럼 행복한 꿈이 가득했다.

어느 봄날 아침이다.

아파트 창가에 앉아 눈을 감고 건강한 하루와 행복을 주시는 주님

---

2  **곽경혜**
  월간 국보문학 수필 신인상, 연세대학교 미래교육원 수필창작 수학, 연세에세이클럽 정회원, 한국국보문인협회 정회원

께 기도드리고 있었다. 그런데 정겨운 까치 소리가 들려와서, 순간 눈을 뜨고 보았다. 창문 밖에 은행나무의 명당 가지에 사랑으로 집을 짓고 있는 까치를 까치부부라고 불렀다. 까치부부는 길이도 굵기도 비슷한 나뭇가지를 물고 와 안전하게 잘도 짓는다. 서로 역할을 교대하며 필요한 재료를 가져오고 또 정비도 하며 튼튼한 집을 짓는 일류 건축기술자이다. 한 마리가 정비를 할 때면 다른 녀석은 옆 가지에서 지켜보다가 그 작업이 끝나면 서로 부리를 맞대며 뽀뽀도 한다. 사랑의 집이 완성된 후에는 한 쌍이 다 들어가도 보이지 않았지만, 예쁜 새끼들을 잘 길러 세상에 내보내며 행복해하였을 것이다.

나도 사랑한 사람과 결혼하여 집을 장만해 자식을 낳고 기르며 행복할 때가 있었는데, 하는 생각이 스쳐갔다. 그리고 "먼저 저세상으로 여행 떠난 당신이 이 세상에 홀로 남겨진 나와의 오작교를 놓아 주기 위해 까치부부를 내 집 창밖에 보내지 않았나요." 하며, 하늘에 떠가는 구름을 바라본다. 날마다 무엇이 바쁘다고 지금까지 잊고 살았던 예쁜 추억을 담아 날라 준 까치부부가 고마웠다.

오늘은 동창 친구들이 모인 날이다.

그 옛날의 팽팽한 얼굴에는 주름살이 끼고 머리에는 하얀 백설이란 훈장이 가득했지만, 친구들은 꿈 많던 학창시절로 돌아가 깔깔거리며 즐거워했다.

식당에서 맛있는 음식을 먹고 커피를 마시며, 일상에서 가슴앓이가 된 남편들의 애교들을 토해 냈다. 친구들은 "남편들이 그 옛날 명석한 머리는 어디로 내보내고 기억이 깜박깜박하여 묻고 또 묻는다고", 젊었을 때는 친구밖에 모르던 남편이 지금은 "나는 자유롭고 싶은데, 어디를 가면 물에 젖은 낙엽처럼 꼭 따라다니고 싶다."고 한단다. 남편들이 할 일이 없다 보니 냉장고 속까지 참견하고 잔소리꾼이 되었다며 한숨을 쉬기도 했다.

나는 친구들의 말에 뒤질세라 "까치부부의 정다운 삶을 이야기하며 사치스러운 생각을 하지 말라"고 했다. 그때 한 친구가 까치도 "우리들처럼 한 50년을 함께 살아 보면 알 것"이란 말에 나는 남편이 없어 물어볼 수도 없고 참 궁금하다. 그렇지만 "우리가 젊었을 때에 남편들은 처자식을 위해 얼마나 많이 수고를 했겠어, 우리 아내들이 좀 이해하고 잘봐 주어야지." 나의 말에 숙연해졌다가 다시 까치부부가 서로 이해하고 격려하며, 함께 노래한 삶을 닮아야겠다며 크게 한바탕 웃었다.

까치는 예로부터 우리 민요나 민속에 등장한 다정한 새이다.

나는 창밖에 둥지를 튼 까치부부를 보며 웃고 있어도, 못 잊어 생각나는 사람을 그리워하게 된다. 이제는 다시 문학인으로 탄생하여 그리움을 마음껏 수놓고, 못다 한 노래 부르며 행복한 삶을 그려 가리라.

### 심사평

인생은 삶의 등 너머에 보이는 듯, 마는 듯한 그리움이란 그림자를 찾아가는 길임을 주제로 했다. 곽경혜의 응모작 「까치부부」는 자연의 품속에서 일상을 일궈가는 까치를 통해 자신의 삶을 소재로 하고 있다.

인간이 위대하다는 것은 지나간 추억을 노래할 수 있다는 것이다.

곽경혜 작가의 1소재는 고향의 초가집과 까치이다. 산자락 작은 마을에 초가집들이 있고, 동래 끝자락에 포플러·미루나무 가지에 까치집을 그렸다. 평화스러운 시골 마을 속에 흰색 검은색 옷으로 치장하고 노래하는 까치의 꿈은 곧 작가 자신의 행복한 꿈이었고, 예쁜 그림이었다고 묘사하고 있다.

2소재는 도시의 아파트와 까치이다. 도시소음으로 가득한 아파트 창밖 은행나무 가지에 까치부부가 사랑으로 집을 지으며 노래하고 있었다. 그 모습에서 작가도 결혼하여 가족이 살아가야 할 집을 마련하고, 자식들을 낳고 성장시켜 세상에 꿈을 펼치게 한 추억들을 들쳐 보인 것이다.

혹시나 먼저 하늘나라에 간 사랑한 남편이 작가와의 오작교를 놓기 위해 "까치둥지를 문 앞에 틀게 했지 않았나" 한 그리움을 상상하며, 까치부부에게 고마움을 전하고 있다.

3소재는 친구들의 수다와 까치이다. 석양 길목에서 만난 옛 친구들이 남편들에 대한 수다를 토해 내며 힘들다고 야단이다. 그렇지만 작가는 정다운 삶에서 서로 격려하고 사랑하며 살고 있는 까치부부를 비유하며 행복에 겨운 소리라 했다. 정녕 작가는 남편이 없어 그 흉을 볼 수도, 물어볼 수도 없다며 진솔하게 안타까움을 토로하고 있다.

결미에서는 하늘만큼이나 푸르렀던 지난날도 세월이란 바람이 쓸고 간 빈자리에는 주름살과 추억들만이 깊어진다. 창밖에 둥지를 틀고 살고 있는 까치부부를 보며 웃고 있어도, 그리움을 남기고 간 사랑한 사람의 그림자에 다시 문학인으로서 그리움을 마음껏 수놓아 살고 싶다는 소망을 은유해 잘 묘사했다.

곽경혜 작가는 「까치부부」에서 까치부부와 작가의 삶을 잘 비유하고 은유해서 애잔함 속에서 잔잔한 삶의 의미를 잘 묘사했기에 당선작품으로 선정하였다. 문인등단은 새로운 시작이고 출발임을 잊지 말고 꾸준히 정진하기를 기원한다. 마음속에 갇혀 있는 체험이나 추억을 문학으로 재탄생시켜 향기 나는 삶, 명품 인생이 되기를 바란다.

다시 수필가 등단을 축하드린다.

〈심사위원: 조영갑·김병권·김남웅·임수홍〉

# 아들과 손녀

권장숙[3]

신이 인간에게 준 최고의 선물은 자식들이다. 세월이 지나면 성년이 되어 결혼하고 자식과 손주들을 얻게 되는 축복을 누리게 된다. 소중했던 일상을 기억하며 내일의 꿈을 이룬 행복한 가정을 위해 항상 기도하며 살았다.

단풍 속으로 세상이 곱게 물들어 갈 때에 결혼을 하였다. 아들딸을 낳고 살아오면서, 아들에 대한 기대가 가득했다. 아들은 어렸을 때부터 한글을 해독하고 짧은 영어로 말하기도 했다. 그것은 어린이 영어책과 녹음테이프를 틀어 놓고 혼자 공부하는 것이다.

나는 직장이 가까운 지역으로 이사를 했기 때문에 아들도 두 번이나 초등학교를 옮겨 다녀야 했다. 중학교 때도 공부 잘하는 수재학생으로 선생님들께 칭찬을 받았다. 그런데 웬일인가. 고등학생이 되면서는 학교 특별활동으로 노래 잘하는 보컬 그룹에 전념하면서 학업성적이 떨어져 담임 선생님과 면담까지 했다. 나는 집에 돌아와 아들을 불러 놓고 "공부도 잘하고 착한 네가 왜 그렇게 변했냐."며 회초리를 들고 함께 울기도 했다. 그때는 이해를 못 했다. 아들은 사춘기에 들어 공부도 하면서 보컬 그룹 활동에 대한 많은 꿈을 꾸었겠지만 말도 못

---

3    **권장숙**
월간 국보문학 수필 신인상, 연세대학교 미래교육원 수필창작 수학, 연세에세이클럽 정회원, 한국국보문인협회 정회원

하고, 한편으로 우리 부부는 갈등이 깊어졌다. 남편은 외골수로 융통성이 없이 책이나 보고 세상물정을 잘 모르고 산 사람이었다. 남편은 자식도 그냥 놓아두면 스스로 알아서 잘할 것이라며, 자식에 대한 관심이 적었다. 거기에 나도 직장일이 바쁘다는 이유로 따스한 보살핌과 대화가 부족했다. 마침내 나는 별거 생활로 3남매를 키우면서 우울증에 시달리며 파탄 직전까지 갔지만, 다시 함께 살게 됐다. 이 같은 가정환경에서 부모의 역할을 제대로 하지 못해 아들이 방황했을 것이라 생각하면, 지금도 미안하다. 삶의 성장과 행복은 얼마나 좋은 조건을 타고났느냐가 아니라 자신에게 주어진 것들을 기꺼이 받아들이며 열심히 노력한 아들이 고마웠다. 나에게 아들은 한때 근심거리가 되기도 했지만, 지금은 세상을 곱게 살고 있어 행복거리가 된 것이다.

아들은 평소에 결혼을 하지 않겠다고 했는데, 갑자기 결혼하겠다고 했다. 어느 날 아들은 저녁 식사를 하자며 식당으로 초대해 나간 데서, 지금 며느리를 만났다. 며느리는 아버지 어머니를 만나 뵙는 기쁨으로 "꽃다발과 편지, 남편은 책가방, 나에게는 털 구두"를 준비했다고 한다. 모두 마음에 들어서 "네 종교가 무엇이냐."고 물었더니, 무신론자라고 했다. "우리 아들은 가톨릭 신자가 아니면 결혼을 안 시킨다고 했더니, 바로 성당을 다니겠다고 했다. 명동 성당에 예비자 교리반에 등록해 교육을 마치고, 내가 대모가 되어 가톨릭 신자가 되었다. 그러나 며느리가 영세를 받고 아들이 결혼한 후에 얼마 안 가서 남편은 세상을 떠났다.

남편이 떠난 공허한 공간에 아들 며느리는 허전함을 메꿔주는 빛이 되었다. 매년 제사도 정성껏 모시기에 고맙고, 예쁘게 자란 손녀 손자는 나에게 기쁨의 샘이 되어 주고 있다.

TV 아침마당에서 고부간에 사이가 좋아 행복해하는 장면을 보면서, 나도 며느리와 손자 손녀가 생각나서 통화를 했다. 다음 날에 손녀가 영상전화로 재미있는 꿈 이야기를 해왔다. 무슨 꿈이냐고 물었다. "우리 외할아버지가 얼마 전에 돌아가셨어요. 그래, 나도 알고 있단다. 그런데 천국에서 친할아버지와 외할아버지가 만나 웃으셨어요. 또 예수님도 친구가 되어 함께 계셨어요. 친할아버지가 할머니를 찾고 계시더라고요. 할머니, 슬퍼하지 말아요. 우리들이 할머니를 외롭지 않게 지켜 드릴게요." "아니, 웬 꿈을 그렇게 꿨냐." 하며 신기하고 기특하기도 했다.

남편이 떠난 지도 벌써 상당한 세월이 흘렀다. 세상 물정을 모르고 무골호인 말을 듣던 남편은 천국에 가실 것이란 신부님 말씀이 생각났다. 거기에 미운 정, 고운 정으로 엮이었던 부부간의 위기를 넘기고, 남편을 잘 보살폈더니 먼저 천국에 가 계시다니…. 나도 남편을 따라 천국에 갈 수 있다는 소망의 선물을 받은 것 같다. 날마다 감사한 마음으로 살아가야겠다. 이 세상은 영육이 잠깐 쉬어가는 곳이지만, 천국은 영원한 생명을 갖고 사랑한 사람들과 함께 평화를 누릴 수 있기 때문이다.


이제 나도 짙은 황혼길을 걷고 있다.

그 길을 혼자 걸으며 사색도 하고 외롭기도 하다. 아들의 빛과 손녀의 꿈 이야기는 나에게 새로운 힘이 되었다. 주님이 주신 은혜에 보답하기 위해서라도 자식과 손주들을 사랑하며, 좋은 이웃들과 함께 웃으며 살아가련다. 황혼이 깊게 물든 길목에서 문학인으로 나의 인생과 삶에 의미를 부여하며, 명품 인생으로 다시 태어나리라.

신이 인간에게 준 최고의 선물은 자식들이다.

권장숙의 응모작 「아들과 손녀」는 자식들이 부모보다 더 나무랄데 없는 삶을 살길 기대하고, 체험했던 아들과 손녀의 이야기를 수필에 담고 있다.

권장숙 작가는 1소재에서 결혼하여 자녀를 낳고 키워 가는 과정에서 아들에 대한 소망 이야기를 담았다. 아들은 중학생까지는 수재란 말을 들으며 공부를 잘했으나 고등학교에 들어서는 성적이 떨어진데 대한 염려와 기대가 멀어져 간 상실감이 컸을 것이다. 작가는 아들에게 오른손으로 회초리는 들었지만, 왼손으로는 아들의 가슴을 끌어당겨 사랑의 자장가를 불렀을 것이다.

작가는 아들의 특별활동이기도 했지만, 원만하지 못한 가정위기의 환경으로 인해 사춘기 아들에게 부모의 사랑을 충분히 주지 못한 영향이 컸을 거란 자책적인 미안함을 토로했다. 한편으로 사회적·가정적으로 잘 성장해준 아들에 대한 고마움을 동시에 잘 묘사하고 있다.

2소재로 아들은 평소에 결혼을 하지 않고 살겠다고 해서 걱정도 했지만, 이젠 결혼하여 손녀 손자를 낳아 여느 부부들처럼 행복한 가정을 이루어 든든한 작가의 지원자가 되었다고 했다. 그뿐만 아니라 명절이나 남편의 제삿날이면 시어머니인 자신보다 먼저 시아버지 제삿날을 정성껏 챙긴다며, 부모와 자식 간의 정겨움을 잘 그리고 있다.

3소재는 TV 프로에서 고부간의 좋은 관계를 보면서, 나도 결코뒤지지 않는다는 선한 시샘으로 며느리에게 전화를 하고, 손녀의 꿈이야기가 미소 짓게 한다.

"천국에서 친할아버지가 외할아버지를 만났고, 친할아버지가 할머니를 찾고 계신다."라는 애절한 사랑의 손짓을 전한 손녀의 말이 예쁘기만 하다. 작가는 남편이 먼저 천국에 가 계시니 작가 자신도 남편 따라 천국에 갈 수 있다는 기대감 속에 새삼 남편에 대한 감사함을… 이젠 그 손녀가 일상의 공허한 마음을 행복으로 가득 채워준 고마운 마음을 잘 비유하고 있다.

권정숙 작가는 「아들과 손녀」에서 남편이 떠난 인생에서 아들과 손녀가 대를 이어서 '삶의 평온과 기쁨을 주기에 행복하다'는 주제를 수필의 그릇에 잘 담았기에 당선작으로 선정하였다.

권장숙 작가가 한국문단에 수필가로 등단함을 축하드린다. 문인 등단은 진정한 새로운 시작이고 출발임을 명심하고, 더욱 열심히 노력하고 정진하기를 바란다. 다시 수필가 등단을 축하드린다.

〈심사위원: 조영갑·김병권·임수홍〉

# 인생정원을 꿈꾼다

김오기[4]

여름이 익어 가고 있다.

엊그제 연초록 이파리들이 벌써 진초록이 되어 푸름이 더욱 짙어
지고 있다. 그럴 때이면 푸른 산과 바다가 있는 고향의 풍경이 그리워
진다.

고향은 강원도 영동지방이다.

태어나 유년시절을 보낸 강릉과 학창시절을 보낸 묵호이다. 고향
은 계절에 따라 옷 갈아입고 노래 부를 줄 아는 산바람과 바다냄새
의 낭만이 가득한 곳이다. 그렇지만 나에게는 아버지에 대한 아픈 그
리움이 있는 땅이기도 하다. 아버지는 6·25전쟁에서 북한군에게 30
대도 안 돼 억울한 죽임을 당하셨다. 그 이듬해인 봄에 나는 유복자로
세상에 태어났다.

다른 아이들처럼 아버지에게 '아빠, 나 손잡아 줘요.' 하며 어린 양
을 부르며 뛰놀고 싶었다. 아버지는 어디엔가에 살아계실 것만 같아
남모르게 동그랗게 아버지 얼굴을 그리기도 했다. 동네 사람들에게
"아비 없는 호래자식이라는 말을 들어서는 안 된다."라는 어머니의 목
소리가 들리는 곳이기도 하다.

---

4   **김오기**
경기도 용인 거주 월간 국보문학 시·수필 부문 신인상 수상, 연세대학교 미래교육원 수
필창작 수학, 공무원 정년퇴임, 사단법인 한국국보문인협회 정회원, 수필집 『연세문학의
비상』(공저)

아버지와 어머니의 숨소리가 있고, 어렸을 때의 추억이 있는 고향이 내 마음속에 항상 머물고 있다.

고향바다에는 등대가 있다.

고향에 가는 길이면 반드시 들르는 곳이 동해시 묵호등대이다. 바다에 접해 있는 높은 지역에서 갈길 잃은 배들에게 등불로 방향을 안내해 주고 있다. 그 등대를 보면 어머니의 한이 소환된다. 일찍 아버지를 떠나보내고, 20대에 청상과부가 되시어 자식들을 먹이고 키우며 가르치기 위해 얼마나 많은 눈물로 베적삼을 젖혔을까…. 그때마다 어머니는 삶이 고달프고 힘들었을 때에 등대를 찾아 한을 토하시며 위로받고, 다시 힘내셨을 것이다.

나도 삶 속에서 크고 작은 파도에 힘들고 외로울 때이면 등대를 찾아 실타래처럼 엉킨 삶들을 정리하고 위로받는 곳이 되었다. 어머니는 등대를 찾아 밀려가는 파도에 한을 띄워 보내고, 하얗게 밀려 온 파도에 희망을 찾았던 그 모습을 내가 닮은 것이다.

고향에 돌아가 인생정원을 짓고 싶다.

세상살이에서 생존하기 위해, 혹은 좀 더 좋은 인생사에 흔적을 남기기 위해 직업군인과 사업가로 살다 보니 지금은 경기도 용인에 살고 있다.

지금도 고향에 돌아가 살고 싶은 꿈을 꾼다. 마치 고향의 실개천에서 낳고 자란 연어가 넓은 바다에 살다가 다시 고향을 찾아 자손을 번식하고 죽는 것처럼…. 고향에 탱자나무로 울타리를 치고 바람 소리가 들리는 곳에 인생정원을 만들어 부모님의 향기를 맡고 싶다.

집 정원에는 감나무, 복숭아, 대추나무와 목련꽃, 작약꽃 등을 심고, 텃밭에는 아내가 좋아하는 고추, 상추, 대파, 부추, 오이, 토마토 등을 심어 도시생활에 지친 아들, 며느리, 손주들이 와서 자연을 보고 느끼며, 새로운 쉼과 활력소를 얻어 갈 수 있는 그런 정원 속에 사는 것이다. "어찌, 그 꿈이 쉬운 일이겠는가." 그러나 꿈은 꾸어야 한다. 꿈이 없으면 숨만 쉬고 있을 뿐, 사는 의미가 없을 것이다. 설령 인생정원의 꿈이 꿈으로 끝날지라도 도전하는 삶은 아름답기 때문이다.

인생황혼의 길을 걷고 있다.

나는 어렸을 때에 "악한 끝은 없어도, 선한 끝은 있다."라는 어머니의 말씀을 새기면서, 착하게 열심히 살려고 노력해 왔다. 그리고 남겨진 인생도 고향에 인생정원을 만들어 자연의 숨소리에서 나를 일깨우고, 문학인으로서 인생을 이야기하며 삶을 노래하고 싶다.

### 심사평

고향은 어릴 적에 한없이 안아 주던 어머니의 품 안이다. 그 안식처는 영원한 그리움이 되어 쓸쓸한 꿈을 꾸게 한다.

김오기 작가의 응모작 「인생정원을 꿈꾼다」는 계절 따라 옷 갈아입고 노래 부를 줄 아는 고향에 대한 그리움에서 시작한다. 인생의 먼 길을 돌아서 오늘까지 왔는데, 그 길 위에 외롭게 서 있는 자신을 발견했다고 할까? 다시 고향에 돌아가 인생정원을 짓고 살고 싶다는 소망을 서정으로 잘 묘사하고 있다.

작가는 1소재에서 6·25전쟁으로 희생당하신 아버지를 잃은 뒤 유복자로 태어나서 다른 아이들처럼 사랑받고 싶었고, 아비 없는 자식이란 말을 듣지 않고 반듯한 아들로 키우기 위한 어머니의 숨소리를 잊지 않고 있다.

2소재는 고향의 등대 이야기이다.

등대는 넓고 거친 바다에서 갈 길 잃고 헤매는 배들에게 갈 길을 알려 준다. 꽃다운 나이에 청상 되어 어린 자식들 키우느라고 허리 굽는 줄 모르셨던 어머니도 여기 등대에서 얼마나 많은 눈물을 흘렸을까…. 그런데 작가도 실타래처럼 엉킨 삶 속에 힘든 일이 있을 때면 등대를 다시 찾는다는 소재의 형상화가 아주 좋았다.

3소재에서 작가는 직업군인 혹은 사업가로서 살다가 보니 타향살이 길 위에 외롭게 서성거리고 있는 것이 아닌가…. 어릴 적에 나를 한없이 끌어 안아주던 고향, 부모님의 향기가 머물고 있는 곳, 항상 마음속에 묻혀 있는 그리움이 있는 고향에 돌아가 인생정원을 꾸려 살고 싶다는 주제를 각 소재로 잘 묘사하였다.

김오기 작가는 고향의 자연은 그대로이지만, 작가의 인생사가 변화됨에 따른 주제와 소재를 잘 구성하여 향기 있는 작품을 창작하였기에 당선작품으로 선정하였다.

작가는 이미 시인으로 작품 활동을 하고 있다. 앞으로 좋은 수필창작을 위해 주제와 각 소재에 따른 느낌과 의미부여에 감성적이고 시적인 이미지를 적극 사용하여 향기 나는 작품이 탄생하길 기대한다.

수필등단을 다시 축하드리며, 앞으로 명품 인생으로서 좋은 수필을 쓰고 발표해 주길 바란다.

〈심사위원: 조영갑·장호병·권남희·임수홍〉

# 아내에게 바친 노래

박한규[5]

부부는 인륜의 근본이란 말이 있다. 부부란 두 개의 반신이 아니고, 하나의 전체가 되어 의리와 감사함을 가슴 깊이 새기며 살아가는 것이다.

무더움이 가고 서늘한 바람이 부는 가을에 부부의 인연을 맺었다.

나는 부모의 반대도 있었지만, 친구의 소개로 알게 된 아내의 선한 눈망울과 착한 마음에 끌려 결혼을 했다. 산으로 둘러싸인 두메산골의 어머니 집에서 신혼살림을 꾸렸다. 부부는 두 사람이 서로의 다름을 존중하고 조화를 이루어 가는 과정이란 의미를 생각해 볼 틈도 없이 가난했다. "난, 절대로 가난이 대물림되는 부모님처럼 살지 않을 거야"란 심리적 독립이 컸다. 어머니 품을 떠나 조치원·청주 도시로 수차례 이사를 하며, 가난을 탈출하기 위해 온갖 궂은일을 해가며 내일의 꿈을 키워 나갔다.

산골 고향에서 조치원으로 이삿짐은 옷을 넣는 가방 하나가 전부이었다.

나는 작은 택시회사에 택시기사로 취직하여 근근이 일상을 꾸려

---

5   **박한규**
월간 국보문학 수필 신인상, 연세대학교 미래교육원 수필창작 수학, 연세에세이클럽 정회원, 한국국보문인협회 정회원

갔지만, 가난을 멀리하기에는 너무 어려웠다. 이때에 아내가 나섰다. 아내는 양말을 떼어다가 시장 길바닥에 보자기 하나를 깔아 놓고 구매할 사람을 마냥 기다리기만 했다. 마침 그 모습을 보고 있던 한 분이 안타까워서 "아주머니, 그렇게 가만히 서서 기다리고 있으면 누가 양말을 사주겠어요. 양말을 하나 들고 큰 소리로 '양말 사세요, 싸고 좋은 양말입니다. 싸게 드립니다.'라고 소리쳐요."라며 격려해주었지만, 그렇게 하기에는 사회적 초년생이었다. 그뿐만 아니었다. 길거리 양말 판매가 부진할 때는 양말 보따리를 머리에 이고 시골 집집마다 방문 판매를 했다. 아기 하나는 등에 업고, 뱃속에는 임신된 또 하나의 아이가 있었다. 힘들어질 때마다 등에 아이 이불 띠를 졸라매고 장사를 하다가 뱃속에 아이를 유산하는 아픔을 겪기도 했다.

세상살이가 힘들고 어려울 때마다 "열심히 살다 보면, 언젠가는 우리에게도 남들처럼 작은 소망이 이루어질 것"이라고 다짐하며 열심히 살았다. 달랑 가방 하나로 시작한 살림이었지만, 월세방, 전셋집으로 늘려가며 조금씩 쌓이는 결실과 함께 아이들을 가르치며 보람은 찾아왔다. 이제는 충주로 이사해 살고 있다. 아내가 살고 싶었던 집에서 자식들도 성장하여 결혼하고 독립했다. 어쩜 '고생 끝에 낙이 온다'는 말이 증명되듯이 아내의 희생과 아픔으로 소망한 꿈은 이루어져 마음이 행복했다.

이제는 더 많이 소유하려는 사람이 아니라 좀 적게 탐내는 사람으로서, 부유한 마음으로 행복하게 살고 싶었다.


이게 무슨 운명의 그림자인가?

지금까지 행복을 추구하며 살아오다가 행복을 누릴 만한 나이가 되자 아내가 세상을 떠났다. 그것은 아내와 나에게 한 맺힌 아픔이고 서러움이다. 저녁에 아내는 갑자기 가슴이 아프다고 했다. 병원을 찾아 진찰한 결과는 심근경색이라며 수술을 했다. 수술결과가 좋다며 의사는 "이번에 퇴원하면 100세까지 사시겠다."라고 말했다. 나는 감사를 드리며, 며칠 후에 퇴원을 준비하고 있었다. 그런데 아내는 수술 후에 가슴이 뻐근하고 답답하다며, "지금 나는 죽고 싶지 않다"면서, "더 살아야 한다."라고 말했다. 의사는 수술 후에 다들 그런 징후가 조금씩 있다면서 곧 괜찮아질 것이라 했다. 한밤중에 내가 잠깐 잠이 들었는데 소란해 일어나 보니 아내가 심폐소생술을 받고 있었다. 중환자실로 옮겨 조치를 하였으나 사망하였다. 아이구나…. 하늘이 무너지고, 땅이 꺼지는 소리만 들렸다. 나는 현실이 아닌 꿈이길 바랐다. "이제 편히 먹고살 만한데 떠나다니…. 어쩌면 병상 밑에서 내가 있는데 한마디 말도 없이 그 먼 길을 혼자서 간다니요." 슬퍼만 하기는 너무 아팠다. 사랑하는 사람이 내 곁을 영원히 떠난다는 것…. 전혀 생각지 못했던 죽음은 아내의 노고와 고통으로부터의 휴식이라 생각하고, 바로 집 옆에 묘소를 썼다.

아내는 살아생전에 여기 산골에 묻힌다면 무서우니 밤이면 전깃불로 환하게 밝혀 주길 바랐기에 나는 묘소에 전등을 켜고 나무와 꽃을 심어 그 약속을 지키고 있다.

지금 내가 청주 집에서 살지 않고 묘소 옆에서 사는 것도 아내를 지키고 외롭지 않게 하기 위해서이다. 아직도 침대 위에는 두 개의 베개가 나란히 아내 오기만을 기다리고 있다. 저녁 8시가 되면 비가 오나 눈이 오나 불을 밝히고 커피를 함께 마시기 위해 아내를 찾아 대화를 나눈다. 그것은 아내를 향한 나의 눈물이고 아픔이며 사랑이다. 어려움이 닥칠 때도 절망에 빠졌을 때도 두 마음 모아 헤쳐나갈 수 있었던 것은 오직 "당신의 긍정적인 희망의 힘이었기에 고맙고 감사합니다."란 말을 하며 아련한 마음을 다듬질한다.

사랑하는 아내여! 언제 당신을 만나 못다 한 노래를 부를 수 있을는지….

"우리의 만남은 우연이 아니었어요. 봄이 오면 꽃향기로 맞이하고, 여름이면 푸른 솔잎으로 그림자를 만들어 편히 쉬게 할게요. 가을이면 붉게 물든 단풍 속에 귀뚜라미 울음으로 위로하고, 겨울이면 당신이 좋아한 칼국수를 만들어 드릴게요. 외로워하지 말아요."라고, 오늘도 목 타는 그리움으로 노래 부른다.

### 심사평

부부는 서로 의리와 은혜로써 친하고 사랑해야 한다.

박한규의 응모작 「아내에게 바친 노래」는 두메산골에서 부부의 인연을 맺고, 소박한 꿈을 이뤄나가는 삶과 인생살이를 수필에 담았다.

1소재에서 친구의 소개로 알게 된 아내와 결혼하여 두메산골의 어머니 집에서 신혼살림을 꾸렸다. 부모의 반대에도 불구하고 굳건한 사랑의 결실로 결혼을 한 것이다. 또한 산골에서 가난하게 살지 않겠다는 다짐으로 조치원·청주 도시로 이사를 하며 꿈을 이뤄 나간 의지가 잘 그려져 있다.

2소재는 도시에서 가난 탈출을 위한 부부간의 긍정의 꿈과 아내의 노고가 가득하다. 작가는 옷 가방 하나의 이삿짐으로 시작한 도시생활에서 운전기사를 했지만, 팍팍한 살림살이는 여전했다. 이때 아내가 생활전선에 나선 것이다. 시장 길거리에서 양말을 팔았고, 판매가 부진할 때면 양말 보따리를 머리에 이고 험한 길을 따라 장사를 했다. 거기에 아기를 등에 업고, 뱃속에 임신된 아이가 유산된 아픔을 생각할 겨를도 없이, 조금씩 이뤄가는 꿈을 기뻐하면서 열심히 살아간 모습을 잘 묘사하고 있다.

3소재는 이제 먹고살 만하게 되니까 아내가 세상을 떠나다니….

작가는 아내의 갑작스러운 죽음의 현실에 절규하고 있다. 모든 생명체는 한번 태어나면 반드시 죽는다는 것이 피할 수 없는 숙명이란 진실을 알고 있다. 그러나 그것을 인정하기에는 너무 큰 슬픔이었고 괴롭기에 집 옆에 묘소를 쓰고 천상의 아내가 외롭지 않게 밤이면 전등불을 켜주고 커피를 함께 마신다.

이 같은 작가의 마음과 몸짓은 아내의 사랑과 추억을 결코 잊을 수 없는 영원성의 노래로 비유한 것이다.

박한규 작가의 「아내에게 바친 노래」는 아내에게 의리와 함께 살아준 은혜에 대한 목 타는 그리움의 노래이다. 어느 날에 아내가 다시 오면 "나는 당신을 위해 봄·여름·가을에는 편히 쉬면서 못다 한 사랑노래 부르고, 겨울에는 당신이 좋아한 칼국수를 준비하겠다."라는 순애보를 잘 담았기에 당선작으로 선정하였다.

박한규 수필가의 등단을 축하드린다.

한국문단 등단은 새로운 인생의 시작이다. 앞으로 초심을 잊지 않고, 사색하고, 쓰고 지우면서 더욱 노력하여 좋은 작품을 창작하고 멋진 삶을 사는 명품 인생이 되기를 기원드린다.

〈심사위원: 조영갑·김병권·김남웅·임수홍〉

# 어머니의 벚꽃선물

장서윤[6]

창문을 열었다.

따스한 햇살에 봄바람은 어머니의 벚꽃놀이 추억을 소환해주었다.

아버지가 돌아가시고 어머니는 아들 집에 계시다가 분가하여 혼자 살고 계신다.

어머니가 오빠와 함께 지내실 때는 매일 새벽 출근하는 아들이 배고플까 봐서, 혹은 졸음운전이 염려되어 하루도 쉬지 않고 딱딱한 알밤을 까서 아들 손에 건네 주며 말한다. "오늘도 건강 챙기고 차 조심해라." 그뿐만 아니다. 일상에서 자식의 병고도, 자신의 아픈 것도, 아니 자식이 힘들어하는 모든 것을 어머니는 "어미 잘못 만나서 미안하다", "미안해" 말하곤 하신다.

지금은 자식들에게 짐이 되고 싶지 않다면서, 엎어지면 코 닿을 곳에 계신다. 평소 웃음이 많았던 어머니는 말수도 적어지고 반쯤 빛 잃은 등불처럼 어둡고 서늘해진 외로운 모습이다.

나도 바쁜 일상을 보내고 있지만, 문득문득 어머니의 안부가 궁금해지고 걱정도 된다. 외로워하고 우울해하신 어머니를 위해 무엇인가를 해드리고 싶어서 찾았다. "엄마, 봄바람에 벚꽃이 피었어요. 우리

---

6 **장서윤**
서울 거주, 월간 북모문학 수필 부문 신인상 수상, 서울 송파문학창작 수필·시 수학, 서울송파에세이클럽 정회원, (사)한국국보문학인협회 정회원

벚꽃놀이 갈까요." 하며 그날을 약속했다.

어머니는 힘없이 그러자며 고개를 끄덕이셨지만, 얼굴에 알 듯 모를 듯 작은 미소가 스쳐갔다.

어머니의 미소는 가냘픈 삶의 회한과 외로움이 봄바람을 만나 작은 기쁨으로 피어난 한 송이 벚꽃으로 보였다.

어머니와의 벚꽃 나들이 날이다.

어머니는 머리에 염색을 하고, 내가 몇 년 전에 사드렸던 실크 블라우스를 입고 오렌지색 스카프까지 두르고 나오셨다. 웬일인가. 며칠 전에는 한여름 담장 울타리에서 시들어가는 나팔꽃 같던 팔순 된 어머니가 화사하게 핀 벚꽃같이 보였다.

호숫가에 만발한 벚꽃 길을 걸었다. 수많은 사람들이 구경한 벚꽃을 보시고 "옛날이나 지금이나 '사쿠라 꽃'이 참말로 곱구나."라고 말했다. "아니, 엄마는 왜 사쿠라라고 불러요." 어머니는 빙긋이 웃으면서 "일제강점기 시대는 사쿠라 꽃이라 불렀단다." 그리고 같은 동네에 아이가 없는 일본인 부부는 어린 벚꽃처럼 피어난 어머니를 수양딸로 삼을 테니 일본으로 같이 가자고 했단다. 그뿐만이 아니었다. 꿈 많은 친구들과 함께 떼를 지어 동네의 밤 벚꽃놀이를 나갔는데, 거기에는 6·25전쟁에서 부모를 잃고 친척집에 살고 있는 한 청년이 기다리고 있었다. 잠깐의 이야기를 나누고서 도망치듯 집으로 돌아왔다. 짧은 만남이라 무슨 말을 했는지 기억이 나지 않지만, 참으로 눈이 선하게 보였다고 했다. 며칠 후에 어머니는 부엌의 살강에 엎어놓은 그릇 속에서 다시 만나자는 쪽지를 보았지만, 엄격하신 외할머니에게 들키지 않기 위해 부엌 아궁이에 넣고 태웠단다. 나는 어머니의 연애 이야기를 더 듣고 싶었지만, 어머니는 한참 동안 침묵하며 걸으시다가 "인생은 금방이다. 지금도 사쿠라 꽃을 보면 꿈 많은 시절이 생각나는데,

벌써 내가 짙은 황혼길에서 서성거리고 있구나…" 말끝을 흐렸다.

어머니가 17살 어여쁜 아가씨로 돌아가 탱자나무 외갓집 울타리에서 빠져나와 그 시절에 핀 벚꽃 언덕길로 누군가를 만나러 가는 꿈을 꿨으면 좋겠다.

어머니와 처음 벚꽃놀이를 시작한 지 십여 년이 흘렀다.

매년 어머니는 호숫가에 피어 있는 벚꽃을 보면서도 처음 보는 것처럼 마냥 좋아하셨다. 그러나 해가 바뀌면서 벚꽃 길 걷기 시간이 길어지고, 숨이 가빠졌다.

이제는 덧없는 세월 속에 구순이 되어 벚꽃 길을 걸을 수도 없다. 일상에서 생활이 불편하시어 지금은 요양보호사의 도움을 받고 계신다. 세월 앞에 장사 없다더니 어머니도 모래성이 되어 힘없이 허물어져가고 있다.

봄의 향연을 뿌렸던 활짝 핀 벚꽃이 봄바람에 하얀 눈으로 떨어져 내년의 봄을 기약하지만, 어머니는 다시 꿈을 꿀 수 없는 낙엽이 되어 간다.

나는 벚꽃에 대한 특별한 추억이 없었다. 그러나 어머니의 외로운 공간을 채워드리기 위해 함께한 벚꽃놀이가 어머니의 추억을 소환해 웃음 짓게 했고, 나와의 새로운 추억 쌓기는 내가 더 신이 났다. 평소에 활기를 잃으신 어머니가 그날만큼은 꽃단장한 모습이 신기했고, 그 순간은 나에게 너무나 귀하고 행복한 시간이었다.

어머니의 예쁜 시절에 끼어서 같이 놀 수 있다는 것, 그 추억을 공유할 수 있다는 것은 나에게 큰 축복이 된 것이다. 벚꽃놀이 날은 외로운 어머니에게 효도한다고 생각했는데, 이제는 오히려 내가 어머니에게 받은 큰 선물이 되었다.

　어머니의 정과 사랑은 한이 없는 것이다.

　장서윤 작가의 응모작 「어머니의 벚꽃선물」은 어머니에게 효도한 다고 했던 벚꽃놀이가 오히려 작가에게 행복한 추억 덩어리의 큰 선 물이 되어 돌아왔다는 서정을 잘 묘사하고 있다.

　작가는 1소재에서 아버지가 돌아가시고 혼자 사시는 어머니의 많 던 웃음도 말도 적어진 외로움에서 온 애잔한 공간을 채워드리고 싶 은 마음을 잘 함축하고 있다.

　나이 들어 자식들이 자기 삶을 찾아 떠나 세상에 홀로 떨어져 있 는 듯한 생각과 환경은 외로움을 갖게 한다. 작가는 어머니가 삶의 현 장에서 멀어져서 느낄 허망함에서 온 외로움을 달래기 위해 봄날의 벚꽃놀이를 함께한 것이다. 그 벚꽃놀이는 어머니의 마음속에 담긴 추 억을 소환하고, 작아진 어머니의 마음을 이해하고 채워드리려는 자식의 도리가 잘 그려져 있다.

　2소재는 외로워 힘없어하신 어머니의 화려한 외출이다.

　어머니는 머리에 염색을 하고 선물로 사드렸던 옷과 스카프로 치 장하고 벚꽃 놀이터에 나오셨다. 작가도 어머니의 변신에 놀라워한 다. 벚꽃 길을 걸으며 일제시대에 일본인 부부가 건넨 수양딸 제의, 밤 벚꽃놀이에서 만난 선한 눈망울 총각의 연애편지 이야기를 풀어놓으 신 것이다. 얼마나 하고 싶었던 어머니의 외출이었고 이야기였겠는 가…. 어머니는 세상에 맺어진 인연들로부터 멀어진 만큼 소외감에서 온 외로운 공간을 사랑하는 딸이 채워줌에 대한 고마움으로 가득했으 리라. 작가는 옛날 벚꽃 언덕길로 누군가를 만나러 가던 17살의 어머 니가 되었으면 좋겠다는 착한 소망의 꿈을 잘 형상화했다.

　3소재에서는 매년 벚꽃놀이를 하다 보니 벌써 어머니도 구순이 되셨다. 이젠 벚꽃놀이 추억도 함께할 수 없음에 아쉬움을 말하고 있다. 올봄에도 벚꽃은 활짝 피어 어머니를 부르고 있지만, 더 이상 함께 갈 수 없는 어머니에 대한 안타까움이 드러난다.

작가는 어머니에게 효도하기 위해 시작했던 벚꽃놀이가 이제는 어머니와 함께한 예쁜 추억 덩어리가 됨에 오히려 어머니에게 감사함을 잘 담고 있어 당선작으로 선정하였다.

장서윤 작가는 어머니의 사랑은 한이 없음을 느끼고, 그 사랑에 조금이라도 보답하기 위한 작은 실천을 하며 행복해한 것이다. 결코 행복은 멀리 있는 것이 아님을 알고, 바로 내 옆의 작은 실천에서 찾은 것이다.

한국문단에 수필가로의 등단은 새로운 인생의 출발이고 아름다운 삶의 시작이다. 앞으로 좋은 문학인으로서 글을 쓰고 발표해서 명품 인생이 되기를 기원한다.

진심으로 한국 문학인 됨을 축하드린다.

〈심사위원: 조영갑·장호병·권남희·임수흥〉

# 아버지의 등불

김상균[7]

아버지는 삶의 등불이다.

어렸을 때나 나이가 들어서도 아버지는 항상 마음속에 살아 계시어, 삶의 고비마다 격려하며 신호 등불을 켜주신 것이다.

사람은 누구나 아버지에 대한 아련한 등불을 갖고 살아간다.

나는 경남 남해에서 건축업을 하시는 아버지의 7남매 중에 셋째 아들로 태어났다. 아버지가 주택을 비롯해서 공공시설 분야 건축업을 하며 바삐 다니시던 모습이 선하게 떠오른다.

내가 성년이 되어 군에 입대하게 된 시절이었다. 남해지역 초등학교 교실 재건축사업을 하고 있었다. 아버지는 책임일정에 공사를 마무리하기 위해 밤낮없이 땀 흘리고 계실 때 나는 공사현장에서 자재 수납과 인력관리를 하였다. 그 바쁜 시기에 제2사관학교에 합격통지서가 왔다. 공사현장에서 중요한 역할을 담당했던 아들의 군 입대에 대해 많이 아쉬워하셨다. 어쩜 병사로 지원해 의무복무를 마치고 가업을 계승하기를 바라셨겠지만, 아들의 장래를 위해 승낙하시었다. 그 마음은 나의 삶을 꿈꾸게 해준 사랑이었을 것이다.

7  **김상균**
서울 거주, 월간 국보문학 수필부문 신인상 수상, 서울 송파문학 수필·시 수학, 서울 송파에세이클럽 정회원, (사)한국국보문학인협회 정회원

사관생도로서 군사기초훈련을 마치고 병과학교 교육을 받기 위해 병과분류작업을 하고 있을 때였다.

전쟁에서 싸워 이기기 위해서는 작전에 필요한 다양한 병과가 있으나, 나는 오래전부터 공병으로 근무하고 싶었다. 공병장교가 되기 위해서는 공업계통의 기술교육을 받았어야 했지만, 나는 인문계열을 나와 퍽이나 어려운 상황이었다.

어느 날 아버지가 면회를 오셨다기에 장교회관으로 찾아갔다. 그런데 중대장과 함께 계신 것이 아닌가…! 깜짝 놀란 마음으로 경례를 하고 앉았는데, 그때 아버지는 중대장께 "아들은 건축업무의 경험이 있고, 공병장교가 되기를 희망한다."라고 말씀하셨던 것 같다. 그리고 병과분류에서 우선순위는 장기복무지원자가 우선이라는 조언을 받고 장기복무지원서를 제출했다. 나는 공병장교로 분류되어 교육을 받고 임관하여 전후방부대에서 공병업무를 수행하면서, 아버지에 대한 감사한 마음이 가득했다. 그 감사는 삶의 날갯짓을 가르쳐 주신 사랑 때문이다.

나는 전후방 공병부대와 학군단에서 지휘관 및 참모업무를 수행하다가 전역했다. 전역한 후에 다시 예비군 임용고시에 합격하여 서울 송파구 예비군동대장으로 근무했다. "내 고장은 내가 지킨다."라는 신념으로 향토방위태세 유지와 예비전력 정예화를 위해 모든 노력을 다하여 표창도 받았다.

다른 한편으로 내 꿈은 내가 살 집을 내 손으로 짓는 것이었다. "사람이 평생 자신의 집을 직접 건축해서 산다는 것은 커다란 축복이란다. 그래서 건축업은 자재사용부터 작은 기술적용까지 온 정성을 다해야 튼튼하고 좋은 건축물이 된다."라는 아버지의 말씀이 생각났다. 아버지로부터 배운 지식과 공병장교 생활에서 얻은 체험을 다해

내가 살고 있는 집을 건축했다. 아버지는 평소에 말씀이 별로 없으셨지만, 술 담배는 잘하셨다. 술 한잔을 드시는 날이면 어머니가 뭐라고 하시며 눈을 흘겨도 못 본 척하고, 흘러간 옛 노래를 흥얼거리며 넘기셨다. 아버지의 사랑은 나에게 삶의 지표가 되었고, 열매로써 집을 짓게 해주신 것이다.

아버님은 나의 인생길에 영원한 등불이시다.

지금도 기일 무렵에는 아버님이 꿈속에 나타나시어 "장하다 아들아, 조상님도 잘 모시고 형제간에 우애 있게 잘 지내면서 집안일도 잘하고 있어 고맙구나."라며 격려해주신다.

아버지의 지혜와 용기는 삶의 현장에서 알게 모르게 힘겨워하는 나를 보살펴 주시고, 돌아가신 후에도 살 집을 직접 건축하도록 용기를 주신 등불이 되었다.

### 심사평

"자기 자식을 아는 아비는 현명한 아버지이라."라는 셰익스피어 명언이 있다.

김상균 작가의 응모작 「아버지의 등불」에서 아버지의 가르침은 삶을 안내하는 등불이 되었고, 그 사랑의 솔직한 묘사는 효도로 가득한 마음이다.

1소재는 건축업을 하고 계신 아버지에게는 번창한 사업을 위해 절대적 힘이 되어 준 아들의 군 입대에 대한 염려였을 것이다.

대한민국 남자로서 병력의무만을 수행하고 제대하여 아버지의 사업을 계승 발전시켜주었으면 하고 소망하셨을 것이다. 그러나 아들의 장래 꿈을 위해 기꺼이 장교생활을 승낙한 아버지의 부성애를 잘 그렸다.

2소재에서 아버지는 이왕이면 아들이 건축업에 가까운 공병장교로 근무하기를 바랐을 것이다. 작가는 인문계를 졸업했기 때문에 공병병과로 분류되기 힘든 상황에서 아버지는 중대장에게 아들의 건축사업 근무경험을 설명하고, 또 장기복무를 권장하여 공병 기술계통의 활로를 선도해 주신 것이다. 아버지의 찐 사랑은 세상살이에서 작가의 삶을 일군 날갯짓으로, 즉 세상 살아가는 방법을 강조법으로 잘 묘사하였다.

3소재에서 전역 후에 작가는 향토예비군 동대장으로 근무하면서, 국가안보에 크게 기여하여 표창도 수여받았다. 아버지는 말수가 적었지만 술 담배를 즐기면서 작가에게 남긴 말씀이 있다. "사람이 살아가는 동안 자신의 집을 직접 건축해서 사는 것은 축복이란다." 작가는 아버지의 그 말씀을 실천한 것이다. 그 실천은 작가의 행복으로 다가왔고, 또 다른 효도의 마음임을 비유방법으로 잘 표현했다.

김상균 작가의 이 작품은 자신이 황혼길을 걸으면서도, 아버지의 말씀은 삶의 등불이 됨을 비유방법 및 강조방법으로 잘 묘사하고 있는 좋은 작품이기에 등단작품으로 선정하였다. 아버지는 아들에게 삶의 방향을 제시하고 지원해 주시면서, 좋은 삶을 살아가는 방법까지 알려 주신 것이다.

대한민국 문학인으로의 출발은 새로운 삶의 도전이고 시작이다.

멋진 후반기 인생을 위해서 초심을 잊지 말고 더욱 많이 읽고 많이 써서, 중단 없는 정진으로 좋은 문학작품을 많이 쓰기를 기원드린다.

〈심사위원: 조영갑·김병권·김남웅·임수홍〉

# 백령도 여행

김경희[8]

세상을 살다 보면 어떨 때는 한 마리의 새가 되어 푸른 하늘과 바다를 날아서 멀리 가고 싶을 때가 있다. 오랜만에 일상에서 탈출해 백령도를 찾았다.

어느 봄날의 백령도 여행이었다.

나는 인천항에서 백령도 여객선에 몸과 마음을 실었다. 그동안 크고 작은 아픈 사연들로 가득했던 백령도를 간다는 기대에 즐거웠다.

백령도는 인천에서 서북쪽으로 멀리 떨어진 남한의 최북단 섬으로서, 북한 내륙에 매우 가깝게 자리 잡고 있다.

서해는 따스한 봄볕을 띄우고, 크고 작은 섬들을 품고 있었다. 잔잔한 수평선에는 갈매기들이 평화로이 날갯짓하며 반가이 맞이하는 것 같았다. 스쳐간 바다 물결을 보면 세상사 어렵고 복잡한 삶의 흔적들이 산산이 부셔져 사라져 갔기에 마음이 홀가분했다.

여객선은 3시간 40분이나 하얀 물살을 가르며 달려서, 꼭 한번 와보고 싶었던 백령도에 도착했다. 나는 궁금해 알고 싶었던 흔적들을 찾아 나섰다.

---

8   **김경희**
서울 거주, 월간 국보문학 수필부문 신인상 수상, 연세대학교 미래교육원 수필창작 수학, 연세에세이클럽 정회원, 사단법인 한국국보문학인협회 정회원, 수필집 「연세문학의 비상」(공저)

백령도 앞바다는 아픈 사연이 있다.

북한의 장산곶과 백령도의 중간 지점이 인당수이며, 이곳을 바라볼 수 있는 위치에 심청각을 세웠다고 한다.

나는 어렸을 때 많이 듣고 이야기했던 심청전의 현장을 볼 수 있었다. 아버지인 심 봉사의 눈을 뜨게 하려고 부처님께 바친 공양미 삼백 석에 팔려 인당수에 몸을 던진 심청의 효심에 다시 마음이 짠했다. 바닷길의 안전을 기원하는 제물이 된 효심에 바다의 용왕님도 감동하셨던지, 다시 연꽃 속에서 환생된 심청의 이야기를 담은 심청전은 옛날이나 지금이나 마음의 울림으로 다가왔다.

나는 세상을 떠난 부모님께 어떤 효도를 드렸나를 곰곰이 생각하면서, 불효의 마음이 더 많이 들었다. 지금은 효도하고 싶어도 효도할 수 없는 마음에서 온 후회스러운 안타까움이 가득하다. 오늘을 사는 젊은 사람들도 심청이의 부모에 대한 효심을 어떻게 생각할까를 자문자답해 보면서 반성했다.

다음은 천안함 유령탑을 찾았다.

2010년 3월 26일 백령도 해상에서 천안함은 초계임무를 수행하다가 북한 잠수함의 어뢰에 격침되어 해군 장병 40명이 사망하고 6명이 실종되었다.

국가를 위해 목숨을 바친 장병들에게 기도를 드리면서도, 다른 한편으로는 미안하고 아픈 마음이었다.

목숨 바쳐 국가를 수호한 영웅들은 어느 부모의 사랑하는 아들이었고, 한 가정의 남편이었으며 한 아이의 아빠로서 기둥이었다. 그 위대한 희생이 국민을 자유롭게 여행하고, 평화롭게 살 수 있게 함에 감사드렸다.

하루빨리 자유 대한민국으로 통일되어 백령도 여행에서 끝날 것이 아니라, 압록강 두만강까지도 마음대로 여행하며 삼천리금수강산을 노래했으면 좋겠다.

유람선을 타고 백령도를 한 바퀴 돌았다.

넓고 푸른 바다에 떠 있는 백령도는 아름다웠다. 크고 작은 바위섬들은 형제 바위, 사자 바위, 잠수함 바위, 코끼리 바위, 장군 바위들이 저마다 자태를 뽐내며 파도를 즐기고 있었다. 그뿐만 아니었다. 용이 하늘로 승천하는 모습이라고 해서 이름 붙여진 용트림 바위도 있고, 낮은 바위에는 천연기념물로 지정된 물범들이 한가히 노닐고 있었다.

백령도 해안에서 석양에 물든 물안개와 자연이 만들어 낸 풍경은 위대한 창작품이었고, 수많은 갈매기 날갯짓은 회오리바람에 떨어져 날리는 하얀 벚꽃같이 보였다.

내 마음은 복잡한 현실에서 벗어나 지난 세월을 반추하며, 나머지 삶을 평온하고 의미 있게 살아가야겠다는 다짐의 시간이 되기도 했다.

백령도 여행은 나의 삶에 많은 위안과 즐거움을 주었다.

백령도는 효심을 다시 생각하게 했고, 국가안보에 대해 감사할 줄도 알게 했다. 그리고 넓고 푸른 바다에 떠 있는 바위들은 오랜 세월 동안 파도와 비바람에 깎여 만들어진 인고의 멋진 풍경들이었다. 그 자태들은 나에게도 복잡하고 아팠던 지난 삶을 인내하면서, 즐겁게 살아 명품 인생이 되라며 충고해준 것 같았다.

백령도 여행은 새롭게 나를 발견해 넓고 깊은 인생을 살아야겠다는 다짐의 시간이 되게 했다.

여행은 많은 것을 보고 체험하여, 새로운 삶을 깨닫게 하고 더 넓은 세상을 볼 수 있게 한다. 김경희 작가의 응모작 「백령도 여행」은 일상에서 탈출해 항해와 백령도의 여행을 통해 작가의 새로운 삶을 위한 많은 생각과 느낌을 일깨워 자유롭게 묘사한 여행수필이다.

작가는 1소재에서 백령도 여객선을 타고 가면서, 푸른 바다가 주는 평화로움 속에 자연과 삶에 대해 많은 독백을 하고 있다. 크고 작은 섬들이 위치한 최북단 백령도에 대한 기대와 복잡한 일상의 일들을 바다에 던져버린 마음에서 온 후련함과 기쁨을 그렸다.

2소재는 백령도 앞바다에 얽힌 심청전 문학 이야기, 천안함 사건에 대한 국가안보를 사실적으로 묘사하고 있다.

작가는 심청전의 주제로서 효도는 인간이 갖추어야 할 불변의 가치라고 생각한 것이다. 나는 과연 부모님에게 어떤 효도를 했나를 반추하고 반성하고 있다.

다음은 국가안보의 영웅들을 찬미하고 있다. 하나뿐인 목숨을 바친 그들의 위대한 희생 덕분에 오늘의 우리가 존재하게 됨에 미안함과 감사함을 여과 없이 잘 묘사했다.

3소재에서 작가가 백령도를 한 바퀴 돌면서 느낀 점은 저마다 자태를 뽐내고 있는 바위들은 수많은 자연의 인고로 만들어 낸 창작품이라는 것이다. 작가의 삶에서도 인내하고 노력하고 기다리면, 더 좋은 명품 인생을 만들어 낼 수 있다고 비유와 은유로 말하고 있다.

여행은 많은 것을 보고 배우게 해 성장시킨다.

김경희 작가는 백령도 여행을 통해 지금까지 살아온 삶을 반추하면서, 앞으로의 인생을 생각하고 설계하고 있다.

〈심사위원: 조영갑·장호병·권남희·임수홍〉

# 폐교된 모교

박기동

오랜만에 폐교된 추평초등학교의 운동장에 홀로 섰다. 추억 속의 학교 건물은 흔적도 없이 사라졌다. 예전에 수백여 명의 학생들이 마음껏 뛰놀며 지른 소리는 들리지 않고, 지금은 덩그러니 캠핑장이 되어 한산하다.

6·25전쟁 때이다.

충북 충주 산골마을에 살던 나는 1·4 후퇴로 피난을 갔다가 부모님을 따라 고향에 돌아왔다. 마을의 30여 채 집들은 모두 불에 탄 채 잿더미가 되어 있었다. 유령 마을 같아 무섭기도 했다. 어렸던 나는 허물어진 집터에서 동네를 바라보며 눈물을 흘려야만 했다.

삼촌은 담벼락과 무너지지 않은 부엌 뒷벽을 이용해 움집 한 칸을 20일 만에 지었다. 그 속에서 7식구가 추위에 떨며 힘겹게 살아가던 1951년에 나는 초등학교에 입학을 했다. 학교 건물도 앞으로 기울어져 있었고, 위험한 건물이 되어 1학년 때는 담임 선생님의 사랑채에서 공부를 했다. 책도 공책도 연필도 없이, 작은 칠판에 신문지를 펴놓고 '가갸 거겨'를 써가며 공부했다. 2학년 때도 역시 선생님의 사랑채에서 공부했는데, 연필과 16절 마분지 몇 장씩을 배분받아 공책으로 사용했다.

기울어진 학교 건물을 떠받치는 공사를 하고, 서쪽 일부 건물을 철거한 자리에는 새 학교 건물을 세웠다. 3학년이 되어서야 학교로 등교해 교실에서 공부했다. 새 건물은 6칸 정도였는데, 졸업할 때까지도 구건물도 함께 사용했었다. 선생님이 부족해서 3학년 때는 6학년인 선배가 우리를 가르치기도 했다. 그리고 학생들은 매일 1~2시간씩은 학교 일을 해야 했다. 운동장을 넓히고, 나무를 심고, 건물 뒤쪽엔 연못도 파고, 화단도 만들고, 학교 주변의 정리와 터 넓히는 일은 학생들의 몫이었다.

졸업할 때는 학교 모습이 정리되어 갔지만, 구건물의 떠받쳐진 형태는 그대로 남아 있었다. 6·25전쟁의 잔상은 먹고사는 문제부터 배움에까지 아픈 흔적을 남겼다.

큰 저수지가 들어섰다.

1977년에는 동네마을 사람들이 뿔뿔이 다시 헤어져야 하는 운명에 처하게 되었다. 유봉리에서 내려오는 하천과 가춘리의 미라 골, 투수 골에서 내려오는 하천이 동네마을 앞 들녘에서 합류되어 흐른다. 이곳을 막아 15만 평의 저수지를 만든 것이다. 동네에 거주하는 40여 호의 주민은 어쩌란 말인가…. 동네의 농토와 임야 전부가 저수지로 들어갔다. 농업사회가 산업사회로 발전하는 과정에서 농촌의 거주자들은 도시로 떠나 시골인구가 줄어들고 있었다. 마을까지 없어지니 초등학교 학생 수도 점점 줄어가고 있었다. 1981년 정부에서 폐교 대상으로 지정될 때는 학생 수가 70여 명뿐이었다.

6년제 초등학교의 졸업식 횟수가 50회고, 일제강점기 시절에는 4년제 초등학교가 있었으니 70여 년의 전통 있는 학교였다.

내가 자라고 공부했던 학교가 역사 속으로 사라진다는 것은 너무 마음이 아픈 일이지만, 그때 그 시절의 추억만큼은 살아남아 숨 쉬고 있다.

사람이 살아가는데 모교가 없어진다는 것은 많은 공허감을 갖게 한다.

　고향 마을도 없어지고, 추억이 많은 초등학교까지도 없어졌으니, 고향에 올 이유가 없어진 것 같은 느낌이었다. 그래도 잊지 말라고 500여 평의 임야가 남아 그곳에는 조상님과 형님 묘소가 있다. 고향에 와야 하는 이유가 생겨, 나는 일 년에 한두 번은 오게 된다. 그때마다 고향에 모교를 바라보는 내 심정은 가냘퍼지고, 운동장에서 친구들의 목소리가 들릴 듯 말 듯 하면 괜히 눈시울이 뜨거워진다. 흘러간 많은 추억이 새롭게 떠오르고 스쳐 간다. 가을 운동회 때는 4개 동네 주민들이 잔치하며 웃고 즐기는 공간이기도 했다. 여기에서 배출된 선후배들이 사회에서 한몫을 단단히 하고 있다는 말을 들을 땐 흐뭇한 감정이 들기도 한다. 그러나 세월이 많이 갔는가. 지난해 총동문회에 참석했다. 내 위로의 선배는 한 명도 없고, 밑으로도 몇 명의 후배들만 보여 외롭기까지 했다. 벌써 내 인생도 황혼의 끝자락에 와 있는 것이다.

　그 시절 고향의 이웃과 친구들이 정말로 그리워진다. 꼬맹이 작은 손으로 심어놓은 느티나무는 아름드리가 되어 우람함을 으스대며 그늘을 만들고 있다. 그늘 밑에서 동네 어르신들은 보릿고개 가난한 시절의 이야기꽃을 피우면서, 추억 속에서 새로운 보람을 찾고 있는 것 같았다.


　한 시골의 초등학교 건물은 자취도 없이 사라지고, 그 자리에 유적비만 흔적으로 남겨져 졸업생들의 마음을 잠재워 주는 것 같다. 운동장은 반딧불 캠핑장으로 깔끔하게 정비되어 운영되고 있다.

　세월은 흘러 초등학교는 폐교되었지만, 학교를 거쳐 간 동문들에게는 아직도 고향의 향기로 남아 영원히 맡게 될 것이다.

# 2. 수필 작품 감상

인간은 생각하는 갈대로서, 고독한 존재란 명언이 있다. 연세대학교 김형석 교수는 수필집 『고독이라는 병』에서 "실존적 고독을 느끼는 사람은 영원을 사랑하기 때문에 언제나 고독 속에 살아야 한다. 인간이 왜 이러한 영원을 사랑하게 되었는가, 아무도 모를 일이다."라고 말했다.

그러나 인간은 아무도 모를 고독을 달래고, 위로받기 위해 다양한 문학 장르에 열정을 토하고 있을지도 모른다. 왜냐하면 문학은 생각하는 영혼의 사상이기 때문이다.

이미 앞 장에서 수필에 대한 이론과 실제에 대해 깊이 있게 알아보았다. 따라서 작가나 혹은 독자들이 수필을 읽고, 마음속에 느끼어 일어난 생각과 그 수필 내용이 주는 창작적인 의미 및 가치를 논의해 본다는 것은 중요한 일이다.

여기에서는 수필가들의 다양한 좋은 수필을 수록하여 독자들이 각기 취향에 따라 감상과 평론을 할 수 있도록 했다.

# 수필[9]

수필은 청자의 연적이다.

수필은 난이요, 학이요, 청초하고 몸맵시 날렵한 여인이다. 수필은
그 여인이 걸어가는 숲속으로 난 평탄하고 고요한 길이다. 수필은 가
로수 늘어진 페이브먼트가 될 수도 있다. 그러나, 그 길을 깨끗하고 사
람이 적게 다니는 주택가에 있다.

수필은 청춘의 글은 아니요, 서른여섯 살 중년 고개를 넘어선 사
람의 글이며, 정열이나 심오한 지성을 내포한 문학이 아니요, 그저 수
필가가 쓴 단순한 글이다.

수필은 흥미는 주지마는 읽는 사람을 흥분시키지는 아니한다.

수필은 마음의 산책(散策)이다. 그 속에는 인생의 향취와 여운이
숨어 있는 것이다. 수필의 색깔은 황홀 찬란하거나 진하지 아니하며,
검거나 희지 않고 퇴락하여 추하지 않고, 언제나 온아우미하다. 수필
의 빛은 비둘기빛이거나 진주빛이다. 수필이 비단이라면 번쩍거리지
않는 바탕에 약간의 무늬가 있는 것이다. 그 무늬는 읽는 사람의 얼굴
에 미소를 띠게 한다.

수필은 한가하면서도 나태하지 아니하고, 속박을 벗어나고서도
산만(散漫)하지 않으며, 찬란하지 않고 우아하며 날카롭지 않으나 산

---

9    피천득, 『수필』(종합출판 범우, 2009), 55-57쪽.

뜻한 문학이다.

수필의 재료는 생활 경험, 자연 관찰, 또는 사회현상에 대한 새로운 발견, 무엇이나 다 좋을 것이다. 그 제재가 무엇이든지 간에 쓰는 이의 독특한 개성과 그때의 무드에 따라 '누에의 입에서 나오는 액(液)이 고치를 만들듯이' 수필은 써지는 것이다.

수필은 플롯이나 클라이맥스를 필요로 하지 않는다. 가고 싶은 대로 가는 것이 수필의 행로이다. 그러나, 차를 마시는 거와 같은 이 문학은 그 방향을 갖지 아니할 때에는 수돗물같이 무미한 것이 되어 버리는 것이다.

수필은 독백이다.

소설가나 극작가는 때로 여러 가지 성격을 가져 보아야 된다. 셰익스피어는 햄릿도 되고 플로니아스 노릇도 한다. 그러나 수필가 램은 언제나 찰스 램이면 되는 것이다. 수필은 그 쓰는 사람을 가장 솔직히 나타내는 문학 형식이다. 그러므로 수필은 독자에게 친밀감을 주며, 친구에게서 받은 편지와도 같은 것이다.

덕수궁 박물관에 청자 연적이 하나 있었다. 내가 본 그 연적은 연꽃 모양을 한 것으로, 똑같이 생긴 꽃잎들이 정연히 달려있었는데, 다만 그중에 꽃잎 하나만이 약간 옆으로 꼬부라졌었다. 이 균형 속에 있는 눈에 거슬리지 않은 파격이 수필인가 한다. 한 조각 연꽃잎을 꼬부라지게 하기에는 마음의 여유를 필요로 한다.

이 마음의 여유가 없어 수필을 못 쓰는 것은 슬픈 일이다. 때로는 억지로 마음의 여유를 가지려 하다가는 그런 여유를 갖는 것이 죄스러운 것 같기도 하여 나의 마지막 십 분지 일까지도 숫제 초조와 번잡에 다 주어 버리는 것이다.

# 대금산조

한밤중 은하(銀河)가 흘러간다.

이 땅에 흘러내리는 실개천아. 하얀 모래밭과 푸른 물기 도는 대밭을 곁에 두고 유유히 흐르는 강물아. 흘러가라. 끝도 한도 없이 흘러가라. 흐를수록 맑고 바닥도 모를 깊이로 시공(時空)을 적셔가거라. 그냥 대나무로 만든 악기가 아니다. 영혼의 뼈마디 한 부분을 뚝 떼어 내 만든 그리움의 악기….

가슴속에 숨겨 둔 그리움 덩이가 한(恨)이 되어 엉켜 있다가 눈 녹듯 녹아서 실개천처럼 흐르고 있다.

눈물로 한을 씻어 내는 소리, 이제 어디든 막힘없이 다가가 한마음이 되는 해후의 소리…. 한 번만이라도 마음껏 불러 보고 싶은 사람아. 마음에 맺혀 지워지지 않는 그리움아. 고요로 흘러가거라. 그곳이 영원의 길목이다.

이 세상에서 가장 깊고 아득한 소리, 영혼의 뼈마디가 악기가 되어 그 속에서 울려 나는 소리….

영겁의 달빛이 물드는 노래이다.

솔밭을 건너오는 바람아. 눈보라와 비구름을 몰고 오다가 어느덧 꽃눈을 뜨게 하는 바람. 서러워 몸부림치며 실컷 울고 난 가슴같이 툭 트인 푸른 하늘에 솜털 구름을 태워가는 바람아. 풀벌레야. 이 밤은 온통 네 차지다.

눈물로도 맑은 보석들을 만들 줄 아는 풀벌레야. 네 소리 천지 가득 울려 은하수로 흘러가거라. 사무쳐 흐느끼는 네 음성은 점점 맑아져서 눈물 같구나. 그리움의 비단 폭 같구나. 마음의 상처를 어루만져 주는 님의 손길 같구나. 한순간의 소리가 아니다. 평생을 두고 골몰해 온 어떤 물음에 대한 깨달음, 득음(得音)의 꽃잎이다.

시공을 초월하여 영원으로 흘러가는 소리….
이 땅의 고요와 부드러움을 한데 모아, 가슴에 사무침 한데 모아 달빛 속에 흘러 보내는 노래이다.
한때의 시름과 설움은 뜬구름과 같지만, 마음에 쌓이면 한숨 소리도 무거워지는 법, 아무렴 어떻거나 달빛 속으로 삶의 가락 풀어 보고 싶구나. 그 가락 지천으로 풀어서 달이나 별이나 강물에나 가 닿고 싶어라. 가장 깊은 곳으로 가장 맑은 곳으로 가거라. 한번 가면 오지 못할 세상, 우리들의 기막힌 인연, 속절없이 흐르는 물결로 바람으로 가거라. 가는 것은 그냥 간다지만 한 점의 사랑, 가슴에 맺힌 한만은 어떻게 할까.
달빛이 흔들리고 있다. 강물이 흔들리고 있다. 별들이 반짝이고 있다. 가장 적막하고 깊은 밤이 숨을 죽이고, 한 줄기 산다는 의미의 그리움이 흐르고 있다.

대금의 달인(達人) L씨의 대금 산조를 듣는다. 달빛 속으로 난 추억의 오솔길이 펼쳐진다. 한 점 바람이 되어 산책을 나서고 있다. 혼자 걷고 있지만 고요의 오솔길을 따라 추억의 한복판으로 나가고 있다.
나무들은 저마다 명상에 빠져 움직이지 않지만 잠든 것은 아니다. 대금 산조는 마음의 산책이다. 그냥 자신의 마음을 대금에 실어 보내는 게 아니다. 산의 명상을 부르고 있다. 산의 몇만 년이 다가와 선율로 흐르고 있다. 몇만 년 흘러가는 강물을 불러 본다. 강물이 대금 소리를 타고 흘러온다. 대금 산조는 마음의 독백이요 대화이다.

산과 하늘과 땅의 마음과 교감하는 신비 체험….

인생의 한순간이 강물이 되어 흘러가는 소리이며 인생의 한순간이 산이 되어 영원 속에 숨을 쉬는 소리이다. 대금 산조는 비단 손수건이다. 삶의 생채기와 시름을 어루만져 주는 손길이다.

대금 산조를 따라 마음의 산책을 나서면, 고요의 끝으로 나가 어느덧 영원의 길목에 나선다. 아득하기도 한 그 길이 고요 속에 평온하게 펼쳐져 있다.

달인이 부는 대금 산조엔 천년 달빛이 흐르고 있다.

# 막걸리

정목일

술을 보면 민족의 마음과 문화를 짐작할 수 있다.

서양의 포도주와 위스키가 섬세한 맛으로 감성을 자극한다면, 막걸리는 시원 텁텁한 맛으로 흥취를 일으킨다.

한국인의 뚝심과 신명은 막걸리에서 나온다고 할 만큼 막걸리엔 한국인의 마음이 담겨 있다.

막걸리에 취해 보아야 한국인의 마음을 알 수 있고, 삶의 맛을 알 수 있다.

막걸리는 고두밥에다 잘 뜬 누룩을 물과 함께 버무려 술독에 넣은 다음 온돌방 아랫목에 이불을 덮어 발효시켜 만든다. 그렇지만 막걸리는 서양처럼 대단위 제조공장에서 상품으로 개발되어 온 게 아니라 사정이 허락되는 집집마다 담아 즐겨 온 가정용 술이다. 가족끼리, 이웃끼리 마시기 위해 만든 술이었기에 재료가 순수하고 맛을 돋우기 위해 잔꾀를 부릴 이유가 없었다. 그래서 막걸리엔 한국의 물맛과 자연의 맛이 들어 있다.

국토의 2/3가 산인만큼 깨끗하고 맑은 물맛이 막걸리의 바탕이고, 한국의 들판에서 농사지은 쌀 맛이 막걸리의 밑천이다.

농부들이 들판에서 김매고 밭갈이하다가 허기가 들거나 기운이 빠졌을 때 기분을 새롭게 하고 힘을 돋워주는 삶의 자양분이기도 하다.

큰 사발로 벌컥벌컥 들이켜도 탈이 나지 않고, 신바람과 뚝심을 불어넣어 주니 이 얼마나 고마운가.

피리 소리를 듣거나 장구 장단에 맞춰 춤을 출 때도 막걸리에 취한다. 달빛에 취할 때, 농악에 취할 때, 판소리에 취할 때는 반드시 막걸리를 한잔 마셔야 흥이 난다.

한국의 멋과 맛과 신명은 막걸리가 내는 흥이요, 꽃이다. 또한 막걸리는 술 그릇부터가 대범하고 투박하다. 사기대접에 주전자로 부어 마셔야 제맛이 난다. 잔에서부터 중국의 빼갈 잔이나 일본의 정종 잔과는 비교가 되지 않는다. 안주 역시 배추김치 한 사발이나 나물 한 접시면 족하다.

한국인의 친화력과 단합은 막걸리에서 나온다.

막걸리 한 사발로 "얼쑤 좋다" 추임새를 넣으며 덩실덩실 춤추는 한국인, 온갖 근심걱정을 날려 보내고 어깨춤을 추고 "쾌지나 칭칭나네"로 신명의 극치와 희열을 맛보게 하는 우리의 술, 한국인에게 막걸리는 목마름에 대한 해갈이요, 막힘에 대한 소통이며, 억눌림에 대한 해방이다.

술은 민족문화의 속살을 보여준다.

순박하고 진솔하며 후덕한 막걸리, 막걸리는 우리 민족에게 흥, 신명, 도취를 안겨주는 소중한 문화 자산이다.

# 여수 진남관

정목일

여수는 한반도 남해안에 있는 빛나는 보석과 같은 항구도시이다. 이름 그대로 수려한 바다를 가진 풍광이 빼어난 미항이다. 세계 4 대 미항으로도 손색이 없다. 기회가 있을 적마다 가보고 싶은 곳이다.

다도해를 눈앞에 둔 여수는 앞으로 세계인들이 즐겨 찾는 휴양지 이자 관광지가 될 것이다. 여수의 인상을 꼽으라면 조선시대 건축물 인 진남관이 가장 먼저 떠오른다.

우리나라 최대의 목조건물인 진남관은 임진왜란 당시 좌도수군 통제령이 있던 곳으로, 왜군을 물리친 상징적인 건축물이다.

전라좌수영이 있던 자리이자 한때는 객사로, 일제 땐 학교 건물로 사용되기도 했으며, 지금은 문화재적 가치가 높아 국보로 승격된 건 물이다. 여수 진남관 앞에 서면 430년이 지난 지금도 이 건물을 건축 할 당시의 모습이 떠오른다. 마음 한편으론 어른 팔로 한 아름이나 되 는 목재들을 어디서 구해 조달했을까 하는 궁금증을 참을 수 없다.

붉은 칠을 한 기둥의 색깔은 더러 퇴색되고 비바람에 씻겨 희미해 졌지만 올곧게 든든하게 제자리를 지키고 있다. 기둥 역시 위아래로 갈라진 틈과 선이 보이긴 하지만 늠름한 모습으로 육중한 기와지붕을 수백 년간 받치고 있다. 기와지붕은 널따랗게 봉황새가 날개를 펼친 듯 우아한 선형으로 뻗어나 있다. 기둥마다 놓인 주춧돌도 반석을 골 라 안정감을 준다.

통제령이어서 근엄한 기상이 서려 있으면서도 목조 건축물이 주는 다감하고 온화한 느낌이 목리문을 타고 흘러온다. 그러면서도 기둥의 붉은 빛깔이 단심을 나타내는 듯 피가 끓어오름을 느끼게 한다.

옛 자취를 품은 목조건물이지만 임진왜란 당시에는 동북아 지역 전쟁의 회오리 속의 가장 중심에 있었다.

이순신 장군은 이곳에 본영을 두고 임지왜란을 수습하는 데, 모든 힘을 동원해 작전수행에 골몰하였을 것이다. 어쩌면 이곳에 서서 군사들의 열병식을 바라보기도 하고, 작전계획을 수립하고, 밤이면 난중일기를 쓰지 않았을까.

여수는 거북의 명당터라고 한다. 전설로 전해지는 아홉 개의 거북이 바다를 만나는 곳으로, 거북이 재물을 계속해서 토해내는 명당터라는 것이다. 이순신 장군은 아홉 거북이에서 영감을 얻어 거북선을 주조했다. 바다를 제대로 모른 채 우국충정 하나만으로 전라좌수사의 임무를 띠고 부임해 와 여수라는 지형에서 거북의 신성한 기운을 감지하여 여수에서 거북선을 만들기 시작했다.

거북선과 지남관의 목재는 둘 다 소나무이다.

소나무 중에서도 수 백 년을 산 나무가 아니면 좋은 목재가 되지 못한다. 여수의 금오도와 고돌산은 우리나라에서 유명한 소나무산으로 관리되던 곳이다.

금오도에서 베어낸 소나무를 묶어 뗏목으로 만들어 물때를 맞추어 바다에 띄워 놓으면 소나무가 저절로 파도에 밀려와 좌수영성 앞 바다에 닿았다. 거북선과 진남관은 여수의 이름 난 소나무들로 만든 걸작이다.

진남관의 기둥과 마루를 보면 수백 년 넘은 소나무들이 일정한 간격으로 줄지어 서 잇는 모습이 겹친다. 청청한 나뭇가지와 송진을 품고 있는 곧은 소나무가 진남관이 되고 거북선이 되어 임진왜란을 이겨내고 국가의 자존심을 높였다.

잘 자란 우람한 소나무에서는 기상과 기백이 느껴진다. 기둥과 마루에 굽이치는 연륜만큼이나 많은 목리문으로 자신의 일생을 수놓았을 소나무의 흔적을 느껴본다.

진남관은 문화재적인 가치뿐만 아니라, 우리나라 소나무의 미를 지니며 임진왜란을 극복한 상징적인 건축물로 기억되어야 할 민족의 유산이다.

진남관을 바라보면 거북선 위에서 들려오는 북소리와 함께 여수 앞바다가 눈앞에 펼쳐진다.

# 장독대에 핀 들국화

조영갑

찬바람 무서리에도 들국화는 꽃잎을 피운다.

들국화는 장미꽃처럼 요염하지 않고 모란처럼 화려하지도 않게 어느 산모퉁이나 들판에 외롭게 피는 꽃이다. 다른 꽃들이 좋아하는 봄과 여름이 지난 모진 인고의 가을에 활짝 핀 어머니 같은 꽃이다.

경기도 연천지역 휴전선에서 전방 관측장교로 근무하다가, 휴가를 내서 어머니 품 안을 찾았다. 어머니는 젊은 시절에 홀로 되셔 먼저 3남매를 하늘나라로 떠나보내고, 나머지 3남매를 위해 모든 삶을 바치셨다….

> … 어느 해
> 다 키운 딸을 잃고
> 어느 날
> 아침에 큰아들을 산에 묻고
> 저녁에 작은아들을 다시 떠나보내면서…
> 하느님이시여
> 내가 무슨 죄를 지었기에 내 천사들을 데려갔습니까?
> 나를 먼저 데려가 달라고 통곡을 했던 어머니이셨다.

어머니는 비교적 많은 벼농사, 밭농사를 짓고 계셨기 때문에 가을철이면 일할 사람 구해 추수하느라 몸과 마음이 녹초가 되시곤 했다.

나는 어머니의 일손을 조금이라도 덜어드리기 위해 산등선에 있는 밭길을 따라 나섰다. 높은 하늘에 떠가는 솜털구름과 스쳐가는 바람도 가을 일거리에 숨이 차다. 가을걷이를 하시다가 잠시 쉬면서, 밭두렁에 피어 있는 들국화를 바라보며 말씀하셨다.

"얘야… 저기에 올해도 하얗고 붉은 들국화가 피었구나…. 내가 시집을 와 네 동생을 낳고 산후조리를 하고 있는 날이었다. 네 아버지는 평소에 말수가 적었고, 부부간에도 쑥스러움을 많이 탔단다. 그런데 어느 달 밝은 밤에 거나하게 술을 드시고, 들국화 몇 송이를 꺾어와 겸연쩍은 모습으로 여보, 수고했어요…!! 그 말을 마지막 남기고 세상을 떠나셨다"면서 그윽한 눈빛으로 들국화를 바라보셨다.

어머니의 장독대에 핀 들국화는 사랑이었다.

어머니는 집 뒤뜰 장독대에 여러 송이의 들국화 꽃밭을 정성 들여 가꾸면서 정화수를 떠놓고 오직 한 마음으로 자식 위한 기도를 하셨지만, 철없는 자식들은 그 꽃을 꺾어 놀기도 했다. 그동안 외롭고 힘겨운 인생을 살면서 들국화들에게 얼마나 많은 말들을 건네셨을까?

그만큼 고독이 깊게 파준 삶은 고달팠고, 아버지가 그리워 가슴에 차고 넘쳐 흐를 때면 그 장독대 들국화 옆에 앉아 깊고 깊은 정을 나누고 절절한 사연도 푸셨으리라….

어머니가 사랑한 들국화를 나도 사랑한다.

차가워진 햇살에도 웃음 잃지 않고, 모든 생명이 숨죽인 무서리에도 꺾이지 않는 희망을 노래한 어머니의 삶 같은 들국화를 그린다.

다른 꽃처럼 화사하지는 않지만 진한 향기로 다정하고 온화하게 아낌없이 주셨던 어머니 같은 들국화를 좋아한다.

자식들 위해 존재해야겠다는 독한 마음, 삶의 고뇌와 아픔을 아름다운 추억으로 승화시켜준 어머니 같은 들국화를 사랑한다.

철없이 날뛰던 자식은 지금에야 어머니 마음을 알 것 같은데….

그 장독대에 핀 들국화는 보이지 않고, 어머니의 한 많은 이야기는 허공을 날며 자식을 위한 기도가 되어 들려온다.

나는 늘 어머니의 짐이 되어 물가에 내놓은 걱정거리 자식이었다.

세상 떠난 후에 후회하지 말고, 살아생전에 부모님에게 잘해야 한다는 진리를 깨달았지만 어머니는 그 자리에 계시지 않았다.


난 항상 늦깎이 인생.

청초한 들국화 향기에 너무 취해 어머니 노래도 부를지 몰랐고, 그 사랑도 늦게 깨우친 바보 같은 자식이 아닌가.

# 아버지에게 드린 속마음

조영갑

아버지란 무엇인가.

오랫동안 고향을 잃은 유목민으로 살아왔지만, 가을이면 아버지의 향기를 더욱 진하게 맡고 싶다.

사람은 존재의 근원이 된 고향 속에 부모의 그리움을 가지고 산다.

고향은 선조들의 오래된 영혼의 땅이고, 태어나고 자란 풍경, 부모님의 가르침과 손맛이 빚은 장소이다. 고향은 전남 신안군 비금면의 그림산 기슭에 소나무와 대나무 숲으로 둘러싸인 빨간 양철집으로 할아버지 할머니의 모습과 어머니의 숨소리가 가득한 곳이다. 그렇지만 나에게는 아버지의 향기를 느낄 수 없는 공간이기도 하다.

아버지는 젊음을 남긴 채 하늘나라로 떠나셨다. 폐결핵으로 앙상한 모습이 되어 얼마나 많은 한숨으로 철없이 날뛰는 어린 나와 여동생을 바라보셨을 것인가. 아버지가 떠난 일주일 후에 유복자 남동생을 낳고, 그 빈자리에 홀로 되신 어머니는 농촌의 바쁘고 지친 삶이 가득했다.

아버지의 상여행렬에 두건을 쓰고 천박지축 뛰어다닌 나에 대한 안쓰러움에 동네 사람들도 눈물을 흘리셨단다…. 초등학교 입학할 때는 할아버지 손을 잡고 갔다. 어린 마음에 친구들이 아버지를 따라 다니는 모습을 은근히 부러운 눈으로 바라보곤 했다. 나는 초등학교에 입학하면서 할아버지 할머니가 계신 큰방에서 공부도 하고 잠을 자며 지냈다. 길러주신 조부모님을 '할아부지, 할무니'라 부르며, 낳아

주신 아버지의 사랑에 부족함 없이 자랐다. 그 당시 국가적·사회적으로 어려웠던 보릿고개 가난은 상급학교 진학이 어려울 정도였다. 그렇지만 할아버지는 고향을 떠나 목포로 상급학교를 가게 해주셨다. 나는 할아버지 할머니의 손자였고 어쩜 독자였던 아버지가 세상을 떠나신 후에 아버지를 대신한 아들로 생각해 사랑도 넘치도록 주셨을 것이다.

나는 아버지의 땀 냄새를 맡고 싶었다.

아버지는 어떻게 구입했는지 당시에 보기 드문 작은 모기장 속에 내 이름을 부르며, 앞서 저세상으로 떠나보낸 3남매를 잊고 마냥 행복해하셨다는 어머니의 말씀이었다. 내가 체험하고 느끼고 싶었던 추억은 없다.

아버지에게 칭찬도 꾸지람도 듣고 싶었고, 떼를 써서 먹고 싶었던 과자도 사주길 소원하고 싶었다. 어떨 때는 다른 친구들처럼 아버지에게 매를 맞고 어리광도 부리고 싶었는데…. 모든 것은 할아버지 할머니와 어머니의 몫이 되었다.

세상에 즐겁고 슬픈 일이 있을 때 속으로 웃고 우시는 아버지와 거나하게 풍기는 막걸리 냄새도 맡아 보고 싶었다. 해가 질 무렵이면 지게를 내려놓고 개천에서 하루 동안 흘렸던 땀을 닦고, 종아리를 씻는 아버지의 모습도 보고 싶었다. 목욕탕에서 아버지 등을 밀어 드리며, "나는 왜 아빠의 예쁜 코를 닮았냐."라고 웃었을 것이다. 어느 선술집에서 막걸리를 마시며 세상 살아가는 지혜를 배우고 든든한 응원도 받고 싶었다. 그러나 아무런 추억도 향기도 남겨지지 않아서….

아버지는 거기에 계시지 않았기에, 소리 없는 부러움만이 가득했다.

나는 이제야 알았다. "아비 없는 호로자식이란 말을 들을 수 없다"며 언행을 조심시키면서 회초리를 들고 눈물 흘리셨던 어머니 마음을….

아버지는 낯선 호칭이다. '아버지' 혹은 '아빠'라고 부르고 싶은 마음은 진정 내가 철이 드는 것이 아닌가…. 두고두고 시간이 갈수록 아버지의 영상을 떠올리고 싶고 그리워 보고 싶은 마음은 더욱 간절하지만, 그려지는 것은 보일 듯 말 듯 고향집 산마루에 안개로 스쳐간다.

이제는 나도 아들딸에게 아버지란 이름으로 불리고 있다.

아들딸의 눈에 "인생길에서 거친 길, 젖은 길, 막힌 길 마다않고 피멍이 맺혀 바삐 사는 '아파'에서 유래됐다는 '아빠'를 거쳐 '아버지'가 되었고, 이제는 손주들의 '할아버지'로 살고 있다. 그렇지만 나는 아버지와의 추억이 있었으면 좋겠다. 낡은 서랍 속에 가득한 추억을 꺼내가며 나의 아들딸과 손주들에게 이야기해주고 싶다. 아버지가 면사무소에 다니시며 읽고 쓰셨던 책과 필적 서류들마저 소각되었다. 나는 아버지에게 보고 배운 것이 없어서, 쉽게 부를 수 있는 '아버지'란 말도 낯설게 느껴진다. 단지 아버지가 결혼하실 때 어머니가 혼수 물품으로 가지고 온 오동나무 장롱만이 옆에서 나를 지켜보고 있다.

아버지는 나에게 무엇인가 남겨 주고 싶으셨는지…. "아버지의 폐결핵은 나에게 전염되어 흔적만 남기고 떠나게 했습니다. 어렸던 나를 곧 치유시켜 더욱 건강한 몸으로 오늘을 살게 해주심에 감사합니다." 그 흔적마저 없었다면 나는 아버지를 무엇으로 추억하고 감사할 수 있을 것인지…. 나는 아버지가 못다 한 노래를 자식 손주들에게 들려주고 싶다. 미안하다는 마음을 지니지 않아도 좋은 애비로 남고 싶다. 그러나 나는 부르고 싶었던 노래를 애비로서 다 들려 주지 못한 것 같다.

이젠 내 얼굴에 주름살이 끼고 머리는 백설로 가득하다.

나는 아버지의 그림자 속으로 걸어 들어가고 있다. 즐거울 때나 외로울 때면 '아빠, 아버지'를 서툰 목소리로 한 번씩 불러보곤 한다.

　"아버지는 나를 낳아 주신 부모이지만, 나를 길러 주신 부모는 할아버지 할머니예요. 아버지는 하늘나라에서 할아버지 할머니께 다하지 못한 효도를 더욱 잘해드리세요. 그뿐만 아니에요. 지금 아버지는 힘겨운 세월 다하시고 떠나신 어머니와 함께 계시네요. 그동안 못다한 사랑을 하시고 행복도 가득하세요⋯."

　나도 언젠가는 아버지 어머니가 머문 저세상에 함께 지내면서, "이 세상에서 다 부르지 못한 아버지란 노래를 목청껏 부를게요. 아빠. 사랑합니다." 아버지의 응답 없는 '깊은 침묵'은 어쩌면 '완전한 이해'인지도 모르겠다. 그토록 듣고 싶은 대답을 듣지 못해도 괜찮다. 이제는 아버지의 언어를 이해할 수 있게 되었으니까.

# 오늘의 찬가

조영갑

모든 일은 오늘에 일어난다.

인생의 여로에서 만난 사소한 기쁨을 확실한 행복으로 만들고 싶거든 오늘에 끌려갈 것이 아니라, 오늘을 끌고 가야 한다.

인생은 오늘이 흐르는 시간이다.

어제는 이미 가버린 시간이고, 내일은 아직 오지 아니한 시간으로서, 내 앞에 '지금(now)'과 '여기(here)'의 시간은 오늘뿐이다. 오늘을 그냥 보내는 것은 인생을 허비하고 삶을 낭비한 것이다. 영화 〈빠삐용〉에서 빠삐용은 교도관의 학대와 굶주림에 지쳐 독방에 쓰러진 환영 속에서 자신의 모습을 본다.

사막의 한가운데서 발자국을 남기고 걷는 사내에게 저 멀리 신기루인 양 붉은 법복을 입은 재판장과 배석한 부심들이 보인다. 재판장은 천천히 다가오는 사내에게 "네 죄를 네가 잘 알리라."라고 크게 외친다. 그 사내는 "아니요, 아니요! 나는 아무런 죄를 짓지 않았습니다. 그렇다면 나의 죄가 무엇입니까?"라고 묻는다. 그때 재판장은 "너의 죄는 인간이 범할 수 있는 가장 큰 죄이다. 나는 너의 삶을 낭비한 죄로 기소한다. 네 죄에 대한 벌은 사형이다."라고 말한다. 그 사내는 재판장을 향해 당당히 걸어가던 발걸음을 멈추고, 뉘우치며 한탄하는 목소리로 "그래요, 나는 유죄·유죄·유죄입니다"라며 사막의 길을 외로이 되돌아간다.

죄는 곧 내 생명, 내 인생을 부질없이 소비한 시간의 낭비죄이다.

그림자도 소리도 없이 흐른 시간을 잘 살았는가. 삶의 길목마다에 오늘이란 시간의 낭비자로서, 나도 죄로부터 자유스러울 수가 없다.

오늘에 끌려간 삶을 살고 있는가.

오늘도 허황된 내일의 꿈만을 좇는 시간, 지나간 어제의 삶 속에 머물러 있거나 지금 행동하지 못한 시간들이 가득하다. 미국 캘리포니아 주립대학교 교환교수 시절이었다. 한동안 한국에서 지냈던 미국 친구는 "한국 사람들은 현제 만남 속에서 비교적 미래지향의 건설적인 이야기보다는 과거지향의 비건설적인 대화가 많았고, 오늘의 솔직 담백한 토로가 부족한 만남의 시간이었다."라고 말했다.

어제의 나를 반성하고 오늘을 인정하며, 내일을 노래할 수 있는 진정한 시간관리에 닫힌 자신의 욕심이나 변명의 탓인가….

어떻게 살아왔느냐의 어제 이야기보다는 오늘을 방치하지 않은 값진 시간에 내일은 무엇을 위해 살아갈 것인가의 시간이어야 한다.

오늘이란 시간은 모든 것을 창조하지만, 모든 것을 파괴하기도 한다. 시간은 만인에게 완전히 공평하게 주어진다. 오늘이란 시간에 그냥 끌려가 흐르게 한 방관자가 되지 말고, 닳아 없어지도록 사용하여 오늘의 자아를 찾아 내일을 창조하도록 해야 한다.

오늘을 끌고 가는 삶을 살고 있는가.

오늘의 시간은 볼 수도 만질 수도 없는 신비한 존재이다. 시간의 흐름은 결코 제어할 수 없는 신비이지만, 시간은 자신의 뜻대로 활용할 수 있는 자유를 가지고 있다. 그 중심의 축은 오늘이란 시간의 관리이다. 지금을 어떤 마음가짐으로 대하며 어떻게 사는가는 오로지 자신의 몫이기 때문이다.

독일 철학자 쇼펜하우어는 "우둔한 사람은 오늘이란 시간을 소비하는 데 마음을 쓰지만, 현명한 사람은 오늘이란 시간을 이용하는 데 마음을 쓴다."라고 했다. 누구에게나 하루 24시간은 똑같이 분배되지만, 각 개인은 생산적인 혹은 비생산적인 가치를 위해 사용한다. 그 결과는 성공한 삶과 실패한 삶의 흔적으로 남게 된다.

어제의 가는 세월만을 탓하지 말고, 오늘을 새로운 자극과 목적으로 삶을 실천하며 내일의 희망을 찾아가야 한다. 특히 나이 든 사람은 어제의 닫힌 문만 바라보고 있을 시간이 없다. 남은 세월이 얼마나 된다고….

오늘의 열린 문을 열고 다시 무엇인가 채우면서 내일의 문을 열 준비를 해야 한다. 다시 젊어질 순 없지만, 마음속에 봄까지 사라지게 해서는 안 되기에…. 많이 가진다고 행복한 것도, 적게 가졌다고 불행한 것도 아닌 세상살이에 과거 자랑·물질 자랑·자식 자랑 등에 헤어나지 못한 가엾은 오늘을 낭비하지 않아야 한다.

어쩜 가장 행복한 인생은 어제에 대한 좋은 그리움을 많이 가진 삶, 오늘의 거친 바람 속에서도 성실과 인내로 즐기는 삶, 내일의 불확실성에 도전해 소확행을 누릴 줄 아는 삶을 갖는 것이다. 그뿐이겠는가. 오늘이란 수많은 인간관계의 시간이다. 현실과 환상의 균형 속에서 관용하고 베풀며 오늘을 살아가는 것이다. 내게 좋은 사람과 소중히 관계하고, 타인이 보여주길 바라는 태도를 내가 먼저 보여주는 실천, 마음에 들지 않아도 거부하지 않고 다름을 수용하고 내가 하고팠던 일 등을 즐기며 오늘을 끌고 가야 한다.

이 같은 오늘의 의미를 알고 실천하는 것은 닫힌 자아를 열린 자아로 변화시켜 멋진 삶, 진정한 자유인이 된 것이다.

오늘의 선물을 의미 있게 받는 것이다.
하루의 낭비는 곧 생명의 낭비이다. 두 번 다시 오지 않는 오늘에 충실한 것은 곧 나를 진정으로 아끼고 사랑하는 창조의 시간이 된다.

삶에서 시간과 공간을 넘은 가치로 추억되고 소망을 찾는 것은 오직 자신의 선택에 달려 있다. 점점 떨어져간 어제의 공간에는 기억하고 싶은 그리움을 채우고, 오늘은 실천한 일에 온 정성을 다해 노래 부르며, 내일의 꿈을 찾아가는 것이다.

# 어머니의 미역국

하택례

어머니는 가장 정감 있는 단어이다. 자식들 위해 존재해야겠다는 독한 마음, 삶의 고뇌와 아픔을 몸으로 보여 주셨다. 보고, 느끼게 하여 올바른 참교육을 하셨다. 살기 어렵고 힘들 때마다 어머니를 그리워하며 미역국을 먹는다.

매년 입시철이 되면 더욱더 생각난다. 어머니는 아버지를 떠나보내고 가진 것 없이 육남매를 어깨에 짊어진 가장이 되셨다.

자기를 희생해야 한다는 어떠한 뚜렷한 자각에서 누구로부터 희생을 강요당한 것도 아니었다. 가르치면서 견디어야 했던 세월이 깊은 눈매에서 가슴 응어리로 맺힌 한이다. 어떠한 상황에서도 흔들리지 않은 정신은 곧 자식에 삶의 태도를 결정짓게 하셨다.

우리 가족이 태산같이 믿고 의지했던 아버지는 중학교 이학년 때 우리 곁을 떠나고 말았다. 공기와 물과 같은 사랑으로 세상에 그 무엇과도 바꿀 수 없는 소중한 가족을 두고 자신의 의지와는 상관없이 이별을 했다. 지금이라면 얼마든지 고칠 수 있는 폐에 물이 차는 늑막염이다. 아프지만 가장이라는 책임감에 일을 계속하여 죽는 순간까지 약 하나 쓰지 못하고 돌아가셨다. 아버지의 빈자리는 어머니의 몫이 되었다. 오빠 둘은 고등학교, 동생 하나는 초등학교에 막내는 어린아이였다. 당장 먹을 것이 없어서 학교에 다닐 형편이 아니다. 끼니도 해결하기 힘든 일이다. 밥은 굶더라도 다니던 학교는 마쳐야 한다며 당신의 배우지 못함을 자식들까지 대물림하면 안 된다고 했다. 가슴에 맺힌 한을 낮에는 고된 장사로 밤에는 바느질로 육 남매를 먹이고 입히고 가르치셨다.

어머니는 도매시장에서 생선을 큰 함지박에 가득 사와 집집마다 다니면서 해가 뜨기 전에 장사를 했다.

어렵게 오빠는 고등학교, 나는 중학교를 졸업했다. 어머니는 더 공부를 하고 싶으면 스스로 해결하라고 했다. 하늘을 보며 답답한 현실을 한탄했다. 오빠는 서울로 갔다. 돈을 벌든 공부를 하든 남자니까 해보겠다는 마음으로 다짐하면서 돈을 조금 가지고 집을 떠났다. 오빠는 나에게 돈 벌어서 고등학교 보내준다며 동생들 잘 보고 어머니를 도와주라면서 떠난 것이다.

나는 꿈이 사라진 것 같았다. 자포자기를 생각했다. 그러나 나는 절망보다 강한 희망을 가슴에 품었다.

나는 진학을 하겠다고 졸랐다. 오빠한테 드는 학비가 없으니까 진학해도 된다는 계산이 되었다. 늘 배우고 싶은 욕망과 열정이 어릴 적부터 많아서 단식투쟁을 했다. 내 속에 감추어진 배고픔을 얼굴만 보고도 아시는 어머니였다. 생각만 해도 지금도 가슴이 멘다.

한 가족으로 살아가면서 핏줄의 정보다는 하루하루 생활에서 마주치는 일들로 인해 마음 깊은 사랑의 소리를 듣지 못하고 어머니에게 모진 말로 상처를 드렸다. 입학시험 날 아침이다. 시험만 보라고 하시며 장학생으로 되면 보내주시겠다고 했다. 아버지가 돌아가시고 밥상 한번 제대로 차려 먹어보지 못했다. 미역국에 하얀 쌀밥을 주셨다. 생일날도 챙겨주지 않으시고 아버지 생신 때만 먹었는데 오늘이 돌아가신 아버지 생신인 줄 알았다.

아들을 상급학교 진학시키시고 딸까지 학교 보내기 버거워 입학

시험 날에 미끄러지기를 바라며 미역국을 주셨다. 그 가슴 아린 상황 속에서도 아버지의 몫을 감당하신 어머니이었다. 마음을 안 것은 한참 후였다. 떨어져서 못 가면 원망은 하지 않을 거라고 생각하신 것 같다. 동생들을 돌보며 살림하라고 하셨지만 나는 장학생으로 합격했다. 합격통지서 받던 날 눈시울 적시던 어머니 얼굴이 눈앞에 선하다. 미끄러져 떨어지길 원하셨던 고단한 삶을 미역국 속에 넣어 끓이면서 얼마나 가슴이 아프셨을까.

자식을 키워봐야 부모 마음을 안다고 했다. 나는 자식들이 배고프지 않게, 배우고 싶은 것을 원하는 대로 해주려고 노력했다. 힘들었지만 한 가정을 일으켰다. 자식들은 나같이 고생하며 살기를 원치 않아 할 수 있는 일, 나쁜 짓 말고는 다 했다. 돌아서서는 울면서 앞에서는 웃는 모습으로 절약하며 부지런히 살았다.

삶이 힘겨워 부모로서 사랑을 다하지 못했을 때에 어머니 마음은 어떠했을까? 가슴 한편 햇볕에 두드려 맞은 퍼런 감자처럼 아려온다. 미역국은 내 삶의 모유로서 에너지를 축적하는 영혼의 국물이다. 지혜와 깨달음으로 살아갈 수 있는 희망과 용기를 얻을 수 있는 생약이 되었다. 삶이 고통을 만나게 될 때 새로운 마디를 여는 마음으로 미역국을 끓인다. 살아 숨 쉬는 미역국이 되어 내 가슴 깊숙이 젖어든다.

# 보광사의 메아리

하택례

　장마 중에 잠깐 든 햇빛의 무더위가 수위를 넘는다.

　더위에 지친 하루를 벗어나고 싶은 마음이다. 좋은 글동무들과 함께 경기 파주 광탄에 있는 보광사를 찾았다.


　산이 온통 초록빛이다.

　서기 894년 신라시대 진성여왕 때 건립되었으나, 조선시대에 광해군이 복원하고 영조가 대웅보전, 관음전, 만세루를 중추했다고 한다.

　산기슭을 뒤덮은 푸른 빛깔은 여기에 오는 사람들에게 싱싱한 힘과 마음의 평온을 담게 하고 있다. 그 숲을 품은 큰 불상이 인자한 모습으로 반겨주었다. 더위에 지친 몸과 마음을 쉬었다 가라며, 마치 친정아버지의 품 안같이 다가왔다. 잠시 불상 앞에서 눈을 감고 생각하여 본다. 날마다 무엇이 바쁘다고 허둥거리며, 숨 막히는 나날을 보내고 있는지…. 왜 바쁜지도 모르고, 왜 바빠야 하는지도 모르는 나의 일상에 스스로 빨간색 신호등을 켜 본 것이다. 삶의 부피에만 눈을 뜨고 살았다. 시간이 갈수록 정서는 모래밭처럼 삭막해지고, 눈앞의 옥석도 구별하지 못한 삶인 것 같다.

　왜 이럴까? 진정 나에게 중요한 삶은 무엇인지, 내 마음에 보이지 않는 욕심이 가득한가 보다…. 이제는 나이 든 삶 속에 비우고 버리면서 마음에 찌든 옹이를 풀며 부처님 자비의 품 안에 안겨 보았다.


　큰 석불에서 내려다 본 사찰 풍경은 고요 속에 메아리를 준다.

크고 작은 사찰의 건물들은 수많은 세월의 풍상을 말없이 품고, 사람들의 발걸음마다 세파에 찌든 이끼를 자비로 다듬질해주시는 것 같았다. 거기에 정연하게 장독과 장독대가 지켜보고, 옆에는 약수터가 있다. 약수를 떠서 마셨다. 깨끗한 계곡과 나무들이 뿜어내는 유산소의 탓인지 꿀맛이다. 신선하고 시원한 약수는 지친 몸과 마음을 청량하게 만들고 힘을 주었다.

일상에서 바쁘고 힘들 때마다 보광사 약수를 찾아 마시면서, 내 삶의 보약이 되게 하고 싶었다.

보광사에는 어실각이 있고, 법당 처마에 걸려 있는 목어가 있다.

영조는 어머니 숙빈 최씨의 위패를 모실 어실각을 짓고, 향나무를 심어 어머니를 기렸기 때문에 부모님에 대한 효도는 세월을 넘어 오늘날에도 큰 가르침으로 다가왔다.

그리고 법당 처마의 목어에서 들려오는 은은한 풍경소리는 잠시 참선의 마음을 갖게 한다. 목어는 물고기의 몸에 용의 얼굴을 하고 있다. 눈썹과 둥근 눈, 튀어나온 코, 여의주를 문 입, 머리에 뿔까지 있다. 옛 조상들은 오늘을 살고 있는 후손들에게 목어를 통해 무엇을 전해 주고 싶었을까. 나도 세상에 태어나 살면서 무엇을 남길 수 있을 것인지를…. 도무지 생각이 나지 않지만, 그 무엇의 흔적을 위해서 하루하루를 열심히 숨 쉬며 살아가야겠다.

자연은 언제나 아름답고 조용하게 말을 건네준다.

도심의 번잡함에 밴 일상과 쉼 없는 공간의 찌든 삶에서 "가끔은 네 자신을 돌보며 살라."라고 경고한 것이다.

보광사에서의 쉼은 몸과 마음을 밝고 맑게 치유해 준 것이다. 그간 아무렇지 않게 맞이하고 보냈던 일상이 얼마나 소중하고 귀한 시간이고 공간인가를 다시 깨닫게 했다.

# 황혼길의 외로움

하택례

눈이 내린다.

간밤의 강한 바람 속에서도 눈송이는 나뭇가지에 애처롭게 매달려 있다. 추위를 견디어 낸 모습이 대견스럽지만, 눈꽃 속에 핀 미소에는 외로움이 있다.

세상을 살다 보니 어느새 머리는 하얀 눈발로 가득 서려 있다.

사람은 누구나 시간의 흐름에 따라 자연스럽게 노화를 겪게 된다. 세월 속에 늙어 가면서 피할 수 없는 외로움, 고독을 겪게 된다. 나도 늙어가고 있다. 이젠 생존의 무게에 짓눌려 사는 절대적 고통을 덮어 버리고 행복하게 살고 싶다. 손가락 사이로 빠져나가는 시간에 미련을 두고 싶지는 않다. 털어버릴 것은 과감하게 털어 버리는 것이다. 흐르는 시간 속에 상실로부터 살아남으려면, 잃은 것을 넘어 새로운 생각과 실천으로 살아야 한다. 특히 나이 든 삶에서 보이지 않는 장벽에 숨어 있는 외로움이란 황혼의 고독을 쓸어내야 한다. 나를 재탄생시키려면 외로움을 이길 수 있도록 시간과 공간에 참여해 함께할 수 있는 용기가 있어야 한다.

나이 듦은 외로움인가.

성탄절 노래가 가득한 밤거리에는 경쾌한 사람들의 발걸음과 가게마다 크고 작은 노래들이 정겨웠다.

성탄 자정 미사를 마치고 오는 길에 케이크와 와인을 샀다. 보금

자리 둥지에서 아들과 며느리, 딸과 사위 손주들과 함께 아기예수를 경배하고, 가족 사랑을 충전하고 싶어서였다. 그러나 자식들은 할 일이 있다는 이유로 각자 바쁘다고 했다. 모두들 즐거워야 할 성탄절에 이유가 어떠하든 자식들은 나의 외로움을 몰라 준 것 같아서 서운하게 생각되었다.

세상에서 누구보다도 활달한 성격이었던 내가 나이가 들어서인지, 조그마한 서운함에도 외로움을 갖게 되고, 그 고독은 가녀린 슬픔이 되기도 한다.

여러 친구들과의 모임에서도 결혼해 사는 자식들이 조금만 기대에 못 미친 일을 해도 서운해지고 외로워진다는 말에 웃기도 했다. 지금 그 말들을 이해하고 공감하게 된 나를 보며, "그래, 나도 늙었구나." 생각한다.

나이 든 인생길은 누구나 사람들로부터 멀어져가고, 사회로부터 격리되어가는 상황에서 외로움을 더 타게 되는 것이 아닐까…. 아직은 내 자신이 능력이 있는데 밀려나는 것 같고, 원치 않는데 퇴물 취급을 받는 것이 우울한 것이다.

이제는 황혼의 외로워짐을 정화시켜 새로운 삶을 이해하고 개발하여 스스로를 즐기는 방법을 찾아야 한다. 나의 욕심만을 채우는 '꼰대 어른'이 아니라, 서로 이해하고 함께 누릴 수 있는 향기 나는 '라테 어른'이 되어야 한다.

황혼길에서도 꿈이 되는 목표 하나쯤은 품고 살아야 한다.

삶의 길에서 누구도 고독을 피할 수는 없지만, 반드시 그 곳간은 하고 싶은 꿈으로 채워져야 한다. 늙어가는 여정에서 온 외로움이 결코 피할 수 없는 숙명이라면 차라리 무엇인가 채우면서 즐겨야 되지 않을까…. 100세 시대이다. 삶의 전선에서 은퇴한 후에도 30~40년을 더 살아야 한다. 그 기간에 소외감을 느끼지 않고 우울하지 않으며 살아갈 수 있을까. 인생길에 외로움과 마주해야만 보이는 것이 있다. 혼자서 사색하는 시간을 가지고, 자신이 바라는 삶은 무엇인가 명상해 보자…. 언제 죽어도 결코 후회 없는 삶, 건강, 취미, 봉사활동 등을 통해 즐기면서, 고독이란 병에서 온 우울과 불안에 매몰됨에서 탈출해야 한다.

나는 집 근처에 구부러진 허리로 저리도 늠름하게 버티고 서서, 수많은 세월을 소리없이 누리는 소나무의 배짱을 본다.

나이 든 삶에서 소외감과 열등감에서 온 우울함, 사회적 관계의 멀어짐에서 온 황혼의 고독을 다시 생각해 본다. 이제는 스스로가 외로움의 공간을 나만의 꿈(목표)으로 채우며 건강하게 사는 것이다.

세상의 치열한 삶에서 얻어진 글감을 건져내서, 수필로 이야기하고 시로 노래하며 외로움의 공간을 가득히 채워나가야겠다. 인생길에서 문학은 고독한 공간을 다시 기쁨의 곳간으로 태어나게 한 나만의 꿈의 결정체가 될 것이다.

나의 존재가치를 높여가고, 누군가에게 베풀 수 있는 자존감은 외로움을 사라지게 한다. "지금, 이 나이에…" 사고의 틀에 갇혀 아무것도 하지 않는 것보다는 작은 꿈이나 목표 하나쯤은 갖고 당당히 도전하며 즐기는 용기를 가져야 한다. 지나 온 삶의 언덕을 넘어 외로움이란 황혼 언덕에 또 다른 작은 희망 하나를 곱게 심고 가꾸어 가는 것이다.

# 에필로그: 행복한 수필 쓰기를 마치면서

세상에서 가장 소중한 삶은 바로 자신의 삶이기 때문에, 인간은 자신의 삶의 의미를 꽃피울 책임과 의무를 지니게 된다.

자신의 삶을 성찰하고 보다 의미 있게 가치 있는 삶을 추구하기 위한 방법으로 자신을 가꿔 가는 노력이 있어야 하며, 그러한 과정 속에서 스스로 상처를 치유하고 용기를 불러일으키기도 하는 것이 수필이다.

수필 쓰기야말로 마음을 맑게 깨끗이 하는 가장 좋은 수단이고 방법이다. 왜냐하면 수필은 작가의 인격에서 향기가 나야 문장에서 향기가 풍기고, 영혼에서 맑음이 우러나와야 글에서도 맑음이 흘러 독자들에게 감동을 줄 수 있기 때문이다.

좋은 수필을 쓰기 위해선 무엇보다 작가 자신의 인생 경지를 높여야 하며, 좋은 수필을 많이 읽고 느껴야 한다.

아무쪼록 『행복한 수필 쓰기: 현대수필 창작의 이론과 실제』 책이 수필의 길을 찾아가는 과정에서, 인생의 완성을 향하여 가는 길목에서 좋은 수필 안내서가 될 것으로 믿는다.

# 참고문헌

강석호.『새로운 수필문학 창작기법』. 서울: 교음사, 2000.

국제문화사.『한국수필문학전집 1~5권』, 1965.

김민수 외.『국어대사전』. 서울: 금성출판사, 2000.

김종완.『수필 들여다보기』. 전주: 수필과 비평사, 2001.

김진섭.『김진섭 선집』. 서울: 현대문학, 2011.

김태길.『창문』. 서울: 범우사, 1990.

곽흥렬.『명품수필 길라집이』. 서울: 북랜드, 2007.

나도향.『나도향 수필집』. 서울: 붉은나무, 2017.

민태원.『민태원 선집』. 서울: 현대문학, 2010.

박영순.『한국어 문장 의미론』. 서울: 박이정, 2001.

백철.『백철문학개론』. 서울: 신구문화사, 1982.

법정.『무소유』. 서울: 범우사, 1996.

베이컨.『베이컨 수상록』. 최혁순 옮김. 서울: 범우사, 1996.

손광성.『수필 쓰기』. 서울: 을유문화사, 2014.

안성수.『한국 현대수필의 구조와 미학』. 서울: 수필과 비평사, 2013.

윤모춘.『수필 어떻게 쓸 것인가』. 서울: 을유문화사, 1996.

윤재천.『현대 수필 작가론』. 서울: 세손출판사, 1999.

윤재천 외.『나는 글을 이렇게 쓴다』. 서울: 문학관, 2015.

이철호.『수필 창작론』. 서울: 양문각, 1994.

_____.『수필평론의 실제』. 서울: 정은문화사, 2001.

이양하.『이양하 수필선집』. 서울: 지만지, 2017.

이희승.『딱갈발이』. 서울: 범우사, 1994.

장사현. 『수필문학 총서』. 서울: 북랜드, 2013.

정목일. 『한국 현대 수필문학론』. 서울: 신아출판사, 2003.

_____. 『나의 한국 미 산책』. 서울: 창조사, 2014.

_____. 『한국 서정공간의 미』. 서울: 인간과 문학사, 2015.

_____. 『맛 멋 홍, 한국에 취하다』. 서울: 청조사, 2014.

_____. 『가을금관』. 서울: 선우미디어, 2000.

정목일·조영갑. 『행복한 수필 쓰기』, 북코리아, 2024.

정동환. 『수필 창작론』. 서울: 역락, 2014.

정진권. 『수필 쓰기의 이론』. 서울: 학지사, 2000.

조영갑. 『삶의 향기』. 서울: 한국문학신문, 2020.

_____. 『천년 숲 서정에 홀리다』. 젊은 수필작가 97인선. 한국수필가협회, 2015.

_____. 『꽃은 혼자 피지 않는다』. 서울: 문태사, 2012.

_____. 『연세문학의 비상』. 서울: 국보문학, 2023.

_____. 『사랑이 흐르는 삶』. 서울: 국보문학, 2023.

조성연. 『수필 쓰기의 이론과 실제』. 서울: 국학자료원, 2002.

피천득. 『수필』. 서울: 범우사, 2009.

피천득 외. 『한국 명수필』. 서울: 여울문학, 2009.

찰스 램. 『찰스 램 수필선』. 양병석 옮김. 서울: 범우사, 1993.

하택례. 『행복한 파랑새』. 서울: 한국문학신문, 2020.

한상렬. 『좋은 수필 읽기와 평설』. 인천: 자료원, 2001.

황송문. 『수필창작법』. 서울: 국학자료원, 2010.

황필호. 『한국 철학수필 평론』. 전주: 신아출판사, 2003.

그 외 다양한 자료 참조.

저자 소개

정목일

1975년 「월간문학」 수필 당선
1976년 「현대문학」 수필 천료
경남신문 편집국장
한국수필가협회 이사장 및 명예이사장
한국문인협회 부이사장
연세대학교미래교육원 수필 지도교수
한국문인협회 수필교실 지도교수
한국문학상, 조경희문학상, 원종린문학상, 흑구문학상, 신곡문학상, 남촌수
필문학상 등 수상
중학교 국어교과서에 「사투리」, 「폐교에 뜨는 별」 수록
작품집: 『남강 부근의 겨울나무』(백미사), 『한국의 영혼』(부름사), 『달빛고요』
(범조사), 『별보며 쓰는 편지』(고려원), 『대금산조』(동학사), 『나의 해외문학기
행』(문학관), 『목향』(교음사), 『가을금관』(선우미디어), 『심금』(문학사), 『마음
고요』(청어), 『모래밭에 쓴 수필』(문학수첩), 『맛 멋 흥, 한국에 취하다』(청조
사), 『나의 한국미 산책』(청조사), 『나무』(수필과 비평사) 등 30여 권

**조영갑**

수필가 · 시인 · 대학교수

「한국수필」 수필 신인상, 「한국전쟁문학」 시 신인상

연세대학교 미래교육원 수필창작 지도교수

서울대교구 가톨릭 영 시니어 아카데미 행복한 수필쓰기 지도교수

서울 송파구, 서울 강동구 행복한 수필쓰기 지도교수

국보 문학대학원 · 문학연수원 수필쓰기 지도교수

서울은평보훈문학대학 수필/시 지도교수

서울도봉문인협회 회장

한국문인협회 이사, 한국수필가협회 이사, 계간문예 이사

한국문학신문 문학상, 한국전쟁 문학상, 계간문예 문학상, 서울도봉문학상,
대한민국 국회 문화예술 명인대전 수필부문 명인대상(제16회, 국회 교육위
원회 위원장) 수상 외 다수

작품집: 『사랑의 덫에 걸린 행복』(시집), 『삶의 향기』(수필집), 『행복한 수필
쓰기』(정목일 · 조영갑 공저), 『사랑이 흐르는 삶』(명동에세이클럽 작가 공저),
『연세문학의 비상』(연세대학교에세이클럽) 외 다수

국방대학교 교수

미국 캘리포니아 주립대학교 교환교수

대진대학교 교수

정책학 박사, 육군 대령

국방부장관 정책자문위원, 통일부 통일교육위원

대한민국 보국훈장, 대통령 표창 수상

학술저서: 『국가안보론』, 『국가위기관리론』, 『전쟁사』, 『민군관계론』, 『현대
무기체계론』, 『국방심리전략과 리더십』 외 다수

TV, 라디오 방송(〈군사세계 조영갑입니다〉 등)의 정책토론 및 진행 담당